媳婦好粥到

2

文創風 1021

踏枝 著

目錄

第十一章

武安自己挎上小書袋去往文家上課，顧野則隨著顧茵她們去碼頭擺攤。

顧茵本想著文老太爺這天多半還是不會來，一會兒早市過半，閒下來了，她就帶著料親自送到文家去，沒想到早市還沒開始來人呢，文老太爺卻先到了。

「一碗鮮蝦餛飩。」老太爺並不客氣，在矮桌前坐下就開始點單。

皮是昨晚上做的燕皮，餡料則是晨間準備好的──養了一晚上的蝦剝出蝦肉，挑出背部蝦線，拍成肉泥，用刀背打上一刻多鐘，加入糖和胡椒，攪拌成發亮的蝦膠；三肥七瘦的豬肉餡裡分三次加入冷水，打入雞蛋攪拌上勁兒。最後蝦膠和豬肉混合攪成肉餡，放到薄如蟬翼的燕皮裡捏成元寶，便是燕皮蝦肉餛飩。

燕皮餛飩煮好，顧茵先給老太爺送過去，後頭攤子上又來了旁人，便又接著轉身包魚肉餛飩。

燕皮呈粉色，煮熟之後和泛著粉的肉餡色澤輝映，光看就與眾不同，令人胃口大開。

一口下去，豬肉的香、蝦肉的鮮在舌尖炸裂，再配上那口感尤為特別的鮮甜燕皮，層次分明卻又渾然天成，吃得文老太爺都瞇起了眼睛。

一碗二十個，每一口都是極致的享受。

旁邊其他吃餛飩的客人來得比老太爺晚，反倒吃得比他快，見他磨磨蹭蹭、吃得一臉享受，碗裡的餛飩也和他們吃的不同，不免和顧茵打聽道：「小娘子這是又出新東西了？」

不等顧茵開口，王氏就搶著說：「沒有沒有！這位老先生是我們熟人，東西只此一份，不是賣的！」開玩笑，這碗餛飩就去了兒媳婦半條命，給再多的銀錢她都不可能對外出售！

眾人又看一眼還在珍惜地吃著每一口餛飩的老太爺，雖然不知道那餛飩有什麼不同，但無形中還是覺得他碗裡的肯定比一般的好吃！

這不一樣的餛飩是吃不到了，不若試試小娘子新做的不一樣的粥？這麼想著，一碗餛飩下去還沒怎麼飽的人便又喊了一碗粥。

加上前一天喝過皮蛋瘦肉粥的回頭客，這天的粥已經比前一天好賣很多。

文老太爺看她們婆媳兩個忙得直打轉，吃完餛飩後就沒去找顧茵說話，而是起身招來陪同的小廝，同他耳語了幾句。

之後不久，小廝帶回來一個小馬扎、一根釣魚竿。

老太爺就坐到攤子旁邊的空地上，釣起了魚。

本來只是打發時間玩，但沒想到因碼頭上做吃食生意的人多，不講究一些的直接就把食物殘渣往運河裡倒，運河的那些魚日常就在這裡吃著殘渣，餓過一個冬天後牠們又回到了這裡，所以餌料一下，不到一刻鐘就被咬了勾。

等到顧茵半上午的生意做完，老太爺手邊的魚桶都裝滿了。

雖然這些多刺又個頭小的河魚並不值錢，老太爺還是釣得非常開心。

顧茵忙完後看到老太爺臉上也有了笑模樣，就主動過去和他說話。「您不生氣了吧？」

老太爺轉頭看了一眼小廝，小廝便站起身把自己的小馬扎讓給顧茵坐。

顧茵挨著老太爺坐下。

「我生氣？我生啥氣？」說完，老太爺想到早上那碗無比美味、下足了功夫的燕皮餛飩，便又轉口道：「好吧，是有點生氣的。」

文老太爺好面子，但凡了解他一點的人都知道。

顧茵先替王氏道歉，又解釋了一番原委，老太爺也沒再糾結。

「其實妳婆婆也沒說錯，那粥確實是我讚不絕口的。我今天看著好像賣得並不算很好，就讓她繼續這麼宣傳好了。多賣一點，妳也早點掙夠開鋪子的銀錢。」說完他不忘壓低聲音叮囑道：「但是不許說我是為了那一碗粥巴巴地追過來的！」

「我曉得的。」顧茵笑起來。「您可是咱們鎮子上最煊赫的人物，要讓人知道您在這碼頭上露面，可不得把碼頭都堵得水泄不通？便是為了自家的生意，我也不讓我娘提這個！」

同樣是說話，顧茵嘴裡出來的話可是把老太爺每個毛孔都給捋順了。

後頭顧茵回去向王氏轉達了，王氏聽完後便立刻開始吆喝道：「文老太爺親口誇讚過的皮蛋瘦肉粥！花兩文錢和老太爺吃一碗一樣的東西欸！」

真別說，文老太爺在本鎮的名人效應極強，這樣的吆喝一出，聽到的人都會駐足。

當然也有人問王氏，說妳昨兒提了一嘴，後頭就突然不吱聲，今天怎又吆喝上了？

王氏現在可是「奉旨」宣傳，便理直氣壯道：「對啊，昨兒個我就說了，但我兒媳婦為人低調，想著大家吃過之後肯定也會知道這粥好吃，沒想到今天大夥兒還是懼怕這個賣相，所以她就去請示了老太爺，人家老太爺親口同意我這麼喊的！」

對方嗤笑，說：「文老太爺是什麼樣的人物，還會為這種小事開金口？而且，妳自己說的，妳兒媳婦已經不在文家做工了，還憑什麼去文家，又憑什麼見老太爺？妳這惡婆婆真是越編越誇張了！」

「就是！就算妳兒媳婦過年那陣子真的在文家做過，但要是像妳說的，得了老太爺的賞識，怎麼還會回這裡擺攤？那可是文家啊！別是做工是真，賞識是假，其實是讓人給辭了吧？」

王氏總不能說旁邊坐在那兒釣魚的小老頭就是老太爺，兒媳婦剛剛就在旁邊問的吧？她剛吃過胡唚的虧，想著也不能說是自家兒媳婦就想自己做生意，不想給人做工——這樣說了，怕是旁人要覺得老太爺連個廚娘都留不住，又讓老太爺失了顏面。

所以王氏眼珠子一轉，道：「我怎麼胡編啦？我兒媳婦去文家做工的事又不是啥秘密，大興米鋪的少掌櫃、文家的徐廚子都是知道的。至於後頭不做了，那本來就是過年的時候大戶人家待客忙，招的短工，工期到了可不就回來了？」

眾人看她說得信誓旦旦，絲毫不露怯，便是原本懷疑的也不由得相信了幾分。

藉著這個效應，當天的粥很快便一售而空。

等到早市完全過去，王氏看著賣空的粥桶，臉上是止不住的笑。旁邊的老太爺也釣完魚了，看她這樣就一邊收魚竿、一邊問：「全賣完了？」

這是王氏在戲臺那日後第一次和老太爺說話，她心裡還是有些發怵的——不然之前也不會讓顧茵幫著致歉，她自己沒敢上前。但老太爺對自家是真的沒話說，所以她大著膽子答話道：「托您老的福，今天以您的話宣傳，一口氣全賣完了！全是您老金口玉言活招牌的功勞呢！」

文老太爺有些得意地昂了昂下巴。「那比昨天多賺了多少？」

王氏想拍老太爺的馬屁，就故意多說了一點，大聲道：「少說五十文！」

老太爺無言。「……」好一個價值五十文的金口玉言活招牌！

文老太爺這活招牌還是比大家預想中管用得多。

當天確實沒有多賺到王氏所說的五十文，只多賺了三十文，但是後頭生意卻是越來越好。畢竟皮蛋的味道一開始會覺得難以接受，但吃習慣後愛上的人就多了，不然這粥也不會從古至今，傳到現代還那麼受歡迎。且這東西眼下只顧茵一家，別無分號，別處根本吃不到！最後嘛，就是人類從眾心理了。就像後世很多網紅店會特地雇人去排隊一樣，一旦激起群眾的從眾心理，自然是客似雲來。

後來也不知道從誰開始，這皮蛋瘦肉粥被人改了個名字，叫「文老太爺粥」。

這個花名被叫響之後，每天買粥的人更加絡繹不絕，不只是碼頭上的苦力和商客，更有鎮上的其他百姓，甚至連隔壁鎮上的商賈富戶聽人說起，都讓下人帶著食盒來排隊。

顧茵的粥賣得越來越快，經常都是天沒亮就有人來排隊，一個時辰不到就賣光。然後這粥也就做得越來越多，但最多也只能賣到晌午，依舊是供不應求。

一開始是一天多賺三十文，後來是四十文、五十文……到了二月底，顧茵一盤帳，這一個月竟賺了七兩多，比從前兩個月掙得還多。

一家子都十分高興，最高興的當然還是顧茵。身邊的人都說開店、盤鋪子的，其實說到這個，誰會比她更迫切？不過是真的暫時力所不及罷了。

再賣一個月，鋪子可算是有著落了。

老太爺這個月在碼頭上釣魚釣上癮，天亮的時候先去顧茵給他留的「貴賓位」吃一頓朝食，然後就搬個小馬扎坐到邊上開始釣魚，每天他都能釣上一桶。剛開始他還會帶回去給徐廚子料理，但徐廚子的手藝實在一般，那魚也不是上好的魚，做出來多少有點腥味。

一直吃到文家人看到魚就直皺眉，文老太爺自己也吃不下了，就變成每天只釣，釣上來後有人要就送，沒人要的話他就全倒回河裡。

他每天釣一上午，晌午回去的時候就會向王氏打聽一嘴這天賺了多少錢，王氏這段時間每天都能和老太爺說上話，已經不再怵他，也不瞞他，每天都耳語地告訴他，所以老太爺心裡對顧茵的進項也是門兒清。

這天顧茵剛盤完帳，便有人過來敲門。

王氏打開門一看，是文老太爺領著文沛豐過來了。

「您老怎麼特地過來了？」王氏笑著把兩人迎進門。

顧茵聞聲也出了堂屋，就聽見老太爺邊走邊嘟囔著——

「這巷子真是難找，也得虧沛豐來過，不然我還真找不到。」一見到顧茵出來，文老太爺一臉神秘地朝她招招手。「快隨我來，我帶妳們去看個好東西！」

顧茵和王氏就隨著老太爺出了家門。

文老太爺讓人趕了兩輛馬車來，他和文沛豐坐一輛，顧茵和王氏坐另一輛。

兩輛馬車一前一後，行駛了大約兩刻鐘，來到一處寬闊的街口。

馬車停下，一行人先後下車。

「妳看這裡怎樣？」文老太爺指著街口的空鋪子問顧茵。

這真的是一處市口極好的鋪子，在兩條大街的交匯處，呈L形，而且兩條街的人流量都不小。說是一間，其實抵得上等閒小鋪兩間那麼大。

說話間，老太爺邊領著她們進去看。

鋪子裡光線明亮，布局合理，更難得的是桌椅板凳和櫃檯等大件都齊全；而讓人驚喜的是後廚，這後廚竟不比文家的大廚房小，案臺、水槽、櫥櫃也是一應俱全；再後頭則是後院，有一個單獨的小院子，天井裡放著幾口大水缸，還有劈柴、砍柴的地方；另還有幾間臥房，可以做日常起居使用。

王氏和顧茵一路看過去，兩人都是越看越喜歡。

文老太爺一直在觀察著顧茵的反應，帶著她前後裡外都看了個遍後，問她。「妳看怎樣？這就是我之前和妳說的鋪子，說是市口極好的旺鋪，沒騙妳吧？」

顧茵忙不迭地點頭，這鋪子簡直是她現階段能想到的最好的，堪稱「夢中情鋪」了。

這個月小攤子上生意極好，她下午晌沒事的時候已在碼頭附近轉過，那裡的鋪子不論位置、大小、市口都不能和眼前的這處鋪子相比，而且最主要的是，碼頭一帶魚龍混雜，若是開設在那裡，接待的客人還是三教九流，並不很富裕，做吃食賣給他們，賺的還是辛苦錢。

「確實是個極好的鋪子！」顧茵愛惜地看過店內的每一寸地方。

文老太爺對著文沛豐挑挑眉，文沛豐立刻掏出一份書契。

書契遞到顧茵面前，上面寫著這鋪子租金一年二十兩，不用給押金不算，還可以按季度交付，一個季的租金，恰好就是顧茵現在完全負擔得起的銀錢。

文老太爺連筆墨和印泥都讓人帶上了，立即就催著顧茵畫押簽字。

顧茵卻道：「我不能簽。」

「妳不是說很滿意嗎？難道是覺得租金太貴了？那我再——」

顧茵連忙搖頭說：「不是太貴了，是太便宜了！我是初來此處，但也不是任事不懂的孩子，這附近的租子絕對不是您說的這個數。」
正說著話，王氏從外頭過來了。
剛才老太爺只顧著觀察顧茵，都沒察覺王氏什麼時候出去了。
王氏進來後就道：「大丫，我去附近問過了，這街上最小的鋪子租子都不止二十兩。街尾有一家和這間差不多大、市口不如這間的，一年要四十兩呢！而且都說沒聽說什麼租子能按季付的，最少要給一年的租子，若是搶手些的，直接是三年起租。」
顧茵聽完，對著文老太爺解釋道：「您看嘛，要是真像您說的這間鋪子一年只租二十五兩，您看在咱們的交情上便宜我兩成，我也就占您這個便宜了。可是這鋪子怎麼也得租五十兩一年，您直接把租子對半砍了不算，還讓我按季度付……這便不太合適了。」
「妳管旁人多少租金呢！這鋪子是我家的，租金多少還不是我說了算？」
顧茵還是不應。
文老太爺氣呼呼地背著手走了。
顧茵連忙跟上，溫聲勸道：「您別生氣，我不是故意要拂您的好意，實在是不能這麼占您便宜。咱們按市價八成來唄，我再攢攢，馬上就夠了。您明天早上想吃什麼？」
老太爺沒想到她說著租子的事情，突然就轉到了吃食上頭，腳下一頓，下意識地就回道：「吃魚羹吧，徐廚子做的忒腥。」
顧茵笑著「哎」一聲。「那我明天一早做給您，保管不帶半點腥味！」

文老太爺又哼一聲，爬上馬車，臨走前卻不忘吩咐文沛豐把顧茵和王氏送回緇衣巷。

王氏戀戀不捨地又看了一眼那鋪子，這才和顧茵一起上了馬車。

文沛豐和車夫坐在一處，馬車再次驅動。

回到緇衣巷，文沛豐猶豫再三，還是把顧茵喊住。「小娘子，我多嘴說一句，老太爺是真的喜歡妳，前兒個他還對大老爺說，大老爺現在還年輕，該和大夫人努力努力，再生個如小娘子一般的孫女出來，說得大老爺臉都紅了。」想到文大老爺臊得滿臉通紅，直拿袖子擋臉的模樣，文沛豐眼中不禁泛起一點笑意。「雖我沒和老太爺一起去碼頭，但人和人之間的相處，總是以真心換真心，想小娘子對老太爺也是很有心的。那鋪子是老太爺對小娘子的一點心意。至於那幾十兩租子對老太爺來說，真的不算什麼。」

顧茵笑道：「少掌櫃說得對，幾十兩對老太爺來說確實不算什麼，可對我來說，那真的是很大一筆銀錢。而且你也說了，人和人的相處，是以真心換真心，就是因為我和老太爺有情分，處得好，所以才更不能占他便宜，否則這樣摻著功利的相交成什麼了？老太爺肯定也不會喜歡這樣的『孫女』。」

文沛豐對上她星子般發亮的眼眸，微微垂眼避開，而後才道：「小娘子倒是比我通透。不過那鋪子我看妳和武夫人都十分喜歡，若是錯過了……」

「確實喜歡。」顧茵灑脫地笑了笑。「但若是錯過，便是沒有緣分了。」文沛豐能主動說這些，顯然是把她當成朋友了，顧茵也承了他這份好意，揮手道：「你快回去吧，一會兒天就黑了，晚上可能要下雨。回去記得幫我勸勸老太爺，千萬別生我的氣，我明兒一早做好魚羹等他。」

文沛豐抿唇笑了笑，應了一聲好。

顧茵回到家裡，武安已經下學回來了，王氏拿出顧茵寫的帳冊和錢箱，還有她自己的私房錢，都擺在一處，讓武安重新幫忙算算家裡一共有多少現銀。

武安跟著文大老爺學了一個月，不止學了開蒙的書，也學了一些算術。

小傢伙一通算，算出家裡現在一共能拿得出十兩左右。

王氏垂頭喪氣地長嘆一聲。「按五十兩的市價算，老太爺給咱們便宜兩成，那就是四十兩，一個季度就是十兩，夠是勉強夠，可是新店要添置東西，怎麼也要再準備個七、八兩啊！唉……」

「沒事兒啊，娘。」顧茵柔聲寬慰道：「咱們現在生意很好，七、八兩也就是一個月的事。」

王氏憂心忡忡地看著她。「妳從前只忙活一個早上，如今因為客人多，每天都得提前一個時辰起來熬粥，又要推遲一個時辰收攤，再忙一個月妳頂得住嗎？」

顧茵歪頭笑道：「娘忘記我是財迷了？有銀錢賺，我怎麼會覺得辛苦？您可別小看了我的財迷勁！」

王氏被她哄得面上一鬆，又趕緊起身把她往外推。「快洗漱完歇著去，沒幾個時辰可睡了！」

第二天，婆媳倆照常起身。

天剛亮的時候葛大嬸來取包子，看到顧茵眼睛下面的青影不散，不禁心疼道：「妳家現在這粥賣得好，不若只熬粥算了，包子就先放一放吧。」

「沒事，這是咱們兩家說好的，都簽了書契的。現在包子包得少，其實也沒費什麼工夫。」顧茵笑著把合數的包子交到葛大嬸手上。「嬸子要真心疼我，回頭給我拿您攤子上的油糕吃，我要炸得油汪汪的那種。」

和顧茵合作就是爽快，丁是丁、卯是卯，並沒有因為她家生意好了就翻臉不認人，也沒有因為兩家交情好而打感情牌，葛大嬸越看她越喜歡，小聲道：「看妳最近瘦的，光炸油糕怎麼夠？我今天割點肉，明天讓我們家老葛炸肉丸子給妳吃！」

顧茵笑著應一聲。

東西準備妥當之後，王氏和葛大嬸自去碼頭上開攤。

顧茵則在家留了一留，給老太爺做魚羹，魚這東西冷了就容易發腥，所以必須算好時辰開始做。

今天攤子上照常是人滿為患，還沒出攤就已經排起了隊伍。

王氏把攤子擺開，一碗碗熱騰騰、濃香撲鼻的皮蛋瘦肉粥就開始對外販售了。

但剛賣沒多久，就出了岔子。

一個十分面生、尖嘴猴腮的乾瘦漢子剛喝了一口粥，就一口噴出來。「呸！真難吃！」

他這骯髒的吃相已經讓旁邊排隊的人都不自覺地退開了，後頭等他把粥碗一摔，旁邊的人就退得更遠了。

王氏虎著臉從攤檔後頭出來。「難吃是吧？來，我退你兩文錢。但是你剛砸了我家的碗，承惠三文錢。你再給我一文錢，謝謝。」

王氏的神情雖然凶，但態度完全稱得上是大方得體、有禮貌了。因為自從生意一天比一天好以後，顧茵就給王氏提醒過，說自家從前只做碼頭上的生意，還惹來了葛大龍那樣的潑皮尋釁，現在更有其他地方的人慕名而來，早晚還會再發生這種事。

若是從前，鬧起來就鬧起來，自有關捕頭或者李捕頭來主持公道。

但現在則不同，一停下來那就會少做小半天的生意。

王氏一聽會少賺銀錢，當即就重視起來了，保證自己遇到這種事時一定會冷靜。

所以她此時並不發作，只冷靜地說要退還他的銀錢。

對方像是沒料到她這惡名在外的惡婆婆會這般好說話，微微愣了一下後，才道：「妳家的粥這麼難吃，怎麼還要我的銀錢？」

王氏橫他一眼，依舊很平靜地道：「都說買粥的兩文錢還你了，讓你付的是摔爛的那個海碗的錢。算了算了，我兒媳婦說做買賣講究和氣生財，一文錢就不和你計較了。你既覺得不好吃，也把碗摔了，就速速離去吧，別妨礙後頭其他排隊的人。」

她這麼一說，後頭還排著隊的人也跟著發聲了。「就是啊！你都買完了還占著位子幹什麼？不好吃就吃別家去唄，我們還等著買呢！」

「就是！人家這是『文老太爺粥』，又不是光我們覺得好吃……你這舌頭還能比文老太爺厲害？」

漢子聽人說起文老太爺，眼珠子一轉，又生一計，啐道：「還『文老太爺粥』呢，這粥攤都賣了一個月，文老太爺要真那麼喜歡，怎這一個月都沒聽說過文家的人來？別是打著名號唬人吧！」

王氏煩躁地蹙起眉，但也不能說天天在自家攤子旁邊釣魚的小老頭是文老太爺。

漢子看她不吱聲，越發大聲地道：「大家說嘛，是不是既沒見老太爺來過，也沒見文家人來過？這家黑心的，就是覺得老太爺性子寬厚、與世無爭，所以故意扯人家當招牌呢！說不定人家老太爺知道後氣得不行，就是懶得同這種黑心商人計較呢！」

正說著話，文老太爺來了。

他今天沒帶小廝，帶了聽說顧茵今天要做魚羹，想來跟著學學的徐廚子。

徐廚子一手拿著魚竿，一手拿著釣桶和小板凳。看到小攤子裡三層、外三層地圍滿了人，他讚嘆道：「師父的手藝真是沒話說，就算在碼頭上擺攤都能擺出這種陣仗！也不知道他們忙不忙得過來？」

老太爺一聽他這意思就明白了，斜他一眼，從他手裡接了東西後往自己的老位子上一放，就自顧自地開始釣魚了。

「那您先釣著，我過去看看。」徐廚子嘿嘿一笑，撥開人群擠過去，正好就遇上了那乾瘦漢子在為難王氏。「誰說沒有文家的人？我就是文家的人！」

徐廚子肉山似的身子往王氏旁邊一站，氣勢上頓時就把對方壓倒了。

漢子退後半步，說：「你說是就是啊？你怎麼證明？」

徐廚子氣笑了。「怎的，我還得找衙門寫個文書，證明我就是我唄？」

漢子退後半步，眼珠子亂轉，一時想不到怎麼說。

徐廚子提著他的後領，提雞崽子似地把人提出人群。「來來，我帶你到外頭問問，看有沒有人認識我徐廚子？實在不成，我帶你去文家門口問問門房和家丁！」

對方一聽他這話，立刻扭著身子躲開了。

徐廚子也沒想同他掰扯，見他跑了便又回攤子上幫王氏的忙。

過了一刻多鐘，顧茵做好色香味俱全的鮮魚羹過來了。

裝著鮮魚羹的小砂鍋送到老太爺面前，魚湯色澤白如牛奶，入口鮮嫩爽滑，回味無窮，果然是半點腥味都沒有。

徐廚子幫著王氏賣粥，注意到顧茵過來就立刻跟了過去。

老太爺看他眼珠子都恨不能貼到砂鍋裡來，最後特地剩了一些。

徐廚子得了他的許可，嚐過一口，砸吧著嘴道：「師父做的魚羹果然不腥！哎，您教教我唄？」

兩人已經一個月沒碰頭了，難得他能跟著老太爺過來，顧茵自然不吝嗇，當下就把步驟和要點都告訴了他。

徐廚子聽得連連點頭，逐字逐句都記在心裡，後頭又幫她回攤子上賣粥。

一陣忙到早市過半，顧茵小聲問徐廚子。「你出來都小半天，不會誤了你的事吧？」

徐廚子道：「不會，我跟著老太爺出來的。而且今天二老爺陪著二太太回娘家，二少爺、三少爺也都跟著一道去了。大老爺他們都是好性子，知道我是跟著老太爺出來的，也不會說啥。」

顧茵於是也不再問。

不過這天也多虧有徐廚子在，因為在那個乾瘦漢子之後，又來了好幾個尋釁的客人。

然而論文，他們說不過顧茵；論武，他們掰扯不過徐廚子和王氏。而且不管他們怎麼作妖，顧茵他們都會分出一人去應對，並不影響其餘兩人接著做生意。

尤其徐廚子亮明了自己文家大廚的身分，對著顧茵恭敬地一口一個「師父」，越發的有說服力，也就再沒人敢說顧茵是在虛假宣傳。

忙到下午晌，老太爺收了魚竿，和徐廚子回文家，顧茵則和王氏照常收攤。

而在他們都離開碼頭後，那幾個尋釁發難的人便從各個角落裡躥了出來，都聚攏到一處，為首的正是那個尖嘴猴腮的乾瘦漢子。

幾人嘀嘀咕咕了一陣，漢子給他們都分了錢，便就此散開。

漢子恨恨地看了一眼顧茵家攤子的位置，離開碼頭後沿著小路七拐八繞，最後走進了王家老宅的後門。

老宅的後門裡等著一個中年婦人，給那漢子開了門後便問他今天境況如何。

漢子道：「事情不如您說的那麼簡單，那惡婆婆並不吃激將法，且還有文家那大胖廚子幫腔，兄弟幾個忙活一天也沒能攪黃他們的生意。」

婦人蹙眉道：「別是你們怕了關捕頭，所以特地放水吧？」

「嬤嬤說的這是哪裡話？兄弟幾個既然收了銀錢，那肯定是會辦好差事。關捕頭雖厲害，至多抓我們進去蹲幾天大牢，難道我們還會怕那些？真的是那對婆媳難搞，油鹽不進。但兄弟幾個都是做了事的，您看這辛苦錢……」

婦人聽他沒把差事辦成，本是不想給銀錢的，但這件事並不能宣揚出去，便只好還是按照之前說好的數目交付了銀錢。

等到把那無賴打發走，婦人關上後門，腳步匆匆地就往主屋去了。

王家老宅的主屋裡，王大富和趙氏，王大貴和鄒氏都在等著聽消息。

聽到那嬤嬤來報，說事情並未如他們預想的那樣發展，幾人臉上都流露出失望的神色。

大房的趙氏最沉不住氣，當即就開始罵罵咧咧的，從王氏到顧茵再到武安都罵了一遍，先是說王氏越老越奸猾；又說顧茵看著年紀小，卻是個滿肚子壞心思的，活該她這個年紀就守寡；最後說小武安一副短命相，跟他爹和哥哥一樣活不長。

趙氏越罵越難聽，王大富都聽不下去了，拍著桌子罵她。「妳這是恨不得把我們王家祖上都捎帶上一起罵是不是？再說，妳現在罵人能頂什麼用？」

趙氏都當祖母的人了，被他罵了也不敢吭聲還嘴，只放低了聲音道：「我這不是急的嘛！王寶蕓回來就算了，去那三教九流群集的碼頭討生活和咱們也不相干，可怎麼就和文家扯上關係了？咱家好不容易打通了文二老爺的路子，要把孩子送到文家上學的，若是讓她橫插一槓子……」

王大富聽到這話也是一嘆。

而自始至終沒吱聲的王大貴和鄒氏夫婦對看了一眼後，鄒氏就開口道：「大哥、大嫂聽我一句，眼下不是想孩子們進學這事的時候，而是該擔心王寶蕓會不會發現當年的事？畢竟她都搭上文家了，難保不會有別的路子……」

這話一出，幾人的面色俱是一凜！

當年王氏出嫁後沒兩年，王家二老便消了對寶貝女兒的氣，只是礙於面子，又被鄒氏一頓挑撥，才沒讓女兒歸家。後頭聽說王氏生了個大胖小子，二老心裡的芥蒂是全消了，立刻去了家書，說等孩子大一些，就讓王氏帶回去給他們瞧瞧。

壩頭村離寒山鎮路途遙遠，腳程快的也要走上一旬多，若是帶著個剛出生的奶娃娃，那少說得走上一個月。

王氏本以為至少也要等兒子武青意周歲了，才能耐得住那樣的舟車勞頓，沒想到武青意打小體質就異於常人，半歲時就像別的小孩周歲那麼大了，更是出生以來就沒有過一點小兒常有的頭疼腦熱，因此王氏便在他半歲的時候給家裡來了信，說這就帶著兒子動身回去。

王家二老高興壞了，讓人又把本來就常年在灑掃的北屋收拾出來，又給武青意打了個小孩巴掌大的純金長命鎖，還擔心來回奔波對孩子不好，決定去隔壁縣城很有名氣的寺廟裡祈福。

那寺廟是建在遠山縣的郊外，結果二老不幸遇到了山匪。那些山匪光劫財不算，還把本就老邁的他們打傷了，綁了他們向王家兄弟要贖金。

等到王家兄弟帶著贖金去把人帶回來後，二老雖然還留著一口氣，但已是出氣多、進氣少，還沒等大夫來，就知道自己快不行了，開始仔細交代起身後事。

他們的意思，是要將家裡的產業分成三分，他們三兄妹一人一份。

大房和二房的兩對夫妻聽了登時就不樂意了。

從前他們最擔心的就是二老太過偏心王氏，生怕王氏出嫁的時候要貼出去不少家產做陪嫁，後頭二老提出讓王氏招武爹入贅，他們幾個更是急得幾晚上都沒合眼。還好二老的打算沒能成事，王氏甚至什麼嫁妝都沒帶就那麼嫁了人。兩房人都當這整個王家是自己的囊中之物了呢，沒想到兜了個大圈子，最後還得分出一份給王氏這外嫁女！

可是二老那會兒眼看著就要氣絕，他們也不敢不應，便賭天發誓一定會按照他們的吩咐辦。最後在二老一迭連聲的「哥倆好好照顧妹妹」的囑咐聲中，大房和二房夫婦看著他們斷了氣。

因為當時事情發生得急，連大夫都沒來得及請過來，便也沒能通知族中長輩，所以見證二老遺囑的，只有他們兩對夫妻，後來兩家一合計，乾脆把遺囑的事給瞞了下來，這才不等二老治喪完畢，他們就爭著把家產分了，還心虛地把如期歸家的王氏給轟走了。

鄒氏還想到了一條計策，安排一個術士去壩頭村，給武青意批了一個天煞孤星、剋親的命數，想把二老身死一事歸到他身上去，絕了王氏再回娘家的念頭。

不過王氏也確實要強，自那之後就沒和娘家來往了。

再後來，他們聽說壩頭村發大水，更以為再無後患，都讓人準備去給王氏收屍了，卻聽人提起說王氏帶著兒媳婦和小兒子回寒山鎮來了！

因為這個，當時兩房人都急壞了，於是不等王氏自己上門，趙氏和鄒氏第二天一早就上趕著前去，想把她騙走。偏那事讓顧茵給攪和了，王氏還拿出二老當年寫給她的家書，當時他們真的如臨大敵，也幸好那份家書寫得早，只說北屋收拾出來留給她了，讓她可以隨時回來住。估計當時二老的意思是要等她帶著武青意回來了，再親自和她說分家產的事情。

他們放下心來，只折出去二十兩銀子。

等送走王氏，他們又讓人打聽了一番，知道王氏他們搬到了緇衣巷，在碼頭上討生活，就也沒放在心上——寒山鎮雖小，卻也分階層，在王家人看來，那一片屬於賤民，和自家是八竿子打不著了。

如今則不同，蓋因為當年二老去世確實沒有旁的見證人，但是他們去上香祈福的時候是約了遠山縣的故交一道去，也是一起被劫的，很有可能和那家人說起過家裡的事！

雖說二老過世後，他們兄弟兩家沒和那邊來往了，但是如今王氏那兒媳婦藉著文老太爺的名頭，把生意做得那般大，連不是鎮上的客人都有能耐招來，萬一和那或許知情的故交遇上了……簡直讓人不敢深想！

正當幾人一籌莫展之際，王大貴開口道：「當時我就說等她出了府後，尋幾個強人……他們孤兒寡母的自然難以應對，也就沒有現在這困局了。無奈大哥心軟，那時並不同意。」

王大富自知理虧，但還是端起長兄的架子道：「她從咱們家分到那二十兩之後，就搬到緇衣巷關捕頭隔壁了，什麼人敢在那裡放肆？讓關捕頭抓著，萬一逼問出我們來，不知道要惹出多大的亂子呢！再說，事到如今，說從前的事頂用嗎？」

王大貴臉上泛起一個諷刺的笑，前頭他說雇人行凶，他這大哥不同意，現在知道怕了，又只敢雇幾個地痞、無賴去小打小鬧，卻不想想王氏和顧茵從前是名不見經傳的人物，死了也就死了，如今她們卻是在文老太爺面前掛了號的，根本不能用強了！

這就是他大哥，沒腦子也沒膽子，優柔寡斷、難成大事。偏因為長子的身分，壓了他一輩子，連分家的時候都拿走了更多的那部分！

眼下還得統一戰線，於是王大貴收起那笑，正色道：「如今我還有一個法子，就是不知道大哥同不同意了？」說罷他便壓低聲音，把自己的計劃說了一遍，又道：「這事我都打聽好了，只要大哥同意，這兩天就能著手去辦。而且如你所說，那緇衣巷和碼頭都是關捕頭罩著的地方，其他法子容易留下尾巴，但是我這法子卻是不會惹來麻煩的。總而言之，只要把小妹他們的生意攪黃，讓他們在鎮上無法立足就是。」

前頭尋潑皮、地痞去搗亂不成，此時王大富和趙氏是再想不出旁的主意了，半晌後，王大富道：「好，就照你說的辦。」

王大貴又抬眼和鄒氏對視一眼，兩人眼中都是精光微現。

這天收攤後，顧茵就覺得上午的事不對勁。要說偶然有一、兩個難伺候的客人還正常，但一上午出現五、六個，這就很像是有組織、有預謀的搗亂了。

她和王氏商量了一番，王氏還特地去隔壁和關捕頭打了個招呼，拜託他巡邏的時候多留意一下自家攤子上的動向。

關捕頭也答應下來，順帶問起王氏。「聽說妳們最近在給小野找師父？」

說到這事，王氏就嘆氣。顧野這小子委實沒有起錯名，野得沒邊了！

之前他和武安日常會用繩子繫在一起，他雖帶著武安四處溜達，但好歹會顧忌著武安一些，天黑前還知道要回家。

現在武安去文家上學了，顧茵和王氏要做活，也不方便把他繫在自己手上。

顧野每天跟著她們去碼頭出攤幫忙，一開始是頂替了武安幫忙端碗、擦桌子的活計，但後來買粥的客人越來越多，顧茵怕客人把他推搡了或者踩踏到他，也怕那滿滿當當的粥碗把他燙到，就讓他自己去旁邊玩耍。

結果不玩不要緊，一玩起來，這小崽子就像泥牛入海般，眨眼工夫就跑得沒影了，不到快睡覺的時辰都不知道要歸家！

等他晚上回家，顧茵和王氏都少不得要唸叨他兩句，他就笑咪咪地任她們說，也不回嘴。等到她們說完，他就給顧茵倒茶，給王氏捋後背順氣，還知道要把自己洗得乾乾淨淨的。老話說伸手不打笑臉人，對著這樣的他，誰能把心腸硬了去？

一個月的工夫，這小傢伙又黑成炭頭了。

加上顧茵給他新做的春衫也是耐髒的深色，一到夜裡，他又跟從前似的，放輕手腳、隱在角落裡的時候渾似隱身了一般，只要他不動、不出聲，還真發現不了他。

家裡後頭又給他請過老大夫，老大夫說他比之前壯實了許多，多曬曬太陽活動活動對他也有好處。這話一出更不得了，顧野每天撒歡撒得更厲害了！

他衣服每天都換，但王氏每天給他洗衣服都能洗出泥漿來，可想而知有多淘！

老放任孩子這麼野也不是個事，他現在只會日常對話裡基本的短句，年齡也就四歲，身形才長開一些，但是看著也就三歲大，並不適合去讀書。

顧茵就讓人問問看，有沒有什麼會拳腳的師傅收徒弟的——既能消耗顧野旺盛的精力，好歹也比讓他在外頭瘋玩好些。

可惜的是，小鎮上會拳腳的人本就不多，僅有的那幾個開武館、收徒弟的，人家也不招這種小豆丁，因此尋摸了好些天，這件事還沒有個章程。

如今關捕頭問起來，王氏嘆完氣就道：「可不是嘛，這孩子鎮日裡在外頭瞎跑，我和她娘下午晌想著他沒回來，歇都歇不安生。」

關捕頭就道：「我還是那句話，這孩子如今雖是妳家收養，但公家對他還是有照顧的責任的。不如這樣，我和我徒弟是輪班隔天休息，我們休息的時候就讓他跟著我們一上午，我們輪流教他一些拳腳功夫，教一個上午，妳們中午收了攤就能把他領回去。」

「這會不會太麻煩你們了？」

「自然不會，我們休班的時候本也會花上半天的工夫練武。」

王氏驚喜地連忙道謝，回家就和顧茵說了。

顧茵作為一個穿越人士，剛開始並不相信這個時代的人真能像武俠小說裡那樣飛簷走壁、上天入海——功夫當然是華夏瑰寶，但是她以為應該就像現代那樣，是強身健體的，練會了當然是比普通人厲害一些，但絕對不到小說裡那種地步。所以當某天在碼頭上，顧茵親眼看到關捕頭騰空而起，一躍出去好幾丈追捕賊人的時候，她驚得下巴都快掉下來了！

後頭她問了人才知道，正是因為關捕頭這身紮實的武藝，壓制住了那些賊人，才有了現在寒山鎮百姓安居樂業的環境。

如今聽說關捕頭肯帶著顧野，顧茵自然也同意。

王氏想的比她多，又壓低聲音笑道：「我聽說李捕頭打小就是跟著關捕頭練武辦案，十四、五歲就成為捕快，又不到二十就升任做了捕頭。雖然一個衙門裡只有兩班衙役，也只有兩個捕頭，但是等咱們小野長成了，正好關捕頭的年紀也大了，該退下來了，可不就正好讓他頂關捕頭的班？」

「娘也想的太遠了。」顧茵無奈地看她一眼。「咱們小野才幾歲，哪能出門辦案去？隨關捕頭、李捕頭他們休沐的時候學學武就好。」

但兩人都同意也不算，還得和顧野商量一番。

等到這天顧野又摸黑回家了，顧茵就把事情細細地說給他聽，詢問他的意思。

沒想到這小孩剛開始聽說送他去學武還挺高興的，一聽是跟著關捕頭，他就不樂意了。

顧茵問他為啥不樂意呢？

顧野急急地解釋道：「他碼頭……追我，我跑。」怕他娘理解不了當時那種狀況，他夾著兩條小胳膊來回飛速擺動，表示自己當時跑得很快。「然後……嗖一下，他飛，我跑不過。」

這個「嗖一下」他實在演不出來，抓耳撓腮的給急壞了。

顧茵看著他又說又演的，憋著笑道：「你一字一句慢慢說，那後來呢？」

「後來我要跳河裡，他就不追了。」

這事情顧茵之前就聽葛大嬸和老劉頭提過，說當時這孩子孤身一人在碼頭風餐露宿，關捕頭想把他送到善堂去，無奈他滑溜得不行，關捕頭又怕傷到他，不敢下狠手去抓，只想要把他耗到沒力氣。沒想到這小孩死倔，跑到沒力氣竟差點要跳河。

也因為那樣，碼頭上的人看關捕頭都束手無策，就沒人再敢抓他，任他在那裡遊蕩。一直等到顧茵和王氏去擺攤，這孩子才算有了歸宿，也才有了現在的顧野。

「傻孩子，為啥要跳河呢？」顧茵點了點他，把當時關捕頭是要送他去有吃有喝的地方，所以才追捕他解釋給他聽。

顧野恍然地點點頭，又說：「穿那個衣服的，我害怕，都抓我。」

這樣一說，顧茵也明白了。寒山鎮外的世道確實亂得很，皇帝昏庸，官員貪污，連捕快、小吏都跟著魚肉鄉民。也是他們運道好，在這亂世中尋到了寒山鎮這樣的世外桃源。

「穿捕快衣服的不都是壞人喔！你想啊，人家像你說的會飛的，如果要抓你，那不是很簡單？他就是怕傷到你啊。」

顧野疑惑地道：「難道不是……我跑得快？」

王氏在旁邊實在笑得不行了。「你都被逼得要跳河了，你快個啥啊你快！」

顧野搔了搔後腦勺，不好意思地笑了笑。

「讓你去學功夫，學會了也那樣嗖嗖的飛，不好嗎？」

顧野的眼睛一下子亮了，忙不迭地點頭道：「我學飛！」

於是顧野去隔壁學武的事就定了下來。

第二天，顧茵和王氏一如往常去碼頭上擺攤。

她們出發的時候，隔壁的關捕頭已經在院子裡打拳了，顧野便被送過去，從扎馬步開始學起。

這天並沒有發生顧茵預想中再有人來尋釁的事，顧茵雖然心裡仍有些不踏實，但平平靜靜終歸是好事。

晌午收了攤，顧茵把東西往家裡一擱，趕緊就去隔壁看顧野。

這孩子還在院子裡扎馬步呢，關捕頭在旁邊陪他一起扎。

一大一小兩個身影站在一處，一樣的跨步半蹲，一樣的雙手在腰間握拳。

顧茵被嚇到了，猶疑地問道：「你們不會是從天亮我們出去擺攤那會兒，就扎到現在了吧？」

關捕頭滿頭大汗，呼吸聲粗重。

顧野也是滿臉通紅，卻是笑嘻嘻地道：「他說的，一起扎！」

關捕頭這才呼出一口長氣，出聲道：「是我說的。」他一開始是怕這孩子覺得扎馬步辛苦，耐不住性子去練，所以才說陪他一起扎。本想著這樣大的孩子，最多扎上一炷香就了不得了，所以關捕頭也沒設時間，沒想到這孩子馬步一扎就是一個上午！

「哎哎，小野，快回家吃飯了！」眼看著關捕頭的腿都開始打顫了，顧茵實在於心不忍。

顧野乖乖地收起陣勢，站起身，依依不捨地對著關捕頭揮手道：「下午再一起玩！」

饒是素來持重、臨危不亂的關捕頭，聽到這話時臉色都明顯地變了一變。

「什麼下午晌？你跟我一同半夜起來的，吃完飯後，下午就跟我在家一起睡覺！」顧茵拉著他就走，還不忘對哆嗦著腿的關捕頭點頭致歉。

等回了家，王氏簡單地做了頓午飯，在飯桌上問起顧野今天學得怎樣？

顧野一邊大口吃飯、一邊口齒不清地道：「好，好玩！」

等到後頭打發了顧野先去屋裡睡午覺，顧茵才道：「娘可別問了，我都後悔送小野去學武了！」說著，她把關捕頭方才的「慘況」描述了一番。

王氏揮手道：「妳這就是多餘的擔心了，那是關捕頭欸，還能讓孩子難住？日常休沐就是在家打拳練武的行家呢！」

顧茵無奈。「關捕頭再神通，也不年輕了，都快知天命的年紀了。」

「練武之人的體質不是咱們能揣度的。倒是咱們小野，還沒開始學呢，就扎一上午馬步，這兩條小腿不得疼死？」

兩人說著話，進屋去看，顧野已經在炕上呼呼大睡了。

顧野一覺睡到半夜，顧茵起身的時候他也跟著起床。

顧茵問他腿疼不疼，他歪了歪頭，表示疑惑，好像在說好好的，娘問這個幹啥？然後他乾脆以實際行動回應，在屋子裡又是深蹲、又是飛踢的，表示自己啥事都沒有。

武安聽到響動，也揉著眼睛坐起來，帶著睏腔詢問道：「小野，昨天我回來你就睡著了。娘和嫂嫂說你去和關捕頭學武了，是不是特別累？」

顧野立刻笑著道：「不累，好玩！」

武安羨慕道：「真好啊？我休沐的時候也能跟你一起去嗎？」

顧茵立刻道：「不，我勸你最好別去。」

時辰還早，顧茵讓武安接著睡，帶著顧野出屋去洗漱。

等到出攤前，顧茵叮囑道：「今天可不許再扎一早上馬步了，知道不？對身體不好。」

主要是對關捕頭的身體不好。

顧野似懂非懂地點頭答應。

與此同時，穿上捕頭服飾、戴好佩刀準備出門上值的關捕頭在臨出門之際，對徒弟叮囑道：「你別帶那小孩扎馬步，找些別的練。」

李捕頭奇怪地問道：「練武不都是從扎馬步練起嗎？當年您帶我的時候，不也讓我一扎就是一個時辰嗎？」

關捕頭輕咳一聲。「反正就是個打基礎的過程，也不拘泥於這個形式，你再想別的就是了。」

自家師父比自己還有帶徒弟的經驗，因此李捕頭也沒多問，只抱著腦袋一通猛想，沒注意到他師父這日走路的姿勢略微奇怪。

後頭顧野樂呵呵地來敲門了，李捕頭開了門，看著他小豆丁似的五短身材，一時間也不知道除了扎馬步外還能帶他練什麼？最後，在顧野滿眼的期待目光下，李捕頭宣佈道：「不然我帶你跑步吧？對，跑步練氣，對以後修行內家吐納很有幫助的。我陪著你跑！」

第十二章

顧茵和王氏這天到碼頭上時，發現旁邊的空地上突然也支起一個新攤子。

她們的攤位已經是碼頭上最差的了，所以另一側一直沒有人，日常文老太爺就坐在那裡釣魚。

本來多一個攤子也不出奇，奇就奇在，這家的傢伙什物——不論是矮桌、板凳、攤檔、箱子，甚至是粗瓷海碗，都和顧茵她們用的都是一樣的！

再定睛看去，這家也是一個面相凶惡的婆婆帶個媳婦。

且那媳婦還是王氏和顧茵認識的人——正是之前想和顧茵學廚不成，大過年的在許家說酸話酸王氏、讓許氏趕出去的那個鄰居！

這婦人的姓氏她們不知道，只聽鄰居都喊她作馮成家的。

「妳來幹啥？妳憑啥學我們？」王氏認出她來，當下就不幹了，立刻上前去質問。

馮家媳婦抄著手冷笑道：「這碼頭上交錢就能擺攤，憑啥我不能來？再說，我和我婆婆一起做生意就是學妳家了？那天下婆媳一起擺攤的都是學妳家？」

王氏捋起袖子道：「妳這是強詞奪理！我不說妳們婆媳一起擺攤的事，只說這些傢伙什物——」

「那就更好笑了，這傢伙什物是我在木匠那裡買現成的！」

這話王氏還真辯駁不了，一開始自家用這些傢伙什物是因為決定擺攤的時候倉促，便直接買了現成的，後頭家裡富裕了一些，本來是能置換好一些的，但是一則那些東西都用順手了，二則是想著再有幾個月就要去盤鋪子開店，就不再浪費銀錢，卻沒想到這成了個空子，讓這馮家媳婦給鑽了！

自家攤子上開始排隊了，王氏轉頭看到顧茵忙起來，便也顧不得和馮家媳婦吵嘴，回身去幫忙了。

「學人精，有毛病！」王氏看著自家攤子前熱熱鬧鬧，而隔壁攤子冷冷清清的模樣，便一邊幹活、一邊低聲罵道：「幹不過兩天就倒閉！」

顧茵沒應她的話，那天的人搗亂一天後就沒再來，她心裡總有些不安生，今天這馮家媳婦又學著她家一模一樣的陣仗，顯然也是有備而來的。她正這麼想著，碼頭上突然又來了好些人，像有組織一般立刻去了隔壁攤子排隊。

兩家攤子前都大排長龍，馮家媳婦旁邊的老婆婆也開始學著王氏一樣，聲音洪亮地吆喝道：「文老太爺粥，一文錢一碗欸！大肉包子一文錢兩個，菜包一文錢三個欸！」

居然連賣的吃食也和她們一樣，還便宜了許多！

這王氏哪能忍得了？當下她就把手裡的長柄勺一放，嚷道：「馮成家的，妳這是什麼意思？妳們賣包子也就算了，哪來的『文老太爺粥』賣？」

馮家媳婦道：「誰規定這『文老太爺粥』只能妳家賣啦？再說，天下也不止寒山鎮那一位文老太爺，我娘家同村也有個姓文的老太爺，怎樣了？」

這簡直是強詞奪理！那馮家媳婦光說不夠，還特地站了出來，插著腰、挺著胸脯對著王氏，這副欠打的模樣激得王氏差點動起手來！

顧茵把王氏拉住。

王氏轉頭看到自家攤子前排隊的人已經在催著她們快些開賣了，便只好先回去做生意。之前來嚐過顧茵手藝的客人，都知道她們家才是正宗，自然也不會去馮家媳婦的攤子上排隊。

但是壞就壞在，如今衝著「文老太爺粥」這名頭來光顧的，還有其他地方的人，他們初來乍到，看到兩個攤子緊緊挨在一處，還當是一家的，便到了隊尾巴開始排。好運一些的，自然是買到顧茵家正宗的；運氣背一些的，就買到了山寨的。

在馮家媳婦攤上買到了粥之後，對方一嚐，立刻嚷嚷道：「這不對吧？不是說這『文老太爺粥』裡頭放的是黑漆漆、口味特別的皮蛋嗎？妳這分明是鹹蛋瘦肉粥啊！而且不止這粥不對，這包子也好鹹啊，這是打死了賣鹽的嗎？真難吃！」

皮蛋是這個時代還沒有的產物，是顧茵自己做的，旁人自然模仿不來，所以賣的是鹹蛋瘦肉粥。

兩家攤子挨在一處，王氏聞言立刻道：「他們家是假的！我們家才是真的！」

馮家媳婦面不改色地道：「我家只說是『文老太爺粥』，也沒說賣的是皮蛋瘦肉粥啊！就是鹹蛋，不然怎麼只收一文錢？要吃皮蛋去隔壁再排過唄！」

那人好不容易才排上隊，再看一眼王氏攤子前的長龍，自然不願意，要和馮家媳婦掰扯，卻不料她攤子上那些找來排隊的人你一言、我一語地開始幫腔了。

「一文錢這麼一大碗鹹蛋瘦肉粥，你又沒吃虧！」

「就是！你要是錢多，再去隔壁買那兩文錢的就是了，別礙著我們排隊！」

那人本來就不是本地人，勢單力薄地對上了這麼些個人高馬大的本地漢子，也只能捏著鼻子認了。

那人從馮家媳婦的攤子前離開後，對著王氏道：「我方才排錯了隊，但是一會兒就得回去。大老遠來一趟不容易，妳看能不能再賣我一碗？」

要擱平時，王氏自然就賣給他了，但眼下她還沒答話，攤子前的其他客人都有意見了。

「你排錯隊是你自己的事，憑啥插我們的隊？」

「就是！我也是從其他地方趕過來的，我也耐著性子在這兒排著呢！」

那人只好自認倒楣地走了。

這天上午，這種事情發生了好幾次。一開始王氏還在說，等文老太爺親自過來給自家作證，但也不巧，當天文老太爺沒來，他小廝來說了一聲，說老太爺這幾日吹多了河風，發起頭疼，文大老爺不許他出門了，得過幾日他老人家完全好了才能再來。

等到快中午，顧茵這邊的粥快賣完了，該收攤了。

馮家那邊的粥卻還剩下好多，且這還不算，那馮家媳婦的男人，也就是叫馮成的那個，又提著兩個粥桶過來補貨了。

憋了一肚子氣的王氏已經磨著後槽牙想打人了，顧茵勸解她一番，又讓她去請關捕頭。想到鐵面無私的關捕頭，王氏這才壓住了怒氣，讓顧茵先看著傢伙什物，她立刻去把人請了過來。

關捕頭自然知道顧茵的粥才是正宗的，聽王氏說明了原委，立刻就帶人來看。

馮成和他老娘看到關捕頭就像耗子見到了貓一樣，躲到了一旁。

那馮家媳婦雖然也怕，卻還能強撐著辯駁道：「關捕頭明鑒，我們家日常就是在鎮子上賣包子跟粥湯的，這都是可以問到的。至於那『文老太爺粥』不過是個名頭，又沒誰說只能她家一家賣啊！」

關捕頭並不和她掰扯那些，只道：「『文老太爺粥』確實是個名頭，但我們鎮上都知道這說的是皮蛋瘦肉粥，妳若是能製出一模一樣的東西，這名頭自然隨妳用，既做不出，便不該這麼喊。」

「我娘家泉山鎮也有一位德高望重的文老太爺，他老人家就很喜歡我這鹹蛋瘦肉粥，我這粥叫做『泉山鎮文老太爺粥』總行了吧？」

關捕頭已經看出這家人的難纏之處，但本朝律法中並沒有明確規定這些，他也只能點頭。「這可以。」

那馮家媳婦得意地看了王氏一眼，又讓那老婆婆按那個新名字吆喝起來。

之後關捕頭去巡邏，而顧茵攤子上的最後一點粥也賣完了。

但是都知道她們一走，肯定會有更多的人受騙，尤其馮家媳婦攤子前排隊的絕大多數都是他們自己人，雖然他們的名頭不一樣了，但幾人你一言、我一語的，外地人受騙還是很容易的。

王氏自然不會坐視不理，她讓顧茵先回去休息，自己則守在碼頭上跟人解釋馮家是冒牌的。

顧茵挑著傢伙什物回了家，先去隔壁看了一眼，李捕頭和顧野不在家，她就又去另一邊，找許氏借了本朝律書。

許家是有些藏書的，許氏毫不吝惜地借給了她。

等簡單翻過一遍律書，果然這時代沒有註冊商標一說，自然也告不了人侵權冒牌的。

顧茵開始分析起今天的事情。

馮家媳婦顯然是衝著自家來的，手段低劣，模仿不出她做的粥，卻是特地和自家擺攤擺到了一起，還鑽了這個時代律法的空子，起了個和自家差不多的名頭，又雇了人來排隊，製造出生意極好的假象，欺騙外地客人。

馮家就在緇衣巷住著，日子過得還不如自家，不然怎會之前來跟自己學手藝不成，就各種泛酸？這種人家能這麼有想法、有手段，早該發家脫貧了。而且他家總共三口人，會做吃食的就馮家媳婦一個，後頭她男人卻提了新熬好的粥過來，那自然不是馮家媳婦自己做的，而是別人給的！

所以，她家背後一定有主使，馮家不過是背後之人推出來當棒槌用的傀儡。告不了侵權冒牌，但若是能揪出背後之人，卻是能告一個惡意擾亂市場的罪責！

沒多會兒，王氏從外頭回來了，她臉上帶笑，道：「外地人也知道咱們家只出半天攤，所以中午過後就沒有什麼外地客人過來了。加上我在旁邊一通說，除了那幾個在隔壁輪流排隊的他們自家人，整個下午他們一筆買賣都沒成！」看到顧茵蹙眉沈吟的模樣，王氏道：「妳別擔心，我上午雖然跟著妳一起忙，其實留著心眼呢，他們一早上也只賣出去五碗粥，三、四個包子，一天就不知道虧出去多少銀錢，肯定長久不了！」

連王氏都注意到了，顧茵自然也知道這個。

顧茵起身給王氏倒了碗水。「娘有沒有想過，他們想的可能不是賺銀錢。」

王氏正喝水呢，差點嗆著。「做買賣不為賺錢，他家有毛病啊？」

「如果他們只是為了弄壞咱們的口碑呢？今天是只有他們一家，就在咱們旁邊，咱們還能分出心力，一邊做買賣，一邊去和客人解釋。若哪天他們再支出一個攤子，甚至兩個、三個、十幾個攤子，雇上幾十上百的人去排隊……咱們只兩個人，就算再加上武安和顧野兩個孩子，咱們家也才四個人，能解釋得清嗎？長此以往，怕是咱們的口碑也要被他們影響。您想，今天那幾個排錯隊的，回去後若是有人問起，他們也不好意思說自己被人給騙了，會不會直接說是咱們的粥不好呢？」

王氏訥訥地說：「不會吧？咱家生意也沒好到那天怒人怨的地步，至於嗎？」

這就是顧茵想不通的關竅。自家這段時間生意是好，但遠沒有好到會讓人費這個心思的地步。

「但是妳說的不錯，做買賣講的就是個口碑。不能讓他們魚目混珠，冒著我們的名字……」王氏說著就站起身，在屋裡急得團團轉。「妳說咱們要不要也雇一些人，幫著咱們闢謠？也不知道雇人一天得多少錢？下個月咱們就要開鋪子了，偏生在這個時候出岔子！」

顧茵想了想，道：「娘別急，眼下還不到我說的那個地步。咱們不用請人闢謠，我有辦法。咱們做個招牌吧，之前是想著小攤子上沒必要做招牌，如今卻是不做不行了。」

這個王氏自然聽她的，婆媳倆去外頭做招牌的鋪子，讓人做了「正宗寒山鎮文老太爺粥」的牌匾和幾個同樣內容、但個頭小一些的那種旗幡。大招牌自然是掛到攤子上的，小旗幡就放到後面排隊的地方，以防再有今天這種因為隊伍太長而排錯隊伍的事發生。

因為這是隔天就要用的，所以顧茵多付了一些銀錢，讓人快手快腳地當場做了出來。

等她們拿到招牌回家去的時候，已經接近黃昏。

婆媳倆前腳剛回到巷子口，就和下學歸家的武安遇上，李捕頭和顧野後腳也回來了。

顧野蹦蹦跳跳地走在前頭，李捕頭氣喘吁吁、腳步蹣跚地跟在後頭。

顧野一看到顧茵就迎上去，幫她拿手裡的東西。

顧茵拿了帕子給他擦汗，低聲問：「這是又去哪裡淘氣了？」

王氏笑道：「李捕頭帶著，那自然是學武藝去了對不對？」

李捕頭喘著粗氣，尷尬地陪笑。到底是少年人，他喘過氣來就道：「我帶著小野跑步來著。」

王氏聽完就笑不出了，她是知道顧野多能跑的，不禁驚訝道：「你怎麼帶著他跑？你們到底跑了多久？」

說起這個，李捕頭的臉也僵了一僵。「早上……早上跑到現在了。」

「哎喲！」王氏立刻回家去放了東西，又出來攙著李捕頭。「我們小野日常就天天在外頭野慣了的，就是野得不著家，我才去求了你師父帶他練武。你這孩子也是，怎這麼實誠，陪他跑一天？中午吃過飯沒有？」

李捕頭紅著臉搖了搖頭，說話的工夫就讓王氏攙進家裡了。他本想推辭，但無奈之前還不覺得什麼，現下一停，兩條腿都跟灌了泥似的，肚子也咕咕叫了起來。

顧茵也放了東西，把顧野喊到跟前，無奈地低聲道：「人家是帶著你練武的，不是讓你遛著玩的！你怎麼能遛人一整天？」

顧野收起了笑，認真地解釋道：「他說帶我跑，我才跑。」

李捕頭喝過一碗王氏倒的熱茶，不好意思地解釋道：「不怪他，確實是我一開始就說陪他跑到他跑不動為止。」但是沒想到，這小傢伙能在外頭躥一整天都不累。

更讓他難以接受的是，他跟著師父練了有十來年了，雖做不到他師父那樣身輕如燕、飛簷走壁，但腳程比普通人還是快不少的，本想著顧野沒有功夫底子，又腿短，他一步跨出去抵得上顧野三五步，自然能輕鬆地陪跑，但顧野對寒山鎮的地形比他還了解，仗著身形小巧靈活，那種常人進不去的窄巷，甚至狗洞，他閉著眼就知道怎麼走、怎麼鑽，而他只能兜著原路去追。好幾次他都把人跟丟了，但每每他不知道怎麼走的時候，顧野又會突然從角落裡冒出來，對著他招招手，示意他跟上。

這些話李捕頭沒好意思說，只道：「練武這種事不進則退，我真沒事，就當操練了。」

王氏和顧茵實在抱歉，留他吃了夕食，王氏又親自給他開門，把腳步蹣跚的李捕頭送了回去。

「真是個小祖宗！」顧茵無奈地看著樂顛顛的顧野。「讓人說你什麼好？」

顧野討好地笑了笑，又幫著和武安一道收拾了碗筷。

幾人各去洗漱睡下，武安上了一天課，沾了枕頭就睡著了。

顧野卻是激動地在炕上直打滾，也多虧家裡現在睡的是大炕，要還睡從前的竹床，真禁不住他這番動靜。

「快睡了。」顧茵打了一下他的小屁股。「娘再認真和你說一遍，明兒個不許再和人比扎馬步，也不許帶著人滿鎮子亂溜了，知道不？」

這話一出，顧野頓時老實了，趴在她懷裡可憐巴巴地道：「我喜歡跑嘛，不跑難受。」

顧茵是真沒聽說不跑還會難受的，就問他怎麼個難受？

顧野也說不上來，就說：「就是喜歡嘛，以前天天跑的，而且我很會跑！」

確實挺會跑的，鎮上除了武藝了得的關捕頭，再無敵手，連李捕頭都被他溜一整天。

從前沒被顧茵收養之前，他也是日常就神出鬼沒的。

顧茵攬著他拍了拍，沈吟半晌後問道：「那娘請你幫個忙成不？」

「不說『請』！」顧野趴在她耳邊。「娘快說！」

天剛亮，馮家媳婦就起身，不是去做活計，而是穿戴整齊去了別處。

剛出巷子，被春日晨間的冷風一颳，馮家媳婦就忍不住打了個哆嗦。餘光掃到一個黑影，馮家媳婦連忙轉頭去看，身後空無一人，她嘟囔著罵了一句春天泛濫成災的野貓，快步離開。一路走到望月樓後巷，趙廚子已經在等著她了。

見她過來，趙廚子抱怨道：「不是讓妳早點來嗎？今兒個我們周掌櫃可就回來了，不像昨天，我能隨時把東西給妳！」

馮家媳婦被罵了也不敢回嘴，討好地笑道：「這不是你們東家交代的差事嘛，憑他一個周掌櫃算什麼？日後這望月樓的後廚還不是您一個人說了算！」

趙廚子被她拍了一通馬屁，總算是沒再罵人，而是道：「確實是東家交代的，但眼下不能讓那姓周的知道。唉，總之妳別管，辦好這樁差事，日後妳家再用我們酒樓的廚餘，也不用再掏銀錢，往後都白送給妳，咱們互惠互利嘛！」

馮家媳婦忙不迭地應下，提上兩個沈甸甸的粥桶。

趙廚子看她那費勁模樣，也沒伸手幫忙，只抄著手問道：「妳男人呢？他怎麼不來幫幫妳？」

馮成是個憊懶的，昨天幫她從望月樓提了一次粥就嚷著胳膊疼，要在家裡休息。不過從前家裡就指望不上他，馮家媳婦已習慣了，便只道：「那我先走了，一定把您交代的差事辦好。」

兩人就此分別。

天亮的時候馮家媳婦去出攤，隔壁的顧茵和王氏先到一步，她們的攤子依舊是客似雲來，大排長龍；而馮家攤子前依舊只有他們雇來的人。

後頭顧茵家掛起招牌，再沿著排隊的人群插起了旗幡，這下子被誤導的人就更少了。

一上午過去，馮家的吃食等於都送給雇來排隊的那些人吃了。

中午顧茵和王氏收了攤，下午客人越少，到了傍晚時分一統計，一天總共只騙到了三個外地客人。

馮家那老婆婆忍不住了，不等收攤就罵罵咧咧地道：「妳說妳這是幹啥？咱們在別處賣得好好的，非到這碼頭上來蹚渾水！妳說妳要是搞到和人家一樣的東西來也就算了，偏偏只會編個差不多的名頭，卻做不出來那樣的東西！妳說這一天得虧多少銀錢啊？」

自家攤子上的吃食，甚至碼頭的租子、雇人排隊的銀錢，都是人家出的。但是馮家媳婦知道自家男人和婆婆都靠不住，之前並不透底給他們，只囫圇說自己也是被人雇著的。她壓低聲音道：「娘管生意好壞做什麼？咱們在這兒一天就領一天的銀錢，盈虧咱們不用管。」

這個馮婆子之前就知道，但知道歸知道，看到隔壁攤子賺得盆滿缽滿的，她能不心動？「我不管，那銀錢是咱們該領的，生意上也必須另賺一份，妳自己想辦法！」說完馮婆子就帶著馮成走了，把攤子撂給馮家媳婦收拾。

馮家媳婦想了又想，只能又偷偷摸摸地去向趙廚子遞話，她沒說自家婆婆還想賺另一份銀錢，只說顧茵做出了那種招牌，自家騙不到人了。

第二天，馮家也用上了招牌和旗幡，寫的是「正宗泉山鎮文老太爺粥」。

第三天，馮家隔壁開設新攤子，賣包子和鹹蛋瘦肉粥，招牌和旗幡寫的是「正宗松山鎮文老太爺粥」。

第四天，碼頭上又多了兩家叫「寒山鎮清水村文老太爺粥」和「寒山鎮桃花村文老太爺粥」的。

如今一到碼頭上，入眼就是各種大招牌、小旗幡，各家滿滿當當都是人。

外地的客人不明究理，尋人問，一般人當然說寒山鎮那個是正宗的，但也有不少問到那些暗樁的，各種歪理，一通胡攪蠻纏，笨一些的還真就相信了，聰明一些的沒相信，只覺得這裡頭亂得很，還是別蹚這趟渾水了。

顧茵的生意其實並沒有受到什麼影響，但如她之前猜想的那樣，壞就壞在口碑上。她和王氏向跑船的商客打聽了一下，說是外頭現在都知道寒山鎮有好幾家賣「文老太爺粥」的，外地人不知根、不知底的，容易被混淆了，買到極難吃的，吃虧上當，所以雖然這粥的名聲越來越響，卻不像從前那樣一直有源源不斷的新客來。

這天收攤後，王氏苦著臉道：「妳想的沒錯，這家人真的有毛病，明明賺不了幾個銀錢，卻一個勁兒地學咱們，就是要糟蹋咱們的名聲口碑！兒啊，妳早想到這個，是不是也早就想到了應對的法子？」

顧茵拍了拍王氏的手，寬慰道：「法子不是早就有的，不過現在確實有了。娘今天早點睡，明天一早我帶妳瞧熱鬧去。」

翌日清晨，李捕頭睡得正香，半睡半醒之中他突然察覺到屋裡有另一道極清淺的呼吸聲。出於習武之人的本能，李捕頭立刻坐起。

待看清床頭站著的是顧野，他放鬆下來，好笑道：「你這小子，今日確實是我休沐帶你，但也不至於這麼早就來啊！」

顧野笑了笑，對他一個勁兒地招手。

李捕頭沒辦法，只好起身穿衣，隨著他出了去。

一大一小兩人出了緇衣巷，顧野熟門熟路地把他帶到了望月樓的後巷，躲到了小窩棚裡，還在兩人的頭頂蓋上一床爛草蓆。

「這是幹什麼？」李捕頭壓低聲音問。

顧野卻不回答，只把短短小小的手指比在唇前，讓他噤聲。

沒多會兒，馮家媳婦和其他幾個山寨攤子上的攤主都先後過來了。

人齊之後沒多久，趙廚子把後門打開，將新熬好的粥分發給大家。

「都給我警醒點！這都幾天了，你們才賣了多少碗粥？還想不想領工錢了？」

其他人默默不出聲，和趙廚子最相熟的馮家媳婦賠笑道：「您別生氣，雖然我們賣的粥少，但這不是也給那對婆媳添了不少亂子嗎？照足了您的吩咐做的！」

「哈！」顧野一把掀開蓋在頭上的爛草蓆，從窩棚裡躥了出來。

幾人被他這一聲「哈」嚇了一跳，待看清是個不到大人腰高的小孩，又同時鬆了口氣。

「哪來的孩子瞎搗亂？」趙廚子罵罵咧咧地上前趕人，等看清從窩棚裡跟著顧野出來的李捕頭，他登時變了臉色。

李捕頭出來得匆忙，沒帶鐐銬，佩刀卻是帶著的。他按著刀鞘道：「律法確實沒有規定某種吃食的名字只能武家婆媳用，但是你們這麼有組織、有計劃的，便是惡意擾亂市場了，是可以入罪的！你們是現在交代，還是跟我回衙門去、進了大牢再說？」

馮家媳婦和其他幾個攤販都是普通人，聽說這話當即就白了臉，開始求饒。

趙廚子也怕，但是他背後有人，便強撐著道：「李捕頭，這擾亂市場的罪責不過是罰錢幾十貫，何至於要把我們都帶回去？我這就把罰錢交予你！」

也就是這時候，顧茵和王氏出來了。她們比顧野和李捕頭到的還早些，但怕趙廚子等人發現，所以只遠遠地躲著。

顧茵笑咪咪道：「誰說只告你們擾亂市場了？我還告你們賣廚餘給客人吃！」

趙廚子的臉又白了幾分。「妳空口無憑……」

顧茵不徐不疾地道：「你們的吃食都做得那麼鹹，鹽又不是不要銀錢的。正好，之前有人告訴我一個做吃食買賣的『竅門』，說不新鮮的廚餘只要多擱點調料，客人自然吃不出。」她的眼神先是落在面無人色的馮家媳婦身上，後又落到旁邊那幾個粥桶上。「不若請人來驗一驗？驗完後再找人查一查，看看馮成家的做買賣這些年來，一共鬧出過多少糾紛？衙門裡應該也有記錄吧？」

律書寫明了，凡食物臭味之惡者為毒。脯肉有毒，曾經病人，有餘者速焚之，違者杖九十；若故與人食並出賣，令人病者，徒一年，以故致死者絞。即人自食致死者，從過失殺人法。

也就是說，食物不新鮮就算是毒，若是驗出他們的吃食有毒，不管有沒有把人吃壞，起步就是要打九十杖的。衙門裡的刑杖有成人小臂那麼粗，三十杖下去就能把人打得皮開肉綻，去半條命！

於是，一行人都讓李捕頭押回到了衙門。

縣太爺已經起了身，正在處理公務，看到李捕頭帶人過來，問清事情的來龍去脈後，他並未急著升堂審問，而是讓人先把趙廚子等人押下去，再讓人去請鎮上有名望的廚子過來。

沒多會兒，連同周掌櫃在內的幾位酒樓大廚都來了。

縣太爺也不說什麼事，只說讓他們幫忙鑒定一些吃食是不是變質了。

趙廚子給馮家媳婦等人每人兩個粥桶，一個裡頭是鹹蛋瘦肉粥，另一個裡頭則是碼成兩層的包子。

幾個大廚被依次帶上來嚐味分辨。

俗話說，沒有一條好舌頭的人，當不成一個好廚子。眾人嚐過之後都變了臉色，直接就說這些東西明顯是經過二次加工的，雖然加了鹽做成重鹹口的，但也只能騙騙普通人。最近開了春，天氣正當熱，他們都能吃出異味，若是放到下午，那肯定是完全變質了。

幾個大廚都對自己的判斷證詞簽字畫押。

周掌櫃是最後一個，也是臉色最沈重的那個，因為他嚐出來肉包裡頭的肉餡，去掉鹽味後的調味是出自自己的手筆。再聯想這幾日，東家王大富把他支到鄉下去採買食材，那本不是他這個掌櫃的該做的活計，但到底是給人家做工的，他也只能聽命而去。回來後他就發現趙廚子日常鬼鬼祟祟的，有心查問，趙廚子卻推說是東家交代的事情，讓他別問。他猜著大概是東家準備換下自己，卻沒想到他們做的竟是這樣的事！

其他人做完供就離開了，周掌櫃卻是沒走。

縣太爺看他大概猜到一些了，便乾脆問起他這些時日有沒有注意到酒樓裡趙廚子的異常。

賣變質食物是條重罪，尤其這些東西還落到衙門的人手裡，但凡清醒一點的人都不會幫忙隱瞞，更何況周掌櫃根本沒想過幫著隱瞞，當下就把這些日子發生的事全說了。

縣太爺再讓人把趙廚子拖上來。

別看他之前對上李捕頭的時候還能壓著恐懼強辯，現下在衙門逛了一圈，已經是嚇破了膽，直接就把王大富和趙氏賣了個徹底。

這下人證、物證俱全，縣太爺當即讓人去鎖人。

和之前請幾個酒樓大廚過來不同，這次是關捕頭帶隊，一行人帶著鐐銬和枷鎖的。

這樣的陣仗在鎮上是很難見到的，沿途的百姓便都紛紛跟上去看熱鬧。

等到關捕頭等人去王家老宅把王大富和趙氏鎖回來，看熱鬧的百姓都快把衙門擠爆了。

「肅靜！」縣太爺拍著驚堂木，沈聲喝道，而後便開始審問。

王大富和趙氏再無平時的威風，跪在堂前瑟瑟發抖。

他們都不是什麼厲害人物，看到公堂上的粥桶和王氏婆媳倆，就已經知道這是讓人逮了個正著。夫妻倆對他們安排人搗亂，故意冒用「文老太爺粥」名頭的事供認不諱。

王大富哆嗦著嘴唇道：「大老爺，小老兒已經認罪了，按罪這個要罰錢幾十貫，小老兒這就交上罰銀！」

縣太爺沈著臉道：「這只是罪一，若只是這樣的小罪，本官自然不會讓關捕頭帶人去把你們夫妻銬來，本官現在問的是你們將變質吃食二次販賣的事！」

王大富立即直呼冤枉；趙氏的臉色卻是越發慘白如紙。

縣太爺見狀，便讓人先把王大富帶下去，單審趙氏。

一問之下，果然趙氏對這件事是知情默許的。望月樓家大業大，每天客人沒吃完的剩飯剩菜不知凡幾，趙廚子加工一下之後再次販賣，等於做的是無本買賣。

不過連縣太爺也沒想到這件事牽涉這麼廣，在望月樓購買廚餘的，除了馮家媳婦幾人，更還有其他人。

這一通審查到現在已經過了半個白天，這案子當天是審不完了。

縣太爺給了一天時間，讓趙氏和趙廚子回憶清楚到底有哪些人去買過廚餘，同時也給出時間讓關捕頭他們去抓人，還要先把望月樓查封，把裡面的其他夥計帶回來審問，於是二審便定在五天後。

縣太爺退堂之後，看熱鬧的百姓們這才散去。

顧茵心裡不可謂不暢快，但是看到王氏的臉色不太好，就沒表現出來，只扶著她的一隻手慢慢走出去，到外頭的時候，她們聽到百姓都義憤填膺地在咒罵——

「去歲夏天，我家老頭子就是吃了這馮家媳婦的包子後肚子痛，拉稀拉了一整天，差點出個好歹。去找她理論，她卻說『怎麼人家吃的都沒事，就妳家老頭子出事了？年紀大了身體不好不是很正常嗎？而且妳能說妳家老頭一整天只吃了我家的東西嗎？別是故意訛上我家了』。當時我家老頭子發作之前確實也吃了別的，她家的吃食又都賣完了，拿不出證據來，只能自認倒楣。」

「大娘，妳快去找狀師寫狀子去，最好是找當時開湯藥的大夫拿出醫案，現在告上去能讓他們加罪，說不定還可以拿到賠償呢！」

「哎！我這就去！」

當然，更多的還是咒罵王大富和趙氏的。

「這望月樓在鎮上開這麼多年，誰想到私下裡幹的竟是這種勾當！我是再不敢去了，私下做那種事的人，誰知道還會不會有其他骯髒事啊！」

「就是說啊！過年的時候我們全家才在那裡吃過呢，真是晦氣！」

出了衙門，顧野跟在顧茵另一邊，本來他覺得自己辦成了他娘說的事，一直驕傲地挺著小胸脯，但後來看到王氏白著臉、紅著眼睛的模樣，他的小胸脯又一點點垮了下去。「娘，奶不高興，是我錯嗎？」他拉著顧茵的手，小聲詢問。

「沒有、沒有！」王氏聽到了，立刻擦了眼睛，強笑道：「我們小野做得很好，奶是想別的事情呢！今天也拘著你半天了，悶壞了吧？奶給你兩文錢，自己拿著去玩吧！」

顧野立刻高興起來，接了銅錢後先去看顧茵。

顧茵也稱讚道：「小野確實是大功臣，奶給你的你就拿著。下午晌放心去玩，天黑前要回家喔！」

顧野笑著點頭，一蹦一跳地離開了。他也沒跑遠，而是在衙門口等李捕頭。

這天是李捕頭休沐，但是一開始是他把人抓回衙門的，所以交接清楚後，他就也出來了。衙門前的人都已經散了，只有個小豆丁在等他。「小野是等我嗎？」李捕頭笑著上前，伸手揉了一把他的髮頂。

「是啊，今天還沒打拳！」顧野笑嘻嘻地道。

李捕頭臉上的笑一滯，那天他被顧野溜了一整個白日，總算知道當天他師父那意味深長的話是什麼意思了。後頭他和關捕頭一致認為，顧野的基礎已經很紮實，不用再扎馬步和跑步這些，關捕頭負責教他內門吐納，李捕頭則開始教他簡單的拳法。

本以為這樣就不會被這小子遛著了，但還是低估了這小豆丁旺盛的精力。

以前李捕頭自己學的時候，一上午學個三招就頂天了，但顧野一天就能學半套拳，且動作、步伐挑不出一點錯處！於是前頭在體力上打擊了李捕頭後，這回又給剛滿二十的他留下了極大的打擊。

「我還沒吃午飯呢……」李捕頭無奈地道。

「我請你！」顧野大方地把自己的兩文錢給他看。

「這也只夠我一個人吃碗素麵啊！」李捕頭當然沒指著讓小傢伙請自己吃飯，一邊帶著他往外去，一邊打趣道：「我都吃了你吃啥？餓著肚子可打不好拳。」

「我吃這個。」顧野拍拍自己的小荷包。

這小荷包他日常都掛在腰間的，這會兒才發現和一般的荷包不同——它頂部還是普通荷包那樣的鬆緊口，帶兩條繫帶，繫在腰間，但是底部其實縫在他的腰帶上，就算跑動的時候繫帶鬆了，也不會掉。

「這設計真有意思。」

「我娘做的！」顧野驕傲地昂了昂下巴，說著話把荷包的鬆緊口一拉，裡頭是小糕點和肉脯，一塊都只有大人拇指大小，正好適合他一口一個。

李捕頭笑道：「哎，你別吃這個，我帶你一起吃麵條去。」哪有自己拿小孩的錢買東西吃，卻讓小孩吃乾糧的？笑著笑著，他突然覺得不對勁了。「這個荷包你一直帶著？每天都會帶著糕點和肉脯在身上？」

顧野「嗯」了一聲。「少食多餐，娘說的。」

「那前兩天你溜我……不是，我陪你跑步那天，你也是吃這個？」

顧野看傻子似地看著他。「是啊！不吃飽，怎麼跑？」

李捕頭無言。「……」他算是明白為什麼那天王氏聽說他陪跑一整天沒吃飯後，一直反覆說他太實誠了！

顧茵陪著王氏回到緇衣巷家裡。

王氏進了門就道：「今天上午沒出攤，少賺了一天銀錢。哎，都這個時辰了，現在出攤也來不及了。不過沒事，明天碼頭上就沒有那些模仿咱們的了，跟客人們解釋一番，他們也能理解。」說著她又要進灶房。「傢伙什物都放了一天，我再刷刷！」

「娘。」顧茵喊她一聲，拉住了她。「家裡就咱倆，您不用這樣。」

「我哪樣了？」王氏說著，又紅了眼睛。

剛開始抓到趙廚子和馮家媳婦的時候，她暢快得恨不能仰天大笑三聲！後頭牽出一大串人，她看著娘家大哥和大嫂在公堂上對雇人搗亂的事供認不諱，就笑不出了。

她是真的不明白，明明是一母同胞的兄妹，儘管關係不好，不來往了，但是怎就那麼見不得她好呢？

是記恨她分走了老宅的一間屋子嗎？可那本就是爹娘留給她的啊！

是記恨父母在世時對她最寵愛嗎？可是爹娘在世時雖疼她，卻並不代表對他們不好啊！打小家裡的東西都是一分為三，從來沒說只給她，不給兩個兄長的。

即便是當年爹娘要給她招贅，也和她開誠布公談了，說至多給出其中一份的家產給他們夫婦，兩個哥哥的分是不可能少了去的。

王氏是真的想不通，小時候家裡三兄妹也是很和睦的，大哥經常會買些小玩意兒來給她玩，二哥也會經常說些玩笑話逗弄她，怎麼就恨她恨到這個地步了呢？

王氏絮絮叨叨地說了很多，哭過一場後情緒也平復下來了，不好意思地躲到自己屋裡洗臉去了。

顧茵耐心地聽她說完，並不覺得煩悶，而是想起了別的事——一件她想了許久，卻一直想不明白的事。

誠如王氏所說，為什麼呢？

自家婆婆一回到寒山鎮來，當時連她自己都忘了老宅的事，王家就已經開始對付她了。後來她也只是分了二十兩銀子出來，對常人來說不算一筆小錢，但對開著望月樓的大房和並不落於下風的二房來說，這不過是九牛一毛罷了，遠不會傷筋動骨。

這次竟然還不惜幹下犯法的勾當。

若是她沒有猜出馮家媳婦是被人指使，讓顧野去跟蹤她，而是像自家婆婆那樣只全身心地想著去和冒牌貨打擂臺，怕是再過上幾個月，自家這招牌口碑就砸了。

若她想的沒錯，再過不久，王家就會安排人上演吃出了毛病、要找人算帳的把戲。

知道情況的可能會猜對方買到了假貨，但只要對方咬死了是吃「文老太爺粥」出的毛病，他也忘了到底吃的是哪家，到時候再鬧一鬧，自家便是要一地雞毛了。

生意黃了、招牌砸了是一遭，怕是還要把文老太爺給得罪了！當然，以顧茵和文老太爺現在的交情，文老太爺肯定是站在她這邊，還會伸以援手。

但外人不知道他們這層關係，只知道她在文家打過短工，和文家的廚子是師徒，文老太爺知道自己的名字被打過短工的廚娘用作吃食起名可以不在意，可若是鬧得滿城風雨，他老人家享了一輩子的清名，能受得了這個？

總的來說，王家此番不只是要攪黃自家的生意，更要讓她們見惡於文老太爺。

到底是有什麼目的，值得他們這樣籌劃呢？

而且這也太巧了，趙廚子和馮家媳婦幹那黑心勾當不是一天兩天了，要是被她查出他們串通，自然會查到他們從前犯的事。趙氏可能目光短淺，但王大富能請周掌櫃管理望月樓，把生意做得那麼好，顯然還是有些頭腦的，他怎麼就敢讓馮家媳婦來做這種事？應該是如他所說，他並不知道廚餘的事，而馮家媳婦這個人選，多半還是旁人給他出的主意。

給他出主意的人是只知道馮家媳婦和自家有矛盾，所以選了她，還是連她買廚餘的事也知道，連帶把王家大房也給設計進去了？

顧茵有些煩躁地掐了掐眉心，一審給的消息實在太少，只希望二審能問出更多。

王家老宅這裡，王大富和趙氏被銬走以後，大房的人就慌得像是無頭蒼蠅。

兩對老夫妻籌劃見不得光的事並不會和小輩們說，因此他們連發生何事都不知道，只聽人傳自家酒樓賣廚餘給人吃，還雇了人去碼頭上攬和他們姑母的生意，自然是六神無主。

這個時候，王大貴站了出來，他先安撫了姪子和姪媳婦，又握拳痛心道：「大哥跟大嫂老實地做了一輩子生意，這次一定是被人陷害的！你們莫要慌張，咱們去請州府最好的狀師來，一定要洗清他們的罪名！」

王大富有兩個兒子，但是都不成事，鎮日裡只知道吃喝玩樂，所以趙氏他們才寄希望於孫子輩　希望幾個小的能讀書出人頭地。

果然，王大貴這話一出，兩個姪子像吃了一顆定心丸。

一個道：「二叔說的是，爹娘都不是那等人，經營著自家大酒樓，怎麼可能在意那些蠅頭小利，又怎麼可能去害自家人？」

另一個道：「就是！姑母雖然和咱家不來往了，但到底是血親，她做小買賣又不礙著咱家什麼，爹娘何至於犯法害他們？必然是被人陷害的！」

看著兩個姪子義憤填膺的，王大貴忍不住翹了翹嘴角，但隨即又正色道：「你們說的都有道理，但眼下不是爭這些的時候。如今縣太爺已經把大哥跟大嫂收押，大牢裡是什麼樣的咱們都不知道，但進去不死也得脫層皮，他們這個年紀如何受得住呢？咱們還是趕緊湊湊銀錢去請狀師吧！萬一定下罪來，可就來不及了！」說著，王大貴又慚愧地道：「事情發生得太匆忙，剛開年時我那些生意都支出去不少銀錢，如今我們二房只湊出了一百兩銀子。」

一百兩銀子請個本地大狀絕對綽綽有餘，但是要去州府請大狀師，又是這麼緊急的檔口，肯定是遠遠不夠的。

大房兩個兒子自己也得湊錢，不過他們日常就是吃喝玩樂，只從爹娘那裡領著月錢，加上趙氏手緊，自然也沒剩下多少銀錢，因此他們便去向自己的狐朋狗友借，但對方聽說他們爹娘被官府抓了，望月樓都讓人封了，躲還來不及呢，自然不會有銀錢借給他們。

至於他們爹娘自己攢的銀錢，那都放在錢莊裡，因為知道自家兒子不成器，都是得本人去才能取用的。

於是忙活了一整天，兄弟倆一無所獲，最後還是撬開了王大富和趙氏的私庫，又臨時典當了自家媳婦的首飾和陪嫁裡的東西，這才湊夠了三百兩。

銀子合計總共四百兩，王大貴發愁道：「你們出門的時候我找人打聽了，州府出名的大狀，在本地打官司都要收五百兩一件，若不是本地，收費便要翻倍。咱們連五百兩都湊不齊……算了算了，我讓你們二嬸她們也典當首飾和陪嫁，先湊夠五百兩再說。」

大房兄弟倆臊得滿臉通紅，直把分了家卻還幫忙湊銀錢的王大貴當成了救命恩人。

五百兩總算是湊齊了，兄弟倆準備帶著銀錢去州府碰碰運氣，王大貴也說陪著他們一道去。

但是剛出家門，王大貴突然一拍腦門，懊惱道：「瞧我這腦子！你們不能就這麼走了，還得去給你們爹娘遞個口信，讓他們知道咱家人都在努力奔走，千萬別放棄才成。」

兄弟倆一想，是這麼回事。雖然二審還有幾天，但在牢裡也是會問供的，萬一他們爹娘被嚇破了膽子，亂認下罪責可怎麼辦？

沒定罪之前不能探視，獄卒們不敢犯禁，但收點好處傳傳話還是敢的。

兄弟倆的口信，被帶到王大富和趙氏耳朵裡。

獄卒還調笑道：「你們夫妻的運道還不錯，兩個兒子和弟弟都有心，聽說兩家典當東西，湊了五百兩，你們弟弟還要親自帶著兒子去請狀師呢！」

一個口信就幾句話，價格卻貴得離譜——畢竟人家獄卒要頂著被縣太爺和關捕頭發現的危險，錢少了人家不敢，還得整個牢房的人都要打點一番呢，這就又用去了五十兩。

兄弟倆實在一籌莫展，他們從沒想過光幾十兩銀子會難成這樣，都準備去借印子錢了！

王大貴勸道：「你們莫要糊塗，印子錢哪是這麼好借的？就算把你們爹娘救回來了，這利息怕也是要還得傾家蕩產啊！唉，其實還有個不得已的法子，就是……」

再無辦法的兄弟倆自然讓他快說。

王大貴就道：「就是把望月樓抵押了！只要保管好抵押書契，等你們爹娘出來後，取了錢莊的錢贖回來就是。」

兄弟倆知道望月樓是家裡唯一的產業，但這確實是沒辦法中的辦法，怎麼也比去借那利息高得可怕的印子錢好。

於是他們兄弟倆便由王大貴帶著去了一處地下錢莊，看清那書契上寫明三個月內只要能帶著書契，再多給一百兩，就能把酒樓贖回。當然，書契上也寫明了，若是到期未能來贖回，那麼便要過契給錢莊，不然就得賠償十倍。

想著三個月的時間怎麼也夠，一百兩雖多，對他們爹娘來說也不算什麼，兄弟倆才拿出了地契、屋契，簽字畫押。

一個望月樓抵押出了一千兩銀子，這下請狀師的錢是盡夠了。

王大貴趕緊催著他們動身，等一行人到了城門口，二房的下人突然找過來了。

「老爺還沒出城就好！太太突然發了心絞痛，暈死過去，府裡少爺他們都嚇壞了！」

王大貴咬牙道：「這鄒氏！我都說了大哥跟大嫂的事我們男人想辦法就好，她萬萬沒必要憂心，怎麼就這檔口病了？」

大房的兩兄弟連忙勸他回去，說二叔幫的忙已經夠多了，先回去看二嬸才是正理。

王大貴只得下馬來，叮囑他們路上注意安全，這才隨著下人掉頭回府。

一路到了王家老宅，王大貴進了主屋，卻見所謂發了心絞痛的鄒氏正在慢悠悠地喝著茶。他面上的焦急無奈之色褪去，笑著坐到鄒氏對面。

「那兩個蠢貨出城去了？」

王大貴悠哉遊哉地掀開茶盞，撥了撥茶湯。「可不是嗎？不過也出不去太遠，路上我早就安排好了人……看在他們這麼蠢的分上，我讓人給他們留個全屍就是。」

鄒氏放下茶盞，突然嘆了口氣。

「好好的嘆氣做什麼？」王大貴道：「再過三個月，望月樓就是咱們的了。我那大哥、大嫂知道我領著他們兒子去請狀師，只要不是蠢笨如豬，就知道這件事不該牽扯到我頭上，畢竟若是我也進去了，誰來為他們奔走呢？況且當日謀劃時，又無旁人在場，他們說了我不認就是。等到大房那兩個蠢貨死在外頭，消息傳回來怎麼也得過上月餘，什麼事都塵埃落定了。」

「我也不知道怎麼了，就是覺得心裡不安生。」鄒氏道：「咱們一開始想的雖然就是讓大房和王寶蕓他們相鬥，不管誰敗了，對咱們都只有好處，但是大房敗得太快了，王寶蕓沒有這種腦子，你說是不是她那個奸猾的兒媳婦……」

王大貴輕嗤道：「一個女人，就算有些小聰明，能成什麼事？」

二審如期進行。

這五天裡，碼頭上再沒有了那些魚目混珠的冒牌貨，顧茵的小買賣又好了起來。

文老太爺小病過一場，知道錯過了這事，回家直埋怨文大老爺，但好歹這事算是很快解決了，所以他老人家也沒怎麼動肝火。

二次升堂的那天，王氏沒去聽，推說生意正好，自己脫不開身，只讓顧茵去了。

縣太爺聽人說了王大富和趙氏的兩個兒子去州府請狀師了，當天卻並不見人來，他雖然奇怪，但也沒誤了審案的時辰。

嚇破膽的趙廚子和牽連進來的如馮家媳婦那樣的一大堆下家，對一切都供認不諱；王大富還是堅持自己對販賣廚餘的事不知情；趙氏聽說兒子要給自己請大狀，乾脆改了口供，也說不知道。

有不少百姓遞上訴狀，都是說這些年吃了馮家媳婦等人的吃食出過問題的。

縣太爺判了趙廚子、馮家媳婦等人監禁一年，這也是他們運氣好，沒出大亂子，但凡真的吃死過人，那就是要判絞刑的。

至於王大富和趙氏夫婦，一個看著好像真的不知情，一個直接改口供，顯然還得再審。而且這案子牽扯出這麼多人，算是寒山鎮近年來的一樁大案，縣太爺還得把這案子遞到州府去。

二審結束，王大富和趙氏等人又被帶下去。

看熱鬧的百姓們正要散去時，突聽外頭登聞鼓咚咚作響。

縣衙雖然每天都有人來報案，但是只有急案或者冤案才會敲響那鼓。這鼓一年到頭響不了幾次，因此百姓們就又站住了腳，縣太爺也讓人把敲鼓之人帶進來。

王家大房的兩個兒子讓人抬了上來。

這兩人披頭散髮、灰頭土臉、渾身是血，看熱鬧的百姓們都倒吸了一口冷氣。

縣太爺再一問，才知道這兩人帶著全部家當去請狀師，卻是還沒到州府就遇到了山匪。銀錢、細軟全讓人劫走了不算，還要害他們的性命，要不是兩人當機立斷跳下懸崖，又一起掛在樹枝上，這半條命多半也是撿不回來了！

兄弟倆邊說邊哭，說身上足足帶了一千四百餘兩銀票呢，其中一千兩還是抵押了望月樓得來的，一遭讓人劫完，簡直是慘絕人寰！

縣太爺和關捕頭再厲害，也只能保住這寒山鎮一方平安，別縣的事他們也管不到，尤其外頭兵荒馬亂的，流匪作亂這種事近些年屢見不鮮，因此也只能幫著立案，再把案子往上遞送，那兩兄弟就又被家人抬了回去。

然而，看熱鬧的百姓卻不怎麼同情他們。

「這就是這家人做了虧心事，遭報應了！」

「可不是？聽說王家那二老爺本來也是要跟著一道去的，好像是遇到了什麼急事，都快出城門口了才折返，顯然這災禍只衝著這做了虧心事的大老爺一家子呢！」

顧茵聽了一耳朵，連忙住了腳，她知道哪裡不對勁了！

王家雖然分了家，但是大房跟二房一直是焦不離孟、孟不離焦的，怎麼這件事只牽扯進大房，反倒是更為奸猾的二房半點沒沾？

這下子她是明白了。鷸蚌相爭，漁翁得利。好一個歹毒的一石二鳥之計啊！

人都走了，只剩個顧茵在那兒站著。

關捕頭見了便上前問道：「小娘子怎麼還不歸家？可是心中著急？那個罰銀是要等案子審完才會給到妳家的。」

「不是擔心那個……」顧茵沈吟著。鷸蚌相爭嗎？弄得好像誰不會使這招似的！「關捕頭，我有個法子，應當是對案情進展極有幫助的，您能聽我說說不？」

當天晚上，關捕頭去了一次縣衙大牢，找到了王大富。

他平鋪直敘地把王家大房兩個兒子在王大貴的陪同下抵押望月樓、出城的時候王大貴因事離開，而他們兄弟遭人劫了，送了半條命的事告訴了王大富。

未定罪的囚犯不能探監，是因為怕家人和他們串供，但是關捕頭只說事實，且這些事就算王大富眼下不知道，可縣衙的大牢逼仄，只分男囚和女囚，其餘人都是關在一處的，所以王大富早晚也會從別人嘴裡聽說。

說完這件事，關捕頭就逕自走了，沒多久獄卒來分發飯食。

旁人都是粗糲冷硬的豆飯，只王大富這裡不同，是幾個新做的白麵饅頭。

「唉，你家人真是盡心了，這時候還想著給你送吃的。」獄卒說完，放下東西就走了。

這要是之前，習慣了家裡錦衣玉食、實在嚥不下豆飯的王大富自然就吃了，但是現在他卻不敢動——兩個兒子都傷成那樣了，誰會在這個時候打通關節來給他送飯？他這麼一猶豫，同牢房的其他人就一擁而上，把他的饅頭全搶走，狼吞虎嚥地吃了起來。

不到半刻鐘，這幾人全捂著肚子，齊齊倒地。

生死一瞬，王大富想通了很多事。王大貴特地提起讓那個和顧茵有過節、卻也和趙廚子幹著非法勾當的馮家媳婦來做傀儡，又帶著他兩個傻兒子去請狀師，遞來口信安撫住他們夫妻，再騙他們抵押了望月樓，又在城門口故意折返，只讓他們兄弟遭了那劫難……他這邊這樣了，那老妻那裡……王大富頓時汗出如漿，扒著牢門聲嘶力竭地大喊道：「大老爺、關捕頭，有人要害我！我要招供！我要告王大貴侵吞父母遺產，眼下還要謀財害命！」

那聲音喊得直接劈了岔，可想而知他內心有多驚慌。

縣衙大牢門口，顧茵和關捕頭都聽到了這響動。

「他怎麼嚇成這樣？」顧茵不好意思地摸了摸額頭。「罪過罪過，是不是我巴豆放太多了？」

關捕頭輕笑起來。「沒事，和他關在一處的都是定了罪的，都不是好人，就當給他們清腸胃了。」

王大富聲嘶力竭地喊完後，關捕頭就把他從牢房裡帶了出來。

縣太爺連夜升堂，顧茵作為案情一開始的苦主，也是推動案情進展的有功之人，幸運地得到了一個旁聽席位。

王大富面色慘白、大汗淋漓，上了公堂仍然身子打抖。「我招，我什麼都招，只求大老爺救救我那老妻！她那處大概也有人送去了有毒的吃食……」

送摻了巴豆的包子是顧茵出的主意，關捕頭請示過縣太爺之後才施行的，所以縣太爺心知肚明地道：「這一點你放心，趙氏目前安然無恙。」

王大富以為自己方才差點死了，慌亂之下乾脆對所有的事供認不諱，但最終目的只有一個，那就是咬死王大貴！

從他們兄弟當年一開始瞞下了二老的遺囑，瓜分了家產，到後頭鄒氏出主意，帶著趙氏去找剛回寒山鎮的王氏，意圖把她騙去遠洋船行出海做工，一直到王氏和顧茵靠著文老太爺的名聲生意大好、聲名大噪，他們害怕父母昔日的故交哪天也會到鎮上，戳穿當年遺產分配的事情，這才有了後來的事。

當然，這還不算完，王大富現在還要告王大貴意圖謀財害命，一是勾結流匪害他兒子，二是送毒饅頭想毒死他。

一番陳述下來，縣太爺聽得頭都大了。之前的吃食案子雖然牽連甚廣，但畢竟沒有鬧出人命，最多也就是讓人拉了幾天肚子，性質並不嚴重。後頭王大富交代的私吞家產算是嚴重了一些，但這種銀錢上的糾紛每年都有，作為一縣之長，對這種事早已司空見慣，也不算駭人聽聞。但若是真的如王大富所言，王大貴和流匪勾結，害人性命，那性質就完全不同了，必然是要驚動州府的。

「王大貴那狼心狗肺的東西奸猾無比，遲則生變，還請大老爺速速把他緝拿歸案！」王大富招供完就磕著頭道。

縣太爺沒應，不是想包庇王大貴，而是毒饅頭他們都知道只是一條反間計，而勾結流匪傷人這事既沒人證，又沒物證，事發的時候王大富甚至關在牢裡，連當事人都不是！

牽涉的不只是本地王家的人，還有外地的流匪，告的又是極為嚴重的大罪，這案子顯然有些超出他的能力了。到底是自己審，還是上報後等上峰來審？拿不定主意的縣太爺以眼神詢問關捕頭。

關捕頭想的和縣太爺一樣，眼下把王大貴鎖來，他只要咬死不認就行，案發地又是在其他縣，怕最終只會僵持著，反而還可能打草驚蛇。他看向旁邊的顧茵，之前就是她出主意把王大富嚇得招供的，眼下是不是還有別的法子呢？

別說，顧茵還真有！

第十三章

當天晚上，關捕頭以詢問被劫經過為由，又帶著人去了一趟王家老宅，找到了大房兄弟倆。

王大貴有心想聽，但公家辦案，說不讓人聽便不讓人聽，王大貴沒辦法，只能掩飾住眼中的焦急，回了自己屋裡。

鄒氏此時也緊張起來，夫妻兩個坐到一處，又開始商議。

「沒用的東西！」王大貴氣得拍著桌子。「收了我那麼多銀錢，竟連兩個手無縛雞之力的蠢貨都殺不掉！」

鄒氏擔憂道：「眼下咱們該如何？收拾包袱躲起來嗎？那帶不帶孩子們呢？」

王大貴煩躁道：「要不怎麼說妳們女人成不了事呢？如今那兩個蠢貨雖然僥倖撿回半條命，但他們又沒懷疑上我，我們這時候離開寒山鎮不就等於不打自招？」

「可是縣太爺和關捕頭……」

「縣太爺和關捕頭再有神通，還能管到別的縣去？只要一日抓不到那流匪，誰能指證了我去？再說，我和那邊既沒有書信來往，也沒有使人傳過口信，都是我藉著跑生意的名頭自己去聯繫的。」

自家老夫辦事素來謹慎小心，能自己做的絕不假他人之手留下把柄，鄒氏這才放心了一些。

「牢裡消息慢，我那大哥估計還不知道他兩個蠢兒子受傷的消息，若是知道了，到底是親兄弟，彼此都算了解，稍微一想估計就會懷疑到咱們頭上。這樣吧，妳明天接著稱病，我則以良心過不去為由，主動去衙門自首，承認參與了驅使馮家媳婦去碼頭搗亂的事。這罪不大，罰錢幾十貫而已。」王大貴說著又嘆了口氣。「唉，若不是這關捕頭在，衙門裡的小吏都怕了他，咱們使點銀錢直接在牢裡了結了他們，那才是真的高枕無憂。」

夫妻倆嘀咕了一陣，聽人說關捕頭已經走了，而兩個蠢姪子也沒有任何反常，吃了藥又睡過去了，王大貴這才在屋裡歇下。

一覺睡到後半夜，王大貴突然被人推醒了。

驚醒之下，他腦子還混沌著，突然發現屋裡多了個人。

屋裡昏黃的燈火下，一個人高馬大、身穿一件灰撲撲短打的蒙面男人，拿著一柄九環大刀，刀柄處還墜著一條紅色方巾，幾個草書大字赫然寫著「九連寨」！

看清之後，王大貴收起驚嚇之色，怒道：「你來做什麼?!」

對方說著一口摻雜著方言的蹩腳官話，聲音極為沙啞。「你說呢？你可害苦了俺們兄弟！如今這事鬧大，王二老爺難道不用再拿些銀錢出來嗎？」

王大貴怒道：「我還沒說你們辦事不力呢！連兩個手無縛雞之力的蠢貨都殺不掉，反倒還好意思來找我要銀錢？他們身上的一千餘兩不都盡歸你們了嗎？事先說好的，我只要望月樓的書契！這還不滿足，你們九連寨還有沒有一點江湖上的誠信了？更別說還放他們回來報官，給我惹出那麼多麻煩……」說著說著，王大貴腦子裡最後一點懵也消下去了。

大房兩兄弟是今日才逃回鎮上報官的，事情也只在寒山鎮鬧起來，九連寨的人怎麼可能現在就知道，還後腳就趕過來了？而且這九連寨的寨主當年在關捕頭手下吃過大虧，所以才把匪寨遷得離寒山鎮遠遠的，也只敢在別的地方動手，九連寨的人怎麼可能敢來這裡？

「你、你到底是誰？我不認識你！」王大貴算是反應極快。

但是他面前的大漢根本不理他，面巾一摘就對著門口喊道：「師父，他察覺了！」

關捕頭推了門進來，道：「無礙，反正他剛才已經親口承認了。」

誘騙王大貴的計策是顧茵出的，但是實際操作自然不是她來。

當時出完這個計策，她看著時辰不早就先回家了。

家裡武安已經下學，王氏也做好了夕食，就連顧野都回來了。

王氏在巷子口打著燈籠等著她，見了她就道：「這是去哪兒了？我看妳一整天沒回來，傍晚的時候還去衙門尋妳了，衙役說妳和關捕頭有事離開了，要不是知道關捕頭的為人，我都要擔心死了！妳到底是幹啥去了？」

「我去協助調查……不是，協助查案去了。」

「喔。」王氏應了一聲，領了她回家。

顧茵進了堂屋才發現桌上的吃食都沒動，一家子都在等著她，她歉然道：「當時也不知道會這麼晚，下回我若晚回來，你們就先吃，別等我。」

顧野搶著道：「沒事，我不餓。」

武安道：「對，我也不餓。」

說完話，兩個小傢伙的肚子就不約而同的咕咕叫起來。

顧茵失笑，一人揉了他們一把頭髮。

一家子用過夕食後，王氏燒了熱水，打發了兩個孩子去沐浴，猶豫再三後她還是開口問道：「妳協助查案怎樣了？」

這事顧茵本來就沒準備瞞著她，就算王氏不問，她也是要說的，婆媳倆便說起了話。

武安和顧野兩個雖然並不很清楚最近發生的事，但孩子是能察覺到大人的情緒的，所以洗完澡後，兩個小傢伙都沒去打擾她們，很自動地上炕睡覺了。

王氏這次沒哭，只咬牙恨道：「這兩個畜生再不是我娘家人，我只當我大哥、二哥當年和爹娘一起遭難死了！明天我跟著妳一起去聽，我要親眼看著他們被繩之以法！」說著，王氏又不確定地問顧茵。「他們明天能伏法嗎？」

這個顧茵也不敢打包票。闞捕頭他們從大房兩兄弟那兒問清了匪徒的打扮和特點後，藉著夜色怎麼也能裝出個七、八分像，而且根據科學統計，凌晨兩、三點是人類意志力最薄弱、也是深度睡眠的時候，只要王大貴的意志力沒強到逆天的程度，在那種時候是不太可能還保持清醒的。但凡從他嘴裡透出個一句，就算是不打自招了。

「明天咱們再去聽聽就是。娘放心，就算今日不成，有縣太爺和關捕頭在，他們認罪伏法都是早晚的事。」

到了第二天，縣衙裡又升堂。

這次的案子牽涉到了富戶之家的家產之爭，叔姪間雇凶劫財害命，用精彩兩個字已經不足以形容了，簡直比戲文裡編的故事還曲折離奇，縣衙的門檻都快讓人踏破了！

若不是王氏和顧茵算是原告苦主，怕是連個聽審的位子都排不上。

王大貴到了公堂之上，竟還以當時沒睡醒、腦子發懵，所以說胡話來辯駁。

這理由連三歲小兒都不會相信，所以縣太爺根本不理他。不認是吧？先吃頓殺威棍，再蹲大牢去，把牢裡那些傢伙什都輪過一遍吧！平常審犯人的時候，縣太爺當然不會用這種刑訊逼供的手段，但對著這種反覆無常的小人，自然沒必要留情面。

王大貴被拖到一邊打板子的時候，鄒氏被帶到堂上。王大貴痛叫得越厲害，鄒氏的臉色便越是白上一分。王大貴一直自覺謹慎，做見不得光的事都親力親為，自詡沒有人證、物證，但是他漏了鄒氏。鄒氏對他的事情一清二楚，其實就是最好的人證。

擱平時，鄒氏作為一個聰明人，當然不會指認自己的夫君，說不定還會散盡家財為王大貴奔走。但當時李捕頭裝成九連寨的人時，她就躺在王大貴邊上，聽他親口承認了！大勢已去，越是聰明的人越知道趨利避害，因此不等用刑，鄒氏一五一十的就把事情全交代了。

擱現代，她這叫轉作污點證人，在古代雖沒有這個說法，但是轉作證人一樣可以獲得減刑。

王大貴至死也想不到，他精明一生，兜兜轉轉還是敗在了他最看不起的女子手上。

這案子委實駭人聽聞，隔天府城就來人了，說知府大人看到縣太爺呈上去的卷宗了，要把人都帶到府城去審。

平時縣太爺遞上公函，知府能在一個月內回覆都算是給面子了，這次動作這麼快，自然是聽說這案子鬧大了，而且其中錯綜複雜的部分都已經理清楚，只差犯人招供畫押和判決結案，這等於是白送的政績，他自然得上趕著。

於是這案子立刻被移交到府城去，知府主審，縣太爺和關捕頭押解王家一干涉案人員去協審。

王氏其實還是很想知道後續發展的，但案子不在本地，府城主審的又是王大貴勾結流匪的事，這就和她無甚關係，不能作為原告苦主去聽審了。

顧茵也心繫這案子，但確實路途遙遠，她們兩個女子跟著去的話，無形中會給關捕頭添麻煩。而且案子鬧到現在這般，已經不是她們普通百姓能插手的了，最後便決定還是留在寒山鎮等消息。

出發前，關捕頭特地來了一趟，讓她們別擔心，說這案子必然會審出個結果來。他是公家人，比顧茵她們都懂裡頭的道道，這話也等於是給她們吃了顆定心丸。

翌日一早，王家一干人等被押解出了寒山鎮。天不亮，百姓們都等在城門口看熱鬧了，爛菜葉子、臭雞蛋不要錢似地往王家兩對老夫妻身上砸，還有提著泔水桶去的，都提桶準備潑過去了，看到旁邊的關捕頭和縣太爺，又連忙停了手。

這個時候顧茵和王氏也起身了，起床才發現顧野不在家，想著這孩子多半是看熱鬧去了，婆媳倆也沒多想，照常幹活擺攤。

如今碼頭上又恢復了從前的模樣，只顧茵和王氏一家「文老太爺粥」，生意不只是恢復了從前極好的程度，而是更上了一層樓！

原來外頭人聽說寒山鎮發生了一件大案，但又不知就裡，以訛傳訛，不過幾天就已經傳成「這文老太爺粥太過美味，惹起了同行嫉妒，不惜雇凶殺人」！

都不惜雇凶殺人了，想想這是好吃到什麼地步啊？連不重口腹之慾的人都想要嚐嚐這大名鼎鼎、差點惹出人命大案的「文老太爺粥」。

這傳言實在是歪得過了頭，顧茵和人闢謠了，但人家不聽啊，只當她是被嚇壞了，不想再惹事。

還有仗義的人勸道：「小娘子別怕，那賊人不是被人鎖去了嗎？往後要是再有別家害妳，我們都站在妳這邊！」

「就是！前頭差點被那些魚目混珠的贗品騙了去，這次之後都認準妳家啦！」

到後來，顧茵也解釋不動了。

之前顧茵熬的粥還能賣到中午，現在是連半個早市都撐不過。而且前頭只有粥賣得好，包子和餛飩賣得少，現在激起了大家對她家的好奇和同情心，都搶著照顧她的生意。

中午晌，包子和餛飩都賣完了，攤子上什麼都沒有了，還有人問王氏，桌椅、板凳賣不賣？

「不賣不賣！」王氏把傢伙什物都牢牢護住，逃也似地帶著顧茵收攤了。

到了家裡，王氏擦著汗道：「這些人也忒熱情了，真把我們當成因為手藝而差點被人害了的苦主。希望知縣大老爺快點把案子審清楚，還咱家一個公道，也解了這誤會。」

下午晌，婆媳倆各自歇息，傍晚前武安下學回來，王氏起身做了夕食。

等到天色完全黑了，顧野還沒回家，兩人不約而同地唸叨一句「這孩子又不知道去哪裡野了」，然後很習慣地單獨留出他的飯食。各自吃過後，武安回屋睡覺，王氏陪著顧茵坐在堂屋裡等他，這一等，就等到了半夜。兩人是真的急了，只能去敲門求助隔壁的李捕頭。

李捕頭帶著她們找了半晚上，一直到天亮都沒找到人影。

天亮前顧茵和王氏急得都要去報官了——縣太爺雖然不在，但縣衙裡有主簿和師爺坐鎮，也是能受理案件的。這時，一個跟著關捕頭去府城的捕快回緇衣巷報信了！

原來他們出發後半天才發現顧野一直跟著他們，關捕頭想讓人把他帶回寒山鎮，顧野開口便是「不走，我代我奶來的」。關捕頭想著一般人也制不住他，別半路上又把他弄丟了，但自己又分身乏術，不能把他送回家，所以乾脆就帶著他去了，只讓人立刻送口信回來。

顧茵和王氏吊著的一顆心，這才落回了肚子裡。

王家的案子如期在府城開審。

這時候可不講究什麼人權，屈打成招的事都是屢見不鮮的，更別說王大貴這樣本來就犯了罪的。知府可不像縣太爺那樣手段溫和，雷霆手段下，王大貴到了府城的當晚就吃過了一遍刑罰，被折騰得人不人、鬼不鬼，身上就沒有一塊好肉。人到了這種時候已經不是怕死了，而是只想求死解脫了。

王大貴根本不敢和這種手段的知府強辯，立刻就招了。他也狠毒，知道鄒氏賣了他，把鄒氏也牽扯進來，指認她為同謀。

同樣受了刑、不人不鬼的鄒氏直呼冤枉，夫妻倆在公堂之上互相指謫，爭吵之下還抖落出了原來這次買凶殺人已經不是第一遭，前頭對付商場上的競爭對手時，便已經用過這招。

昔日沆瀣一氣、狼狽為奸的兩人，在公堂上恨不能活撕了對方。

知府可不管他們誰指認誰，掰扯不清楚是吧？驚堂木一拍，籤籌往地上一扔，當下就開打，打到沒力氣再爭了，自然就只能在供詞上簽字畫押。

於是在寒山鎮拖了好些天沒審出結果的案子，到了知府手裡，兩天就全審完了。

結案之後，知府判了王大貴和鄒氏兩人秋後問斬，把他們收押進大牢——這夫妻倆自然是不會讓縣太爺和關捕頭帶走的，畢竟這政績得算在他頭上。而且王家二房得來的不義之財得抄家充公，這自然也得充到府城的公中。

不過知府也承了縣太爺讓功勞的情分，幫著他把王家大房的案子一併審了。趙氏回寒山鎮坐牢一年肯定是躲不過的；王大富為富不仁，雖然對販賣廚餘的事不知情，但是搶奪父母遺產，監管不力，先打他九十棍，再罰他交出當年吞沒的、原屬於王氏的財產。

王家二老當年的存銀已不可查，但名下的鋪子和田地都是有據可考的，價值在一千兩左右，所以王家兩兄弟應該交出三百兩給王氏。這倒不是知府眼睛一閉瞎算的，畢竟當年的寒山鎮可不是現在這般模樣，王家雖然在鎮上是富戶，但是再富也得上下打點孝敬，不然生意做不成。然而，二房的產業要充到公中的，知府自然不可能再吐出來，因此就讓王大富一個人把這筆銀錢出了。

三百兩對曾經的王家大房來說那也是傷筋動骨的一大筆錢了，更別說眼下自家已經讓人劫走一千四百兩，還抵押了望月樓，那簡直是要掏空他們大房的家底了！

聽到這個判決，王大富和趙氏直接昏死過去。但是知府的手段他們見識過了，讓衙役各潑了一瓢冷水後，他們倆屁都不敢放一個，只能如喪考妣地苦著臉，簽字畫押認下。

這一樁家產侵吞案的主審記做縣太爺，算是他的功績，知府還在往上遞送的卷宗裡幫著縣太爺美言了幾句。

事情其實還算是順遂的，但是離開府城的時候，縣太爺和關捕頭的面色都不算很好。

原因自不必說，自然是對知府好大喜功的做法和如今朝廷上行下效的風氣十分不喜。

但顧野不明白那些，他只知道害自家的壞人都被懲罰了，且自家還要拿到一大筆銀錢。三百兩是多少銀錢他沒有概念，但肯定比他奶平時給他的一文、兩文多很多！

回到寒山鎮之後，縣太爺和關捕頭回縣衙去整理卷宗。

顧野迫不及待地跑回了家，進了家門就把醞釀了一路的話嚷了出來。「奶！咱家要有錢了！給好多好多錢……本來就是奶的……什麼遺產，有三百兩！」

王氏被嚇了一跳，都知道寒山鎮外頭上自官員、下到小吏都是吃人不吐骨頭的德行，沒想到案子出去審了一遭，居然還能有回頭錢！而且這三百兩的數目也實在太大，王氏大半輩子沒聽過這麼多的銀錢。她不敢置信地哆嗦著嘴唇問：「多多多多……多少銀錢？」

顧野笑嘻嘻地正要回答，看清了一旁冷著臉的顧茵和她攥在手裡的小木棍，他立刻笑不出來，同樣哆嗦著嘴唇道：「三三三三……三百兩。」
「老天開眼啊！」王氏撫著胸口，激動得身體都打起抖來。
顧野也跟著抖，但是抖歸抖，他還是站著沒動。
顧茵輕輕推了王氏一下。
王氏回過神來，放了手裡擦洗的抹布，從小板凳上站起身。
顧野以為他奶要抓他，下意識地後退了好幾步。
不過王氏卻不是要去抓他，而是走去把大門關上了。
顧茵朝著王氏之前坐著的小板凳努努嘴。「褲子脫了，過來趴好。」
顧野扁了扁嘴，但還是乖乖照做，解開腰帶，把褲子褪到膝蓋，趴到了板凳上。
他出去逛一遭，整個人又黑了一圈，但身上還是極白，小屁股圓圓的，白得都反光。
小指粗的木棍照著他屁股瓣兒落下，每打一下，顧野的小身子就是一抖。打過五、六下，他小屁股腫了，卻是一聲都沒喊。
打完後，顧茵把小木棍扔回牆角，問他。「知道錯哪兒了沒有？」
顧野紅著眼睛，扁著嘴，忍著哭聲道：「知……知道的。」
看他這樣，顧茵也有些不忍心，但還是冷著臉道：「下回還敢不？」
「下回……下回先跟娘說。」顧野努力瞪大眼睛，不讓眼淚掉下來，但是聲音都帶著鼻音了。

「哎，算了算了！」王氏幫著打圓場。「小野是真知道錯了，饒他一回吧，再有下次就重罰！」

顧茵也順勢道：「娘把他抱回屋裡去吧，夕食我來做。」

「奶我自己走。」顧野帶著哭腔，甕聲甕氣的，紅著臉要把褲子提起來。但這點小力氣自然抵不過王氏，最後還是被王氏抱到屋裡炕上。

看到小崽子趴在炕上齜牙咧嘴的，王氏嘆了口氣。「你別怪你娘，她這幾天就沒有一晚上睡得安生的。」雖然都知道闕捕頭為人牢靠，但他到底是個大男人，沒有帶孩子的經驗，又是去州府那樣的地方辦案，誰能不擔心？

顧野立刻搖搖頭。「我不怪娘！」又不好意思地拉過被子蓋在自己的屁股上，催促道：「奶去幫娘做飯吧！」

王氏應了一聲，出了屋子，去了灶房，卻沒看到顧茵。

兩刻鐘後，顧茵回來了，遞給王氏一個精緻的小瓷盒子。「剛給小野買藥去了，娘一會兒幫他上藥。」

王氏好笑道：「我不去，我手重。再說了，妳才是他娘，妳自己去。」

顧茵到底沒有養娃的經驗，剛是火氣上頭，沒忍住動了手，現在冷靜下來了又有些後悔。她是不主張體罰孩子的，尤其想到自家這崽子從前到處流浪，野慣了的，家裡收養他也不過兩、三個月，習性肯定得慢慢改。

兒媳婦很能幹，王氏現在都習慣讓她拿主意了，難得看到她這麼為難的樣子，王氏忍不住笑起來。「武安那麼乖，小時候淘氣我也照打！哪有當娘的不打孩子的？真沒事，先做飯吧，吃完飯你倆好好聊聊，母子倆哪有隔夜仇？」

沒多久，武安挎著個小書袋，下學回家了。進了家門他先問顧野今天回來沒，得知他回來了，武安書袋子都沒放，連蹦帶跳地到了屋裡。

「你總算回來了！」武安說著就要撲到他身上去，看他難得文靜地趴著沒動，他又站住腳，問他怎麼了。

顧野齜牙咧嘴地說：「還能怎樣？挨打了唄！」

「我娘打的？」

「不是，我娘打的。」

武安不相信地扁扁嘴，說：「騙人！嫂嫂最溫柔了，她從來不打人。」說完武安自己想了想，又說：「不過嫂嫂生氣也是正常的，那天你啥都不說就走了，娘和嫂嫂還在家等你吃夕食呢，等到好晚好晚，我都起床尿尿了，她們還在堂屋坐著。」

顧野也心虛起來，說：「我不知道那麼遠，以為很快就回來了。」

「後來她們還出去找你呢，我說我也去，嫂嫂說讓我在家待著，指不定你啥時候就回來了。娘去找了李捕頭，他們找到天亮……不過你現在回來就好啦，好多天沒見你，我好不習慣。」

「我也不習慣。」顧野扁扁嘴。「外面沒有娘，沒有奶，也沒有你，我再也不去了。」

「你知道錯就好了。我其實還是不敢相信嫂嫂會動手打你，你要是說我娘打的，我還不會奇怪哩！」

顧野拍拍自己的邊上，讓武安趴著，小聲道：「我新學了一句，叫『女人如老虎』，我本來覺得騙人，娘就很溫柔……原來她也是老虎！」

拿著傷藥走到門口的顧茵一噎。「……」這小崽子出了趟遠門，說話是越來越順溜了，但這學的都是些什麼啊！

為了照顧屁股受傷的顧野，王氏把桌子搬到屋裡，擺上了夕食。

「快吃，尤其小野，多吃點！」看到顧茵和顧野有點彆扭，王氏特地給顧野挾菜，說：「你娘難得在家裡下廚，專門給你做的呢！」

平時家裡夕食吃的簡單，這天吃的算是豐盛，春筍炒肉絲、青菜丸子湯，還有涼拌野菜和白饅頭。

武安看到他娘給顧野挾竹筍炒肉絲，就忍不住抿嘴直笑。

「吃飯啊，好好的笑啥？」說著話，王氏也給武安挾了一筷子。

武安忍不住笑出了聲。「小野都吃過一頓竹筍炒肉了，這是第二頓！」

顧茵也忍不住笑起來。「你這小傢伙唸了幾天書，人都變促狹了。」

氣氛輕鬆起來，王氏也打開了話匣子，問顧野這幾天在外頭過得怎樣？有沒有吃苦？

顧野早就憋著想說了，半點不帶結巴的，立刻就道：「過得可好了！關捕頭帶著我，別人問我是誰，他就說我是他徒弟。有個胖胖的，叫什麼……知府大人的，還請我們吃飯。」

武安長這麼大還沒去過府城那樣的大地方，立刻跟著問：「都吃啥了？」

「有魚、有肉，還有肘子。」顧野放下筷子，兩隻小手比出一個大圓。「這麼大！」

「哇，那真的是好大呢！」武安嘖嘖稱嘆。

王氏又問他。「除了吃飯，還幹啥了？」

「還請聽戲，聽唱曲，去什麼樓……不過縣太爺不喜歡，所以沒去。」

武安十分羨慕地道：「啥時我也能去就好了，先生說『讀萬卷書不如行萬里路』。」

「去，咱家都去！」王氏笑咪咪地道。「咱家現在有錢了，出去玩一趟怎麼了？」說著她又止住話頭，壓低聲音道：「不過現在還是算了，我聽小野說的，感覺知府大老爺可不算是什麼好人。而且外頭還在打仗，指不定哪天就打到府城了，還是再等等吧，但肯定是要去的！」

吃過夕食後，王氏收拾碗筷，顧茵給顧野上藥。

「痛不？」

顧野嘶嘶吸著冷氣，但還是道：「不痛，睡一覺就好。」

「你啊！」顧茵無奈道：「下回可不好再這樣，不打招呼就隨便跟著人出城了。沒聽你奶說的嗎？咱們鎮上算太平，到了外頭可不一定了。你說你要是在外頭丟了，還怎麼回來呢？娘不是每次都能找到你的。」

「沒有下次了！」顧野像小狗似地把腦袋鑽進他娘懷裡。「我保證！」

兩個孩子躺下沒多久就都打起了小呼嚕，顧茵這才出屋洗漱，王氏還坐在堂屋裡。

「孩子們都睡了？」

「是啊！」顧茵說著，看到王氏唇邊的笑，也跟著笑起來。「娘平時也要多笑笑，又好看、又年輕。」

「胡說啥呢！」王氏揚手做勢要打她，又把她拉到身邊。「我尋思著明天還是再歇一天吧，咱們倆去把帳要了。那可是三百兩呢，要回來就不用去碼頭了，買個鋪子都夠了！我買給妳，記在妳名下，怎樣？」

「記在娘名下不就好了？本就是外祖留給您的東西。」

王氏笑呵呵的沒應。記給顧茵自然比記在自己名下好，首先家裡的吃穿用度都是顧茵的手藝換來的，鋪子也得是她經營；再者這是一份產業，有個鋪子傍身，將來她再嫁是再不用擔心了。

不過一說到再嫁的事，顧茵就十分牴觸，所以王氏只在心裡想著，也沒說出來，只催顧茵也歇著去。

翌日一早，婆媳倆收拾妥當後，就去了王家老宅。

老宅大門大開，門口一片狼藉。

王氏和看熱鬧的鄰居打聽了一通，才知道今天一早府城來了官差抄沒王家二房的家產。

王家大房和二房雖然早就分了家，但還是住在一處，那些官差可不管那麼多，渾似土匪進城一般，看到什麼就拿什麼，還把二房的兒子、媳婦都一併鎖走了，讓他們把財產都清點出來，上交充公。

王大富是前一天和縣太爺、關捕頭一起回來的，也幸好知府判了他的刑罰後沒有當場讓衙役打他，不然他這把年紀了，若是在府城打完再奔波回來，指不定就保不住命了。他和趙氏是昨天回到寒山鎮才挨打的，打完趙氏被關進大牢，要關一年，王大富則被人抬了回來。

早上家裡亂成一片，王大富又急又氣，偏生動彈不得，聽人說王氏來了，他連忙道：「不見！快給我擋著，說我如今起不了身！」但是他不知道今天官差抄家時把王家下人都嚇壞了，門房形同虛設，王氏就自己過來了。

在外頭聽到王大富的話，王氏進門就道：「大哥起不來就起不來，咱們親兄妹，隔著門板說話也不礙什麼。」說到「親兄妹」三個字的時候，王氏的臉色冷得能凝出冰來。

王大富在裡頭尷尬地陪笑了兩聲。「小妹怎麼大早上過來了？家裡亂糟糟的，沒得嚇到妳。」

王氏抄著手冷笑，也不和他兜圈子。「戲文裡還唱無事不登三寶殿呢，我來當然是有事。知府的判決文書已經在縣衙了，大哥是隨我去衙門，還是自己把三百兩銀錢給我？」

「這……這、這……」王大富眼看躲不過，突然轉了語氣。「望月樓被抵押出去了，妳兩個姪子才叫人劫了一千四百兩，如今還傷得下不來床，一家子連一個能動的男人都沒有，妳就不能寬容兩天嗎？」

王氏說不能，又道：「要麼你現在拿，要麼我去請關捕頭來！」

王大富在屋裡頭哭道：「家裡是真的拿不出那麼多銀錢，我這把年紀死了就死了，也省了湯藥錢，可妳兩個姪子還年輕，總不能斷了他們的湯藥啊……」

偏也巧，他們說著話時，一個和武安差不多大的孩子端著藥碗過來了。

他顯然沒做過這種活計，端著藥碗，燙得臉都皺起來了，走到門口還差點被門檻絆一跤。

王氏一把將他撈起來，另一隻手接過他手裡的藥碗。

孩子後怕地拍著胸脯，見了是她，又笑起來。「謝謝姑奶奶！」

當初王氏第一次回娘家的時候，帶著顧茵來王家老宅，和家裡的幾個孩子都打過照面，王氏對他也有印象，依稀記得他是大房的孩子。「你怎麼自己端這麼燙的藥碗？」

孩子道：「娘要照顧爹，讓我來看看阿爺。」

王氏把藥碗遞給守在王大富身邊的老僕，說：「姑奶奶和你阿爺說會兒話，你先自己玩去。」

孩子應了一聲，燙紅的一雙手捏著耳垂，跑開了。

「唉，我可憐的乖孫啊……」王大富在裡頭哭。「下人都死了嗎？怎麼讓小少爺做這種事？」

老僕也跟著哭道：「上午官差進府，把二房的人鎖走了，下人們嚇壞了，估計是都躲起來不敢動呢！」

「該死的王大貴！害人精！」

「行了！」王氏出聲喝止。「你直接說，現在能拿出多少銀錢？」

「二……不，三十兩！小妹妳看……」

王氏說不成。「你先拿五十兩給我，剩下的二百五十兩我寬限你幾天。」大房雖然元氣大傷，但五十兩還是能拿出來的。王大富立刻讓老僕幫著把床板下頭的暗格打開，取出裡頭的銀票遞交出來。

王氏也當場寫了一張收條，讓老僕轉交給王大富。

待出了王家老宅後，王氏嘆了口氣，拉著顧茵的手自責道：「是我心軟。兒啊，娘對不住妳，那鋪子暫時買不了了。」

顧茵回握她的手說沒事。「本來就是娘的東西，都聽您的。」

王氏拉著她的手捏了捏，又啐道：「這王大富也不是什麼好貨，他孫子早不來送藥、晚不來送藥，偏我來的時候來了？下人躲起來了，他就不能晚些時候吃藥嗎？這是把我當傻子騙呢！」

王氏都看出來了，顧茵當然也看出來了，而且不僅看出來，她也有法子能讓王大富立刻就把三百兩原原本本地吐出來。但是自家婆婆是真的心軟，心疼晚輩，真要是讓王大富交出那麼些銀錢，害得子姪受苦，怕是王氏心裡會不安生。而且這到底是王氏自己的銀錢，既然王氏說可以緩緩，顧茵也不好違背王氏的意思。

「再等一個月吧，等他們傷好了，要還是再推三阻四的不肯還銀錢，我就把王大富的頭擰歪！」王氏罵罵咧咧地拉著顧茵走了。

雖然只先要回五十兩，但對顧茵和王氏來說，這也是很大一筆銀錢了。

王氏想的還是開店，不讓顧茵去碼頭上受苦了。她說幹就幹，當下就帶著顧茵去了大興米鋪，和文沛豐詢問老太爺那個好鋪子租出去沒有？

這自然是沒有的。文二老爺還不死心呢，死活不對外出租；老太爺也有心等一等顧茵，就也不急。

王氏臉上才算有了笑影兒，她把五十兩銀票塞給顧茵，讓她去文家和文老太爺簽書契，自己則回家去把擺攤那些傢伙什物洗刷一下，準備一起都賣了，當然最重要的還是得跑一趟碼頭，把自家準備開店的消息宣傳一下！

文沛豐把自己的馬車借給顧茵，讓車夫將她送到了文家。

文老太爺聽說顧茵來了，讓人把她領到了自己的書房。

「顧老闆無事不登三寶殿，今天前來所為何事？」

文老太爺端起了官腔，顧茵忍不住彎了彎唇，而後又正色道：「家裡得了一筆銀錢，想到您老手裡那個好鋪子，這是特地來找您簽書契的。」

「不簽書契就不來了是吧？」文老太爺哼了一聲。

他之前得了風寒，頭疼了好些天，被文大老爺逼著在家靜養，養得差不多好了，才知道有人冒用他的名頭攪合顧茵的生意。後頭那事雖然解決了，卻牽扯出了其他案子，老太爺知道後連夜起草了狀紙，要幫著顧茵打官司，但他風寒還沒好徹底，點燈熬油熬了半宿，第二天又犯起了咳疾。

文大老爺哪裡能看他這樣，又把他扣住，讓大夫來給他把脈開藥，再遣小廝把狀紙給顧茵送去，並帶話說老太爺雖然要養病，但他也能出一分力。

後頭顧茵想的法子都起了作用，案情調查順利，顧茵就讓人帶話，讓文老太爺先安心養病。

「我哪能不來？前兩天我下午晌還來看您呢，不是您不見我嗎？」

老太爺眼神一閃，他之前咳嗽發作得確實厲害，一咳起來氣都喘不上來，話不成句，讓他很沒面子。而且那時候他知道案子交到了知府那裡去審，那知府是個混不吝的，現在身為白丁的他也幫不上忙，乾脆就沒見她。

「上次我燉了川貝雪梨膏送來，您喝著還好嗎？」

川貝雪梨膏是後世很常見的東西，時下也有這個，卻不常見，像州府那樣的大地方可以買到，寒山鎮上大多都是普通百姓，咳兩下一般是連大夫都不請的，就慢慢熬著，所以顧茵乾脆就自己做了。

洗乾淨的雪梨連皮一起磨碎，川貝母磨成粉，再加磨成粉的紅棗、浸泡好的百合，在灶上煮一刻鐘，用紗布過濾，再把純汁上鍋熬煮，熬到濃稠狀就出鍋。

當然，最好還是得加羅漢果，可惜這東西產在南方，既不好買，價格又貴得離譜。

老太爺也裝不下去了，笑著道：「挺好的，喝完當天就好了許多。後來徐廚子也照著妳那個做，熬出來的就沒有妳熬的好喝。」

「給您入藥的，怎麼還論好不好喝？」

說著話，文老太爺拿出書契來。

這次的書契和上次不同，是按市價的八成來的，一年的租子就是四十兩。

「銀錢夠不夠？其實按月交付也是可以的。」

顧茵說不用。「能按季度給就很好了。您放心，等鋪子進項穩定了，明年我就和旁人一樣按年付，也不要您給我按八成算。」

「誰給妳按八成算了？」文老太爺說：「這十兩差價可是我包桌子的價格，記得給我留個……妳上次說那叫啥來著？」

「叫貴賓位。」

顧茵爽快地簽了書契，文老太爺也把店鋪的鑰匙給了她。

從文家出來後，顧茵握著手裡的鑰匙，還有些不真切的感覺，她的夢中情鋪到手了！

還不等她走遠，徐廚子就追了過來。

「給師父賀喜！」他拱手作揖。

顧茵彎了彎唇。「你消息倒快！」

徐廚子嘿嘿一笑。「剛師父和老太爺說話的時候，我小徒弟正好去送雪梨膏，聽了一耳朵，回來就和我說了。新店開張要添置的東西可不少呢，走，我陪著您去！」

顧茵問他不上工了？

這還不到中午，徐廚子自然沒下工，但他不以為意地擺擺手。「還上啥工？早就說好等師父開店後我來給您打下手的！我和府裡管家請了一天假，明天過來正式辭工。」

「好。」顧茵看著他道：「那咱們師徒一起幹，我肯定不會虧待你。」

「師父這說的是啥話？您能帶著我就是厚待我了！」

師徒倆去了鋪子，也多虧徐廚子認得路，顧茵雖然上次去過一回，但當時坐在馬車裡，並不很清楚具體位置。

「這兩條街，一條叫文成街，一條叫安興街道。師父盤下的這鋪子雖然是坐落在兩條街的交匯處，但一般論起來還是在文成街。」

鋪子還是上次的模樣，但可能因為心境不同了，顧茵是越看越喜歡。

但喜歡歸喜歡，要添置的東西也不少，柴米油鹽、鍋碗瓢盆那些就先不說了，還得想個響亮的店名，訂做一個拿得出手的招牌。

而且因為長時間沒人來過，裡頭已經起了薄灰，還須好好打掃一通。

另外既然是開店，也得想想主要是賣什麼。

一開始顧茵只想著盤個碼頭附近的小鋪子，就想著還像碼頭上那樣做粥和麵點。

如今這麼好的鋪子，光做那些就不夠了，得研究出一些別的招牌菜來。還得請一個紅案師父來，紅白案雙管齊下，才能把這好鋪子的用處發揮出來。

其他都好想，就是紅案廚子……

顧茵無奈地看著徐廚子，徒弟是個好徒弟，就是手藝委實不怎麼樣，暫時還挑不起這個大梁。

要是周掌櫃還在就好了。可惜的是當時望月樓被查封，顧茵的心思也全在案情上，又沒想到自家這麼快能租下自己的夢中情鋪，所以沒在那時候和周掌櫃聯繫，如今也不知道去哪裡尋人。而且周掌櫃那樣的本事，一個月的月錢肯定不是三、五兩能夠請得起的。

大概記下要置辦什麼東西後，顧茵懷著心事回了家。

一直到下午晌，王氏才回了家，後腳武安也下學回來了，更難得的是，沒多會兒顧野也回來了。

「才挨了打還往外跑，你這小崽子真是野得沒邊了，不過幸好還知道早回來。」王氏無奈道。

顧野卻道只是先回來說一聲，省得他奶和他娘擔心，他還要再出去的。

王氏問他幹啥去？

顧野說：「我有個朋友要走，我送他。」

王氏聽著這話，稀奇得不行，問：「我怎不知道你還有朋友？什麼朋友啊？」

「冬天的時候，他給我吃飯。他做飯也好吃。」

做飯好吃這種話若是旁人說了，王氏和顧茵也就隨耳一聽，但是顧野這小崽子舌頭刁啊，在碼頭上吃過顧茵做的吃食後，旁人做的他就不吃了。可以說，他和顧茵親近，很大一部分就是因為顧茵做的東西好吃。甚至他去了一趟州府，王氏都沒聽顧野誇過別人做的吃食好吃。

顧茵想了想，站起身道：「既然如此，那我和你一塊兒去送送你朋友吧！」一開始，顧茵和王氏都下意識以為顧野的朋友是個和他差不多大的孩子，現在聽到會做飯，且做飯還做得好吃，那顯然是個大人。一個大人和這麼大點的孩子交朋友，總讓人覺得有些怪怪的。

顧野也想了想，他朋友聽說他現在有了家後很高興，一直誇他娘是大善人，應該是不會介意他把娘也帶去的，於是母子倆牽著手就出了家門。

顧野帶著顧茵走了兩刻鐘，到了一間普通的民居。

屋門敲開，一個身形魁梧的中年男人來開了門。

顧茵和他一照面，兩人都有些吃驚。

「周掌櫃？」

「小娘子？」

竟還是熟人！

顧野扭頭看看周掌櫃，又看看他娘，很奇怪他們怎麼認識？

顧茵收養顧野的事情在碼頭上是眾所周知的，但在其他地方就不是了。

尤其周掌櫃和顧茵也只是萍水相逢，只知道她家日子清貧，冬日裡大雪天都還要出門尋活計，怎麼也沒想到收養顧野的會是她。

「竟然是小娘子收養了這孩子，周某佩服！」周掌櫃抱拳。

顧茵福身回禮。

因為周掌櫃是單身男子，也不方便招呼顧茵進屋，兩人便站在門口說話。

聊起來後，顧茵才知道去歲冬天顧野失蹤的那段時間，是周掌櫃在照顧他。

「那時候天冷得不行，我下工從後巷離開的時候，看到角落裡有一團小小的東西，起初還當是隻野貓，打著燈籠過去一瞧，才知道原來是個暈了的孩子。當天我就把他帶回家裡，給他餵了粥湯，暖了他半宿，結果早上一睜眼，這孩子就不見了……」周掌櫃說著也笑起來。「後來他就天天在後巷等著我，我想帶他回家，他卻不讓我靠近。沒辦法，我便在後巷窩棚裡給他做了個小窩，每天拿一些飯食給他吃。年前突然不見了他，還擔心他是……總之現在看他好好的，被小娘子這樣的好心人收養，我也能安心離開此處了。」

聽到這兒，顧茵自然問道：「周掌櫃這是準備去哪兒？」

周掌櫃眼色一黯。「如今我也不是什麼掌櫃了，虛長小娘子一些，小娘子喚我周叔就行。至於往後……望月樓是待不下去了，鎮子上還有含香樓一家酒樓，我前幾日才去應徵過。」他自哂一笑。「不瞞小娘子，那含香樓的東家早先不止一次挖角於我，可這次我再去，那東家也變了嘴臉，工錢比之前說的壓了一半不算，還讓我從二廚當起。」

周掌櫃是憑一己之力把望月樓扭虧為盈、起死回生的人物，讓他去給人家當二廚、打下手，他便是再好的脾氣也受不住這個。

看到顧茵蹙起了眉，周掌櫃道：「鎮上其他食肆也都沒有招人的打算，尋摸了幾天都沒個結果，所以我就準備回州府看看。那裡館子多，便是不在什麼大酒樓當大廚，只尋一份普通小店的大廚差事還是不難的。小娘子別擔心，荒年餓不死咱們手藝人，出路總是有的！」

以周掌櫃的能力，找份差事當然不是難事，但他的工錢卻不是一般食肆給得起的，而且人家徵人，是東家挑夥計，偏偏周掌櫃也挑東家，要求還不低。

聽到周掌櫃都有去別的小店當大廚的打算了，顧茵再不出手就是傻子了！

「我家正要開店，鋪子已經選好了，就在文成街和安興街的交匯處，您可有空隨我去看看？」

此時天色漸暗，當天是不能成行了，顧茵就和他約定好明天上午在鋪子碰面。

顧茵母子倆又沿著原路回去，到緇衣巷的時候天正好完全黑下來。

王氏已經做好夕食，武安也下學回來，都在等著他們了。

一大一小心情都很好，顧野高興的是周掌櫃今天沒走；顧茵高興的自然是周掌櫃接住了她遞過去的橄欖枝。

都是聰明人，周掌櫃自然是聞弦歌而知雅意，願意去她的鋪子看看，就是成了一半了。當然，另一半還得看顧茵自己的本事，畢竟眼下那只是個空鋪子，起碼得讓周掌櫃看到未來光明的前景，他才會願意入夥，所以隨便吃了兩口飯以後，顧茵就向武安要了紙筆。

用不慣毛筆，顧茵拿了炭筆，開始規劃起開店事宜。

第一條，起個響亮的店名。

招牌有多重要，開過店的人都知道。上輩子顧茵從爺爺手裡繼承了顧家粥鋪，眼下這鋪子不算是她一個人的，是她和王氏合辦的，而且也不止準備做白案，這名字便不太合適了。

但是這不礙事，有文老太爺在呢，他老有學問又有閱歷，自然能幫著想到好名字。

第二條，自然是店裡的裝潢設計。

現在好多東西是現成的，換了個東家，雖沒有那個銀錢大肆裝潢，但重新佈置一番、做些調整總是必須的。

第三條，店內人手的安排。

紅白案大廚自然都是必須的，幫廚是徐廚子和他兩個小徒弟，後廚的人手是夠了。若是周掌櫃能來，那掌櫃的人選也就定了。另外還需要服務生，也就是這個時代所說的跑堂、小二之類的，這是要做招待客人和店內的其他雜活，光自家婆婆一個人肯定是不夠的。

第四條，就是店裡主要出售的吃食，也是整個店以後的經營方向。

這一點她一個人說了不算，得等周掌櫃入夥了再共同商量。

顧茵用炭筆在宣紙上寫寫畫畫，不知不覺就已經到了半夜。

因為太過興奮，她乾脆不睡了，起身包包子、熬粥。包子還是給葛家的，自家就只賣皮蛋瘦肉粥。雖然小攤子馬上就不幹了，但店一天沒開起來就一天沒有進項，而碼頭這個月的租子卻還得交，所以多少還是得掙一點。且這時代消息通信不發達，自家婆婆雖然已經去碼頭上宣傳了，但肯定還是有大批外來客不知道，為了防止這些客戶流失，還是得慢慢宣傳。

家裡的傢伙什物已經讓王氏折價賣出去了，所以顧茵熬的粥不多，按照自家眼下生意的火爆程度，基本上就只夠賣上一個時辰的，也不需要那些傢伙什物了，只帶些空碗，賣完直接提著桶和碗回來就是。

等到天亮，王氏去了碼頭，顧茵讓顧野跑一趟文家，讓他以自己的名義去傳個口信，邀請文老太爺和徐廚子過來，她自己則揣著寫了一夜的企劃案去文成街等著周掌櫃過來。

等到天光大亮的時候，文老太爺和周掌櫃前後腳過來了。

顧野比老太爺腳程快，先竄回來報信說：「那個胖胖的，不來。」

聽說自家師父能開店了，徐廚子比顧茵本人還高興，昨兒個和她來過一趟，徐廚子已經幫她想好了要添置什麼東西，還說等顧茵一聲令下，採買的事情就包在他身上，所以聽說他今天不過來，顧茵還挺奇怪的，問道：「他是只今天有事來不了，還是他不想來了？」

不等顧野回答，老太爺過來了，他面帶慍色地道：「他當然是想來的，是我家那鐵公……那二兒子不放人。」

徐廚子的手藝一般，會的多，擅長的少，但是他手腳快，帶著同樣幹活麻利的兩個小徒弟，一個月一共是五兩工錢，比普通廚子高一些，可師徒三個至少能頂六、七個人用。

要不是他便宜好用，文二老爺看他在自家廚房裡日漸發胖，早就不讓他幹了。眼下他說要辭工，文二老爺上哪裡去找這樣的廚子？再請幾個廚子照顧一大家子的吃喝，工錢至少得翻出兩、三倍！而且不光是這個，文二老爺也得到消息，知道老太爺把他相中的鋪子租給顧茵了，徐廚子正是要去給顧茵幫忙的，他不敢和老太爺對著幹，就故意把徐廚子卡下了。

徐廚子並不是文家的長工，但活契也是有年限的，要到今年夏天，才是徐廚子工期到期的日子。眼下才是四月頭，等於還要兩個月，徐廚子才能恢復自由身。

徐廚子求助到文老太爺頭上，文老太爺覺得人家只是給自家做工的，不想幹不幹就是，轉頭便幫著去和二兒子說了，結果文二老爺也不扯旁的，只為難道「書契是徐廚子自己簽的，又不是兒子逼他的。若都簽了書契還能隨意反悔，這世間的秩序不都得亂了」？他這話說的冠冕堂皇，老太爺雖猜到了他的小心思，卻也不好說什麼。

簡單地說完事情經過後，老太爺自己也挺臊的，他是真不想承認自己養出了這種兒子！

顧茵看老太爺不高興，便出聲勸道：「您老別不高興，本來咱們這店也要過幾天才能開業，算下來，不過是等徐廚子兩個月而已。到時候不管是雇些短工，還是自家人多做一些，都還能應付的。」

聽她這麼說了，老太爺的面色才和緩一些，問她。「這些東西不是現成的嗎？怎麼還要過上好幾天？」

正好這時候周掌櫃也過來了，顧茵就把自己寫了半夜的東西給大家看。

她這個年紀做老闆開店，其實是讓人不怎麼放心的。

像周掌櫃，他知道顧茵有手藝，但顧茵看著實在太年輕面嫩了，以她這個年紀，能掌握一門手藝就極為難得了，正式地經營一家店鋪怕是毫無頭緒。是因為有些交情，周掌櫃才答應了她過來看看。來之前周掌櫃就做過最壞的打算，但眼下看她寫得頭頭是道，心便定了下來，也才知道以年紀揣度一個人的本事實在太過淺薄了。

文老太爺先開口道：「這個起名簡單，我可以幫忙。妳自己有想法沒？」

顧茵笑道：「想法挺多的，一開始想的是『惡婆婆小食店』，畢竟碼頭上我家婆婆的名氣大，但後頭想想，這豈不是坐實了她的惡名？她人其實很和善的，不能一直讓人誤會她，便覺得還是不妥當。後頭聽武安唸了一句『民以食為天』，我就覺得『食為天』這三個字很不錯。我說句大話，您二位別發笑，雖我眼下只是開一間略大一些的店，但往後我是想開酒樓，甚至去州府、京城那樣的大地方開設分店的，所以招牌最好是起大氣一些，到時候能一直沿用。」

「這三個字確實很不錯，『王者以民人為本，而民人以食為天』，出自《史記．酈生陸賈列傳》，是能承接住妳的大志向的。」

顧茵笑著點頭，又猶疑道：「就是這個名字……會不會太大了一些？」這要是擱現代，顧茵覺得不錯自然就用了，但在這個時代，皇帝是天子，食為天，怕是會犯忌諱。

「這有什麼？」文老太爺不以為意地道：「我來給妳寫這個招牌，再印上我的印章，人問起來，妳說這名字是我起的便是。」

說到文老太爺的印章，那淵源就深了。

一般人的印章要麼是自己刻的，要麼是請名家大師刻的。

但老太爺的不是，他的兩枚私印，一枚是當年得到高祖賞識，高祖賞的；另一枚更了不得，是當太子太傅的時候，當時還是太子的先帝親手所刻。

兩枚私印加上去，其威力可想而知。

顧茵並不知道老太爺印章的來歷，但她是極為孺慕老太爺的，得了老太爺的準話，自然也就不再擔心。

「至於這第二樁，我來幫忙。」周掌櫃道。「在望月樓當了這麼些年掌櫃，我也是有些人脈的，小娘子……不是，東家只說想怎麼佈置，我來幫著採買調度。」

顧茵聽到周掌櫃改口，笑得眼睛都彎了，忙道：「那就麻煩掌櫃了。」

話說到這裡，王氏也賣完粥，從碼頭上過來了。

「娘來的正好，我們正商量到招聘人手這一步，您看人比我厲害，來一起幫著出出主意可好？」這事其實顧茵自己能拿主意，但她並不把鋪子當成自己一個人的，所以還是得讓自家婆婆有參與感。

「招人我也不懂，」王氏道。「但是我算一個，妳許嬸子算一個吧，店面雖大，我們兩個跑堂也差不多了。其他雜活我來幹就是了，能省一些是一些。」

顧茵卻覺得不行，店面能擺七、八張桌子，若是生意好，客人全坐滿，兩個服務生肯定是不夠的，但王氏說的也有道理。

從王家要回來五十兩後，她手裡一共有近七十兩，一季的租子已經給出去了，還剩將近六十兩。

徐廚子和他小徒弟都是捨了本來的活計來幫她的，開給他們的工錢自然不能比文二老爺給的低，這就是五兩起步；置辦鍋碗瓢盆那些東西和簡單裝潢，顧茵暫時算做二十兩；王氏雖然是自家人，年底顧茵準備分成紅利給她，但平時還得開一份工錢，她也是一個人能幹一般兩、三個人的活，怎麼也得開半兩銀子的工錢；大頭是周掌櫃，他既做紅案大廚，也做掌櫃，且因為現在新店人手緊張，周掌櫃還得充當帳房，一個人幹三個人的活，不開個二十兩的，顧茵都覺得臊得慌！這就是快五十兩的出項了，再多請幾個人，那就更吃緊了。

顧茵在心裡算過一通後，突然眼睛一亮，拿過炭筆在紙上畫了個「回」字形的櫃檯。普通的櫃檯占地大，就只做結帳的作用而已，但若做成「回」字形櫃檯，外頭一圈都能設置座位，她則能在裡頭現場做點心、蒸點心、下麵條之類的，這些東西沒有油煙味，再下設煙道排煙，既能增設座位，也能節省所需要的服務生數量。畫完後，她把自己的想法說出來。

周掌櫃點頭道：「東家這想法確實新穎，不過就算咱們找人做出了這樣的櫃檯，下通煙道，把煙往外頭排，但到了夏日，店內怕是會熱得坐不住人。」

這確實是顧茵想法的盲點，這時代沒有風扇空調，的確不能這般做。

看到顧茵有些懊惱，周掌櫃道：「但是這確實很實用，其實我從前也想過，有些客人獨自出行，還不願意併桌，一個人就得占用一張桌子，實在不便。就按著東家的想法這樣，在櫃檯外設置一圈單人桌，每個座位之間再設置可移動的擋板，讓客人自己選擇要不要升起，既新鮮，也互不打擾。」

這種單人獨桌、設置隔板的店鋪在後世很常見，眼下卻是真的先進了。這個掌櫃，請得可太值了！

請人的事暫時擱下，商量到以後的經營方向。

老太爺道：「前頭妳做的什麼烤串、麻辣火鍋，連我都只吃過相似的，沒吃過妳做的那種，若是把那些拿來賣，自然是沒有敵手。」

這是事實，畢竟是現代的吃食，經過上百年改良過的東西。但眼下卻是不行的，因為肉不是一般人頓頓吃得起的，番邦的調料就更貴了。文成街附近的百姓，生活水平雖然比碼頭上高出不少，但也沒達到這種消費水平。而且賣這些東西，需要的本錢也得翻幾倍，顧茵手頭上這點啟動資金是真的完全不夠。

「我覺得不如這樣吧……」顧茵又開始在紙上寫寫畫畫。

就像後世的自助餐一樣，她每天做上各色點心，周掌櫃做紅案家常菜，一個格子、一個格子地放在櫃檯上，客人要吃什麼，便打什麼。不僅能堂食，也方便外帶，不用等候。

這樣的菜定價要便宜一些，附近的百姓都能負擔得起。

當然，也能另外接受客人點菜，單做的價格就稍高一些，就比照望月樓價格的七成來，針對的是高消費客戶。

這樣不同客戶群都能照顧到，整個店的目標客戶就定為鎮上生活水平中上層的百姓。

若是店面再大一些，顧茵覺得還能設置貴賓包廂，另外準備一本貴賓專用菜單，出入也和普通用戶區分開來，那覆蓋的客群就更廣了。

可惜後院的地方雖大，她暫時卻沒那個銀錢推翻重修，鎮上也幾乎沒有這種尖端客戶，絕大部分還是普通百姓，就先按下不表，等以後再說。

和周掌櫃商量之後，他也覺得十分不錯。

像望月樓那樣的大酒樓，尋常百姓逢年過節才捨得去一次，顧茵這家店雖然比普通店大一些，卻遠不及望月樓的規模，若好高騖遠地追求高定價、高利潤，反倒可能賠本。

第十四章

大方向都敲定以後，文老太爺就回去給她寫牌匾了。老太爺說他許久沒練字了，還得再撿起來練練，一定給她寫個好招牌！至於後續牌匾的訂做也不用顧茵操心，都由他一手包辦，算是送給顧茵的開業賀禮。

王氏則回緇衣巷找許氏，雖然說到招人，她第一個想的就是許氏，但也得和許氏商量過後才能定下來。

周掌櫃要負責找人訂做櫃檯和簡單的裝修。顧茵說希望能把臨街的兩道牆打掉一半，做那種可以打開的、半人高的大窗戶，這還得拿著圖紙去給老工匠看，確認這牆能打，才好找人施工。

顧茵請周掌櫃留了一留，和他商量工錢。

周掌櫃並不瞞她，道：「我在望月樓的時候，一個月工錢是三十兩。不過東家這裡規模不比那處，自然也不用那樣的工錢，您看著給就是。」

顧茵一開始想的還是二十兩，想不到王大富那樣摳搜的，都給了周掌櫃三十兩工錢。她想了想，最後還是定了一個月給二十兩工錢，但年底會給花紅和年終獎。怕周掌櫃不理解花紅和年終獎是什麼，顧茵準備要解釋一下。

周掌櫃已經先笑道：「東家不寬裕時還會收養萍水相逢的孩子，您的為人我自然信得過。其實一個月二十兩於現在的我來說已是很好了，東家說的花紅和年終獎等年底再說。」

招到這種好員工，簡直和地上撿到錢沒差別！顧茵心中發暖。「掌櫃也放心，我說到的就會做到。」

這年四月中旬，坐落在文成街和安興街交匯處的「食為天」正式開業了！

鋪子的牌匾是文老太爺一手包辦。橫平豎直、端方得體的「食為天」三個楷體大字，右下角敲著兩枚字體不同的私印，雖然簡單，卻別有一種恢宏大氣之感。用料那更別說了，反正顧茵不認得，只覺得這油光水滑的木料掛在自家店前，把整個店鋪的層次都抬高了。

開業前一天，文老太爺還說雇人來舞獅，顧茵當時聽著也有些心動，開業當然是越熱鬧越好，而且看了那麼些電視劇裡熱熱鬧鬧的舞獅，誰不想親眼看看呢？但後來打聽了一下價錢，顧茵也只能……打擾了，告辭！

當然，宣傳的支出肯定是必要的，碼頭上的攤位，顧茵續租了一個月，但已經不讓人去，只立了一個插牌，寫明自家的新店位置和開業時間。然後她也想到後世最普遍的發傳單宣傳，但此時印刷術還不普及，除非自己出錢訂做一塊印版，不然還是讓人謄抄更為划算。

後來是武安接了這個活兒，反正他日常也要在家練字，而顧茵只要求能讓普通人看懂就好，並不要求美觀。半個月裡，武安一共寫了一百張傳單。數量雖然不算多，但是鎮上識字的人也不是特別多，投放到文家和王家老宅附近的富人區是夠用的。顧茵給了他一百文工錢，他一開始不肯收，後頭好不容易讓顧茵勸著收下了，他轉頭就給了王氏，王氏又給了顧茵，於是這一百文就還在三個人手裡打轉。

發傳單的活計是顧野做的，他日常就喜歡出去亂逛，發傳單也只是順手的事。他倒是沒有推拒說不肯收工錢，只說自己的小荷包裡放不下，讓他娘先給他攢著，以後娶媳婦用。

顧茵和王氏聽完都止不住樂。

王氏看著他小豆丁似的身板，問他「你知道啥叫娶媳婦嗎」，顧野茫然地說「不知道啊！但是聽人說，大了都要娶媳婦，得花好多銀錢」，於是這事一直讓顧茵和王氏樂到開業這天。

早上，顧茵先讓人放了一大串掛鞭，然後和周掌櫃出來先後說了幾句場面話，就算是完成了簡單的開業儀式。

因為多少算做了一點宣傳，自家「文老太爺粥」的風潮還沒過去，不少人都知道了消息，提前來排隊。

進店之後，客人們先是對店內的佈置感到了新奇。

走進店鋪，左邊和右邊是一排靠牆的方桌，這方桌是顧茵讓人訂做的，比鋪子裡原先的方桌小上一圈，當然肯定是夠四人坐的，只是節省了一些空間，讓本來只夠擺六張桌子的地方，如今放上了八張。

沒把話說滿，只說回去後和顧茵商量。

顧茵更是不講究那些什麼惡命不惡命的，還是讓王氏自己作主。

於是以王氏為首的四個女堂倌也整裝待發，她們身著統一的淺黃色衣裙，顏色淡得但凡有一點髒便能看得很明顯，但只要清洗得乾淨，光是看著就讓人覺得這家店的東西格外清潔。她們頭上包著同色布巾，手上戴著純白布手套，並不出來招呼客人，而是站在櫃檯內。

再看櫃檯上，一指深、三尺長的統一規格木盤整整齊齊地排在一起，木盤內擺的自然是吃食。因為開業的時候是上午，所以此時店內的食物就以顧茵做的為主。

饅頭、花捲、菜包、韭菜餅、青菜粥、肉包、肉餅、八寶粥、豆腐腦……當然還有最出名的皮蛋瘦肉粥，多達十來個種類，統一陳列在木盤內，而且各種東西前都放著一塊價錢牌。饅頭、花捲之類的就一文錢一個；菜包、韭菜餅之類的則是兩文錢一個，菜粥兩文錢一碗；肉包、肉餅三文錢，八寶粥、豆腐腦這樣需要費一些手腳工夫的和最出名的皮蛋瘦肉粥也是三文錢一碗。

其實以「文老太爺粥」的名頭，便是再貴一倍也有人買，但是顧茵想著自家沒出名的時候這粥就賣兩文錢一大碗，如今若提價太多反而壞名聲，就只提了一文錢，不過店裡的碗不是海碗了，只是家常吃飯那種碗大小，雖提一文錢，但會多放一些皮蛋，利頭已經比之前多了一些。

顧茵推出一個木推車，笑道：「請在這裡領取餐盤。」

客人們處處都覺得新奇，自然應了她的話，上前取用餐盤。

木餐盤也是訂製的，就是仿照現代用的不鏽鋼餐盤，一個大格子並幾個小格子，右上角設一個凹槽，正好可以把木碗嵌進去。

拿到餐盤之後，客人們便去櫃檯處選吃食，從一頭選到另一頭的尾巴，正好是收銀的地方，那處的櫃檯上立著「收銀」和「點餐」兩個小牌子，讓客人們選完後順便把餐費一併結了，當然若是有其他想吃的，也可以在此處點餐，把銀錢交了，取一個籤籌等待送餐。

但因為今天是開業第一日，所以特別點餐還未開放。

這收銀的活計自然是王氏來做，但因為第一天大家一擁而入，所以一個人收銀肯定是來不及的，所以顧茵讓武安挪用了一下旬假，此時他站在小板凳上和王氏一起在裡頭收銀錢。

武安的算術學得是真不錯，顧茵和他說過一次價錢，他就全記住了，只要掃過一眼餐盤上的食物，他就立刻能算出價錢，那速度幾乎不比後世的掃描儀器慢，因此即便是當天店內大排長龍，結帳的速度也沒有慢下來。

打完吃食，結完餐費，客人們便可以在店內隨便找個位子坐下用餐。

饅頭、花捲小巧精緻，暄軟無比，入口嚼上兩下，就馬上在嘴裡化開，只剩下滿口細糧的甘甜；菜包、韭菜餅的外皮同樣是又香又軟，裡頭的菜餡帶著豬油的香味，鮮香可口並不寡淡；肉包、肉餅的肉則更是帶著滿滿肉汁，一口咬下去滿口留香，好吃得讓人直閉眼。

豆腐腦香滑，青菜粥清爽，八寶粥香濃，最負盛名的文老太爺粥則因為多放了皮蛋，那醇厚特別的味道越發濃郁。

一開始大多數人都只是衝著「文老太爺粥」的名頭來的，後頭看到旁人不管買什麼都會驚喜地誇讚兩聲，便又再去櫃檯上買旁的吃食。

一頓朝食吃完，客人們都對顧茵豎起了大拇指。

尤其是從前碼頭上的熟客，特地過來照顧她生意的，更是誇讚道：「從前只吃過小娘子做的那幾樣，沒想到小娘子這個年紀已經會的這樣多了！」

顧茵便笑道：「其實我還會別的呢，以後每天早上會在門口立一個立牌，上面會寫著當天的特別菜色。」

他們說著話，吃完的客人陸續出去，而外頭排隊的客人卻還在逐漸增加。

主要是那臨街大開的窗戶，把顧茵店內的吃食全暴露在外人眼前。

香味就不說了，反正路過的人聞到了多少得停頓一下，然後再看裡頭坐著的食客那吃得滿臉享受的模樣，就是不怎麼覺得餓的都會思考一下是不是還吃得下。

過了大約半個多時辰，周掌櫃從後廚出來，和王氏她們一起把櫃檯上幾乎都賣空了的大盤子撤下。

外頭排隊的客人透過大窗戶瞧見了，立刻就不幹了，嚷嚷道：「我們還沒排進去呢，你們把東西都撤走了算是怎麼回事？開業第一日就只準備了這麼些吃食嗎？」

顧茵便出來笑著解釋道：「您稍安勿躁，早上的吃食確實是賣空了，但是您看這日頭……」開業的時間是她故意選的，介於早餐和午飯間的時間點，所以賣過一輪朝食後，此時日上竿頭，已接近中午。「不是不賣了，而是我們的午市要開了。」解釋完，顧茵就把門口早市的立牌搬進店內，換上另一個午市的牌子，上頭也貼著紅紙，寫著今日午市的菜色。

牌子剛換完，周掌櫃和王氏等人已經在櫃檯上擺放了新的大木盤。

午市自然是周掌櫃的主場，紅燒肉、炸酥肉、宮保雞丁、白菜炒肉、八寶豆腐、醋溜白菜……並食為天一家獨有的皮蛋豆腐，熱菜涼菜、葷素皆有。

葷菜五文錢一勺，半葷三文錢一勺，素菜兩文錢一勺，勺子都是舀粥的那種長柄木勺，一勺正好夠蓋滿餐盤的一個格子。

主食可以選饅頭、米飯和手擀麵。饅頭還是一文錢一個；米飯一文錢一勺；手擀麵的價格也不貴，三文錢一大碗，碗是海碗，要麵條的話就可以打菜做澆頭。等於是尋常胃口大的男子，三文錢一碗素麵，加兩文錢一勺素菜澆頭，五文錢也能在裡頭吃飽。

不過當天來捧場的都是鎮上生活水平還算不錯的人，對著那麼些色香味俱全的熱菜，都打了好幾樣嚐嚐。

菜單是顧茵幫著一起擬的，當時她還詢問了周掌櫃的拿手菜系，怕自己想的家常菜天南海北的，不在周掌櫃擅長的範圍裡，沒想到周掌櫃又給了她一個驚喜。

周掌櫃是京城人士，和徐廚子那樣到處學點皮毛的外行廚子不同，他是打小在自家酒樓裡和各種菜系的大廚學的，只是後來家道中落了，才出來自己謀生。顧茵說的菜他大多都知道，就算不知道，聽她提一嘴怎麼做，周掌櫃也立刻就能做出來，且道道熱菜色香味俱全，香味比白案點心那些傳得更遠。

外頭看他們撤走木盤而不滿的客人立刻不再埋怨了，只一邊聞著香味，一邊催著裡頭的人吃完快點出來。

臨窗的幾桌客人，有的不勝其煩，直接把身邊的窗闔上了。

更還有促狹的，吃完一頓朝食已經差不多飽了，卻又故意去打了幾樣熱菜，就著白饅頭吃得吧唧作響不算，還故意扯著嗓子誇。「哎喲，這個紅燒肉肥而不膩，好香啊！這個宮保雞丁，黃瓜和花生米都脆脆的，這個雞丁格外的滑，好香好吃！哇，原來這黑漆漆的皮蛋還能做涼拌菜啊，這道皮蛋豆腐好吃好吃！」

外頭排隊的人沒好氣地說：「你怎只會說香啊、好吃的！你能換個詞嗎？」

那人得意地笑道：「你管我呢？我樂意！唉，香啊，好吃啊！」

實在把外頭的客人氣壞了也饞壞了，但是看他確實吃得香，自己又已經排了這麼久了，眼看著就要輪到，也不能直接走！

顧茵預估到第一天的客人會較多，但沒想到會多成這樣，眼看著窗邊的客人要把外頭排隊的人惹急眼了，她乾脆臨時開設一個單獨的外帶窗口。

這個時代沒有一次性餐具，所以外帶的食盒也是顧茵訂做的，就是木質的便當盒。

這個盒子得加兩文錢，但是如果吃完了洗乾淨還回來，這兩文錢是可以退還的。

外頭的客人在大窗戶邊上看清裡頭的菜色，點了餐之後，顧野收了銀錢到裡頭給顧茵，顧茵負責裝便當，再讓他把便當送出去。

堂食和外帶雙管齊下，到了正午時分，店內的熱菜就已賣空了。正當後頭還沒輪上的客人覺得喪氣時，周掌櫃已經新做好了一輪菜。但即便這樣，一個時辰後，菜還是賣空了。

不過幸好此時也沒有沒吃上的客人，店內眾人總算能歇口氣，趁這功夫把午飯吃了。

顧茵和周掌櫃歇了半個時辰後，兩人又進後廚準備起晚市要賣的夕食。

晚市是紅白案混賣，白案的包子、點心、粥和紅案的熱菜各五樣，不過兩人手腳都快，一個時辰就全部完成了。

等到了吃夕食的時辰，店內又開始進客人。

當然，經過一天的熱鬧，傍晚的客人少了一些，尤其這個時代的人講究日出而作、日落而息，小鎮上也沒有什麼娛樂活動，家家戶戶都吃得早、睡得早，所以到了戌時初，店內就算是結束了一天的營業。

結束之後，王氏放了許氏和田氏母女回去休息，她自己留下做後續的清潔工作。

顧茵則和周掌櫃對帳，她是真沒想到今天的生意會這麼好，當初還覺得自己可以擔任記帳的工作，但是後頭她去負責裝便當了，周掌櫃也是燒了兩輪菜，都沒顧得上到前頭幫忙。

不過幸好買菜的帳記得很清楚，用一天的營業額減去買菜的成本，就能算出一個毛利。

顧茵不會打算盤，但是周掌櫃算盤打得極快，一通算下來，第一天的毛利在五兩銀子左右。

王氏在旁邊擦地，聽到五兩這個數字，差點驚得摔在地上。五兩！這是一天就賺了尋常人家半年的嚼用啊！

顧茵無奈道：「娘小心些，不是淨賺了五兩，這還沒算完呢！」毛利當然做不得準，因為人工成本那些還沒算呢！

顧茵想著後續的生意大概會回落一些，然後穩定在一個區間，暫時算做一天毛利三兩，那麼一個月就是九十兩。王氏四個女堂倌月錢加起來是二兩，周掌櫃一個月二十兩，後廚子和他徒弟還沒來，先請了五個會廚的臨時幫工，五個人加起來一個月是十兩，還有每個月的三、四兩店租子，另外還要交稅，柴米油鹽醬醋茶、燒的柴火那些也都是銀錢，再加上器具的損耗，攤下來一個月十兩也是要的。如此一個月能賺四十兩，就算是生意很好了。因為沒有外人，顧茵把這些都算給王氏聽了。

王氏聽完還是很激動，前期投入就七十多兩，一個月賺四十兩，那不是不到兩個月就能回本了？這在她看來真的和天上掉餡餅沒兩樣了。

周掌櫃等王氏笑夠了，才開口道：「其實東家還漏了一樣沒算。東家做的活計最多，後廚、前堂兩頭忙，加上東家這手藝，二十兩的工錢也是不能少的。」

這番話讓王氏冷靜下來了。是啊，兒媳婦一人做幾個人的活計，還不給自己開工錢，所以才顯得賺頭格外大。如果像別家那樣，東家只做簡單統疇的活計，白案上再請個二十兩工錢的大廚，其實整個店的利頭一個月也就在二十兩左右，這還是生意一直不錯的情況下呢！

王氏立刻拍板道：「不行，妳也得給自己算二十兩工錢！」

顧茵也不和她爭這個，只道：「先不說那些，我覺得咱們還要招人。今天是武安和小野都在，兩個小傢伙也做了不少活計，但武安要讀書，小野要學武，不可能一直把他們拘在店內，終歸還得再招人。」

前頭招人這件事一直是王氏在管，她為了省銀錢，以為加上自己的四個人肯定夠用，今天經過這麼一天營業，才知道顧茵是對的，遂點頭道：「招，聽妳的！」反正一個堂倌一個月半兩，兩個人加起來也就每個月多一兩銀子的支出。雖然未來的銀錢還沒到手，但是平時儉省慣了、一文錢恨不能拆成兩半花的王氏已經覺得一兩銀子不算啥了！說完王氏又反省道：「其實我是真的不懂這些，一開始妳拿主意就好，不該聽我的，省這個銀錢的。」

顧茵摸了摸鼻子，道：「也不怪娘，其實我一開始也想著能省一點是一點。」

王氏奇怪地問她為啥，畢竟顧茵該花的錢從來是不吝惜的，不像是會為了幾兩銀子打亂自己計劃的人。

「還能為啥？」顧茵看看王氏，又看看周掌櫃。

一開始她是真的覺得花二十兩買東西、簡裝一下就好的，現在搞出來的那些東西，很多都是她準備日後銀錢活泛了再去弄的，畢竟細論起來，幾乎所有換上的東西都是訂做的，價格可比那些能現買到的貴不少！

但是王氏和周掌櫃聽完她的預想都無比支持，王氏讓她儘管弄，反正銀錢不夠就再去和王大富要債；周掌櫃也有些「離譜」，說自己遲幾個月再開工錢也成，反正他租賃的那屋子退了，現在就在食為天的後院住著，吃住都在店裡，也沒有什麼花銷。

在他倆的齊齊鼓動下，顧茵便把自己預想的東西一股腦兒全弄出來了，這才有了現在的食為天。所以別看有些人光鮮亮麗，店內生意火爆無比，其實兜裡只有明天的買菜錢啊！

算完帳之後，顧茵和周掌櫃商量好第二天的菜單，便各自回去休息。

其實要擱後世，店鋪後院還空著好幾間屋子，直接做成員工宿舍，顧茵和王氏也就不用兩頭跑了。但這時代規矩還是很多的，就算周掌櫃沒有住在後頭，她們身為女子也是不方便的，畢竟後院和廚房就隔著一個小天井，後廚又多是男子，她們住在後頭少不得要在院中晾曬衣物，就算顧茵和王氏不在意，夥計也會覺得不自在。

不過幸好食為天的地理位置不錯，離緇衣巷也就一刻半鐘的腳程。

王氏和顧茵各揹著一個孩子回了家。

兩個小傢伙忙了一天，等她們的時候已經趴在桌上睡著了，一路被揹到家裡都沒醒。

後頭王氏燒了熱水，先把他們兩個喊起來。

武安和顧野都睡得天昏地暗的，被喊醒之後兩人都很迷茫。

武安張口就說：「肉包兩文、菜包一文、八寶粥三文，承惠六文錢！」

顧野也跟著道：「宮保雞丁沒了，您點別的可以嗎？」

得，合著這兩個小夥計在夢裡還在幹活呢！

王氏和顧茵樂得不行，一人抱一個，把他們抱到浴桶邊上，開始脫衣裳了，他們才完全醒了過來，不約而同地都說要自己洗，把他們的娘趕了出去。

等他們洗完，王氏又再燒水換水讓顧茵洗。都洗漱完後王氏也沒有歇下，還得把當天一家子換下來的衣服都給洗了。顧茵要幫忙，讓王氏直接推回屋子裡。一通忙完，月至中天。

這才開業第一日，顧茵覺得讓自家婆婆做完活回來再做家務也不是個事兒，雖王氏自己說這些都不算什麼，但人也不是鐵打的，該休息的時候還得休息。

自家還得雇個幫工，而且最好是還要有輛馬車或者驢車。

緇衣巷住慣了，顧野還得跟著隔壁學武，顧茵暫時沒有換地方住的打算。但是做一整天工，回來還得走上將近兩刻鐘，實在是折磨人。若是有輛小驢車，家裡再雇個幫工，坐車回來時家裡就有人燒好了洗澡水，這日子想想就舒坦！

之前王氏把家裡所有的銀錢都給了顧茵，顧茵今天又把明天的菜錢都留給了周掌櫃。

她邊想邊打開了自己的荷包——只剩十文錢！別說驢車了，驢蹄子都不夠買一個的！

第二天顧茵到了店裡，就讓周掌櫃寫招人告示的時候，順帶把自家招幫工的要求也寫上，然後穿起圍裙就忙活了起來。

這天的菜單重新換過，依舊是十樣東西，除了皮蛋瘦肉粥和饅頭、花捲幾樣沒變，其他的換成了芝麻餅、湯包、魚肉餛飩、豆沙包等。

今天的客人還是多，但起碼沒有再出現店內坐不下，外頭還大排長龍的情況。

剛開門沒多久，文老太爺就過來了。前一天開業的時候人實在太多，老太爺在門口看了一通熱鬧就先回家去了，今天才來食為天吃第一餐。

顧茵早就想到他今天要過來，給他留了一個靠窗的位子。

店裡普通賣的那些東西文老太爺不吃，他催著顧茵把菜單拿出來給他看。

點菜的菜籤子其實早就做好了，但顧茵想著新開業的時候店裡這麼幾個人肯定忙不過來，就暫時不開放特別點餐，也沒把菜牌掛到牆上。

但老太爺自然不同，所以顧茵就把菜籤子都拿出來讓老太爺選。籤子放在兩個籤筒裡，一種頭頂塗白的代表顧茵做的白案，另一種塗紅的代表的是周掌櫃做的紅案。

天色尚早，老太爺就先從白案筒裡隨意抽出一根。

顧茵看過籤子，就去後廚準備了。

白子熙到自家酒樓的時候，就發現今天的客人少了一些。

雖然一般酒樓，如從前的望月樓那般，主要做的是午市和晚市的生意，但白家的含香樓不同，他們家的大廚以白案功夫見長，是當年白二老爺去兩廣大酒樓禮賢下士求了又求，花重金請來的，所以含香樓主要是做早市生意，基本上早市的利潤能占到一整日的一半。因此發現人少了，白子熙立刻招來掌櫃詢問情況。

掌櫃皮笑肉不笑地道：「三少爺問我，我哪裡知道呢？後廚是您和二老爺在管，留不留得住客人，哪是我這掌櫃能控制的？」

含香樓是白老爺子創立的，老爺子有兩個兒子，如今就是兩房人一同管理。前堂的事情是大房的人在管，後廚則是白子熙所在的二房在管。

兩房人別苗頭不是一日兩日了，白子熙見怪不怪，也不再問他，而是尋了門口的空位坐下，聽客人聊天。

一個熟客剛要進店，他相熟的朋友正好經過，把他拉住說：「老李，你怎麼還在這裡？食為天都到開門的時辰了！快點兒，不然去晚了可沒位子坐！」

熟客擺手道：「我不去，我就愛吃含香樓裡的灌湯餃，別家可吃不到。而且昨兒個那食為天我雖沒去，但我聽人說了，只賣那幾樣東西，那包子、肉餅的有啥好吃的？」

「哎，昨天沒去，這你就不知道了吧？人家的菜單是天天換的！昨兒個沒有，保不準今天就有了呢？而且昨兒個我還問了一嘴那小娘子，他們這兩天就會開放點餐了，要是櫃上沒有，你再自己點就是了。」

食客沒有不圖新鮮的，老李聽到這兒也有些心動了。

那朋友又接著壓低聲音勸道：「含香樓一道特點就大幾十文錢，人家食為天便宜啊！肉包、肉餅才幾文錢一個，特點肯定也不會貴到哪裡去！走吧，你不是自詡會吃嘛，真不去嚐嚐？」朋友和老李說了兩句後也不管他了，又說：「我起晚了，這就得趕緊去了，吃完上午還得回去看鋪子呢！」

老李看他要走，連忙跟上。「等等我，我跟你一道去啊！不過醜話說在前頭，咱們都不是差這幾十文錢的人家，要是不好吃我可再不信你了！」

「哎哎，你放心吧！就算點心不合口味，人家那正宗的『文老太爺粥』總不是弄虛作假的，你之前不是嫌碼頭遠，還沒嚐過嗎？正好一起嚐嚐！」

兩人說著就走了。

「文老太爺粥」的名頭如今在寒山鎮可以說是無人不知、無人不曉，但白子熙和他爹外出了一段時間，回來的時候顧茵已經不在碼頭擺攤了，每天只賣兩個粥桶的粥，經常是一擺出來就賣完了。兩文錢一碗的粥，能好吃到哪裡去？這麼想著，白子熙就從來沒去吃過，只覺得這粥是因為有了文老太爺的名頭才賣得那麼好。

他繼續在門口坐著，後來雖然沒再出現走到門口的客人被人拉走的情況，但白子熙坐下的半個時辰內，已經聽不少客人都提到過食為天，而且幾乎都是誇獎的，說她家聽著賣的都是平平無奇的東西，可總結來說就是好吃，完全不符合那個定價的好吃！

當然也有說不好的，卻不是說吃食，是抱怨昨兒個人實在多，去晚了在外頭排了好一會兒的隊，連早市都沒排上，只趕上了午市。午市的熱菜雖然涵蓋了好幾個不同菜系，也是道道好吃又實惠，且還是出自從前在望月樓上工的周掌櫃之手，但是他們這些愛吃白案點心的，還是耿耿於懷沒吃到早市的東西。

聽到這兒，白子熙終於坐不住了。

自家紅案一直沒有得用的廚子，他早就想把望月樓的周掌櫃挖過來。但是周掌櫃那人認死理，幾次接觸，他們二房開出了一個月五十兩的工錢都沒能把人挖過來。後頭望月樓出事時，白二老爺和白子熙恰好都不在本地，回來後案情都塵埃落定了。也是這時候他們聽人說了才知道，周掌櫃來過含香樓應徵，但卻被大房的人藉故給打發走了！這可把他們父子氣壞了，到老爺子面前去告狀，今天白二老爺沒跟他一起過來，就是還在掰扯這件事。

如今聽說周掌櫃去了那名不見經傳的食為天，白子熙立刻和人打聽了位置，趕了過去。

他到的時候食為天裡已經坐滿了客人，只剩角落裡的一張桌子還剩位子。

他跟著王氏的指點，自己取了幾個餐盤，把櫃檯上所有的吃食都買了一遍，總共花了不到三十文。三十文，還不夠在他家點一道特點的，這店實在太寒酸了！

周掌櫃那樣的人物，怎麼就讓這種小店撿了便宜？

白子熙越想越氣，端著餐盤在角落裡坐下，拿起個花捲塞進嘴裡——

花捲鬆軟得像雲朵一樣，幾乎不用咀嚼便在嘴裡化開，滿口細糧的回甘。而且花捲上的蔥香更是難以忽略，微鹹的蔥味，配著鬆軟的麵皮，和諧得像它們天生就該如此搭配。越是簡單的東西越看功夫，一般人吃著可能只覺得好吃，但對白子熙這樣的人來說，卻能吃出別的意味來。這……這只賣一文錢一個?!

白子熙瞪大眼睛，不敢置信地又去吃別的。

芝麻餅又香又脆，吃得人唇齒留香；魚肉餛飩又香又滑，那魚一點腥味都沒有，反而鮮美無比；豆沙包更別說了，裡面的豆沙甜而不膩，香味撲鼻，細膩的豆沙在舌尖轉過，滑過喉嚨的時候讓人幸福得想閉眼；而那久負盛名的「文老太爺粥」，黑漆漆的皮蛋賣相並不很好，但味道醇香濃厚，是連他都從未吃過的味道。結果就是，不論哪樣都好吃得不像話！

天理不公啊！這食為天的東家簡直不是人，撿了周掌櫃這個寶不算，上哪裡找來這麼厲害的白案大師傅？大師傅你這手藝只做幾文錢的吃食，心不會痛嗎？

文老太爺就坐在白子熙對面，這個位置是顧茵特地留給他的貴賓位，所以他這桌一直沒來人。老太爺正等著顧茵給自己現做點心，因此他只先買了一碗皮蛋瘦肉粥喝著。

店內都坐滿了，白子熙提出想要併桌的時候，老太爺點頭同意了。

白子熙一個人買了幾個人的吃食，分量這麼多已經有些奇怪，更奇怪的是這個人每吃一樣，臉上的表情都會跟著變一變，好像又是喜歡、又是氣憤的，把文老太爺都看樂了。

文老太爺沒樂多久，顧茵端著一個小蒸籠過來了，蒸籠裡是五個冒著熱氣的水晶蝦餃。

水晶蝦餃的做法並不算特別複雜，包好後上鍋大火蒸上五分鐘便能出鍋。月牙兒形的蝦餃大小一致，餃皮薄如蟬翼，透出裡頭粉色的蝦肉，晶瑩剔透，光是看著就讓人胃口大開。

「蝦是我剛剛出去現買現剝的，所以讓您等得略久一些，您快趁熱嚐嚐！」

老太爺本就喜歡吃蝦，看到蒸籠裡頭是蝦餃，就笑道：「看來今日運氣不錯，隨意抽一支籤就是我愛吃的。」說著他就挾了個蝦餃放到嘴裡，薄皮入口即化，裡頭的蝦肉極為清淡，卻是百分百地還原了蝦的鮮美。那鮮甜的味道在嘴裡久久不散，回味無窮。

一小籠裡就五個，老太爺吃完兩個後都捨不得一口氣全吃完。

坐他對面的白子熙見了，驚訝得挑眉道：「這不是兩廣那邊的點心嗎？你們店裡也會這個？」

顧茵看他面生，但還是答道：「是的，而且也不止這些。」

「這個蝦餃給我也來一籠！」白子熙說完後又想了想。「不止這個，你們家白案師傅還有什麼拿手的，每樣都給我上一道！」

顧茵表示不行。

白子熙瞪大眼道：「妳可是覺得我付不起銀錢？」為了表示自己不差錢，白子熙還把鼓鼓囊囊的荷包解下來放到桌上。

籤筒裡一共放了三十道顧茵的拿手菜，顧客上門點菜，她當然不是平白把人看低，或者覺得辛苦麻煩，不肯一口氣做出三十道，而是……她沒錢啊！老底都交代在店內的裝潢和訂做東西上了，根本沒錢準備這些精緻點心的材料，要不然至於老太爺點一道水晶蝦餃，她還得臨時跑出去買蝦嗎？所以就算眼前這不缺錢的主兒掏出了鼓鼓囊囊的錢袋子，顧茵一時間也買不齊那些點心的料啊！

但這事不好往外透，顧茵只道：「客官稍安勿躁，我們特點賣的也不貴，如老爺子方才吃的蝦餃，一籠只要三十文錢，所以我並不是覺得您付不起銀錢而拒絕，而是這三十道點心做出來也得花費一天工夫，且您一個人也吃不完，最主要還是因為我們點餐還未開放呢！」好歹先容她掙幾天，把買高價食材的菜錢掙出來啊！做生意沒有流動資金實在是害死人，顧茵眼下就很後悔一股腦兒地把本錢都投完了。

白子熙蹙眉道：「點餐還未開放，那這老爺子怎麼點的？他能點，我卻不能點，這是什麼道理？」

文老太爺看顧茵為難，立刻接話道：「我預存了銀錢呢，我可是貴賓！」這說法其實也沒錯，他給顧茵免了一年十兩的租子，等於花十兩買了個貴賓位。當然，顧茵是看在她和老太爺的交情上才給他開的後門，但是為免讓這新客覺得顧茵把他們分作三六九等，所以老太爺不提那些，只說銀錢。

「還能預存成貴賓？那我也存！老爺子您存了多少？」

「十兩。」

「我存了！快把老爺子說的那個籤筒拿來，三十道我確實吃不完，我先點五道！」白子熙豪氣干雲地拿出了十兩銀錠子。

有他這麼一帶頭，其他人也來湊熱鬧了。

其中就有從含香樓被友人拉來的那老李，他吃過食為天的包子和餅之後覺得確實沒來錯，但他還是更喜歡精緻的點心，聞聲便也道：「妳家那個湯包真的好吃，鮮嫩多汁，滿口留香。只是我更喜歡灌湯餃，來，我也存一個，以後每天早上給我做一籠灌湯餃！」

他友人聽得哈哈大笑。「老李，我早上喊你來你還不樂意呢，現在說存十兩就存啦？」

老李被他打趣得面上一臊，說：「我謝謝你帶我來，這十兩算我倆一起存的成不？我請你吃半個月的朝食。」

他友人不以為意地擺擺手，說不用。「我自己也存一個。」

後頭也不知道是誰嘟囔了一句，說：「大廚一個人就兩隻手，現在已經三個人都存上了，都點了自己愛吃的，再多幾個能做得過來嗎？不行，我還是早些排隊吧！」

因為這樣，又多了兩個提前存銀的。

顧茵一下子就收了五十兩存銀！這下子別說招幾個堂倌和家裡的幫傭，招啥都夠了！小馬車、小驢車也都能安排起來了！

其實發覺缺錢的時候，她也想過要不要像現代的店鋪那樣，搞個開會員卡預存優惠，但是後頭想到，一般這種店鋪要麼是連鎖的、有保證的，要麼就是招牌響亮、有一定顧客群的，畢竟現代人存會員還怕無良店家跑路呢！眼下這個時代的人更為保守，怕是行不通。

自家沒有根基，沒有響亮的招牌，老顧客倒是有，但要麼是衝著文老太爺粥的名頭來嚐鮮、家還不在本地的外地客人，要麼就是碼頭上的窮苦人，昨兒個能特地來支持一下新店就不容易了，總不能指望他們在自家存現銀。所以她是想著起碼先把自家的口碑做起來後，再搞這個會員貴賓制度吸納會員的，沒想到無心插柳柳成蔭，開業第二天就吸納到會員了，而且還都是財大氣粗、一存十兩的那種！

收了銀錢後，顧茵也給他們開了收條，記入了帳簿，讓他們以後憑這個條子來吃飯，再從帳上劃銀錢。

最後給白子熙送存條時，因為感激他帶頭，她特地道：「您明天方便早點過來嗎？明天先做您要的那五道，若是您吃著好，也有時間現做別的。」

白子熙對上她黑得發亮的眼睛，面上不覺一臊，說：「就先做五道吧，也不急。確實做多了我也吃不完，浪費糧食總是不好。不過我會早點來的。」

拿到收條後，白子熙就回了自家酒樓。

他爹白二老爺正在滿世界找他，見了他就罵道：「大白天的你這是往哪裡偷閒去了？不知道如今正是咱家最要緊的時候嗎？」

白老太爺年事已高，身體不太好，尤其今年過年的時候大病了一場，大夫都說該準備後事了。後頭雖然保住了性命，但確實是油盡燈枯，隨時會撒手去世。

也正是因為這樣，白家大房跟二房最近爭鬥得越發厲害，就想著在老太爺閉眼前好好表現，最好是能把另一房完全比下去，獨得整個含香樓，所以大房的人才會把周掌櫃拒之門外——他是白二老爺一直在接洽挖角的人，進了後廚自然算是二房的人。

大房有兩個兒子，白二老爺只有白子熙一個獨子。

白子熙為人純孝，心思耿直，不像大房那兩個姪子隨了他們爹，一肚子心眼，白二老爺自然把他當成眼珠子疼，但是現在眼看著就要分家，白二老爺就有些恨鐵不成鋼了。

白子熙被他爹罵得縮了縮脖子，不過想到自己方才做的事，他又挺胸道：「爹別生氣，我不是出去偷閒瞎混的，是今天來了之後看到店裡客人少了一些，又聽客人提了一家新開的、叫『食為天』的食肆，所以特地去看了看。」

「什麼『食為天』？很了不得嗎？」

白子熙就把食為天特殊的點餐方式說給白二老爺聽。

白二老爺聽完道：「這做法雖然新奇，但聽起來賣的都是平價的吃食，和咱們八竿子打不著，也值得你親自去半上午？」

「不止這些呢！兒子是聽人說周掌櫃去了那家，所以才去的。」

聽他說起周掌櫃，白二老爺臉上也變了，咬牙道：「大房那不省心的，趁著咱們父子去外地談生意，把周掌櫃給拒之門外！好好的一個紅案大廚，怎麼就淪落到那種地方！」

白子熙想了想，道：「兒子一開始也是和爹一樣的想法，不過今天去試吃了一番後，發現那家店雖然小，但白案大廚也是很了不得，連花捲、饅頭那樣最普通的東西都做得極為可口。可惜沒吃到他家的特點，還不能徹底摸清他家的實力，不過沒關係，我存了十兩現銀成了那家的貴賓，明早就能吃到了！」

白二老爺聽完直接被氣笑了。「你去考察同行，然後在同行那裡存了十兩銀子，成了人家的貴賓？」

白子熙被他爹笑得背後發涼，但回想一下也沒覺得自己哪裡做錯了，便囁嚅道：「是、是啊，不成為貴賓，人家不給做特點啊！而且幸好我動作快啊，我是今天第一個存的，足足點了五道呢！像後頭那些跟著我一起存的，人家只能點一道！」

白二老爺指著他問：「你還記得你為啥去人家店裡的嗎？」

「為了周掌櫃啊！」

「那你見到周掌櫃了嗎？」

「沒啊！兒子打聽過了，食為天新開張，店裡缺人手，周掌櫃在後廚忙著，午市的時候才會到前頭來。兒子想著爹該找我了，所以就先回來了。不礙事，反正明天我還要去那裡吃五道特點，到時候多留一會兒。」

「……多留一會兒，吃了午飯再回來？」

白子熙點頭道：「是啊！」

白二老爺深呼吸，再深呼吸，足足重複了吸氣和吐氣的動作四、五次，才總算是把罵娘的話嚥回了肚子裡。

顧茵收完存銀，又在前頭招待了一會兒客人，後來看沒什麼事了，她就進了後廚。一進後廚，她繃了半早上的臉終於忍不住笑開來。

周掌櫃已經在炒午市的熱菜了，看她站在一旁偷笑，忍不住問道：「東家啥事這麼高興，撿到錢了？」

顧茵在前頭的時候還得保持個沈穩的形象，在周掌櫃面前她便沒什麼好顧忌的，當即就走到他身邊道：「差不多！」然後就把收了五十兩存銀的事都告訴了周掌櫃。

周掌櫃聽了也忍不住笑起來，倒不是因為這五十兩銀子，這在周掌櫃看來也不算什麼大錢，而是因為顧茵笑得眉眼彎彎的模樣。她做事進退有度，好像萬事都在預料之中，顯出一種不符合年紀的沈穩，但是現下笑得像是偷到油的小老鼠，多了幾分符合她年紀的朝氣，讓人見了不禁莞爾。

「東家準備怎麼花這筆銀錢？」周掌櫃手下不停。「要不要訂做一套像我這樣的傢伙什物？」周掌櫃搬到食為天後院的時候帶了一大一小兩個包裹，小的包裹裡是他日常換洗的衣物，大的則是一整套他用慣的傢伙什物——菜刀、剔骨刀、大鐵鍋、大鐵勺……一應俱全。

顧茵當時看得眼睛都亮了，她倒是不怎麼眼饞鐵鍋、鐵勺，畢竟她平日用蒸籠、蒸屜那些用的多，她就是眼饞周掌櫃的菜刀！那是一把通身烏黑的菜刀，看起來真的平平無奇，但卻是吹髮可斷。周掌櫃出借給顧茵用過，當然比普通的菜刀好用很多，但是因為握刀習慣和大小都是依照周掌櫃來的，所以她用起來並不算特別順手。

在現代的時候，顧茵買的都是著名牌子的刀，但其實用起來也就那麼回事。倒是也想過訂做，但是國內這種老手藝人不好找，國外倒是有，可是價格貴、工期長不說，國外飲食習慣和國內不同，做出來的刀總讓人感覺差點意思。所以顧茵聽周掌櫃說認識人可以訂做的時候，自然是心動無比。沒有行動的原因，當然還是因為沒錢。

普通的菜刀貴一些的也就一、二兩銀子，訂做直接翻十倍。

她又伸手羨慕地摸了摸周掌櫃的菜刀，還是說算了。「這次吃過一次沒有流動資金的虧了，還是再攢攢吧，等富裕了再買。這筆銀錢得花在刀口上，還是先招人和採買食材吧！」

很快午市開始了，周掌櫃的十道熱菜端到了櫃檯上。

周掌櫃在寒山鎮還是頗負盛名的，知道這些熱菜出自他的手，午市的客人比早市只多不少。倒也有客人聽說早上在這裡存銀留貴賓位點菜的，衝著周掌櫃的名聲和手藝，客人也願意存。不過不像早上有白子熙帶頭，所以午市只收了二十兩存銀。

此時時間都過去半日了，外頭的招工啟事好似白貼了一般，顧茵還特地出去看了一趟，確認過告示還貼在原地，告示上半兩銀子的工錢也沒寫錯，她才放下心來。

一抬眼，顧茵看到了一個鬼鬼祟祟的身影。那人穿著一件洗得發白的書生袍，頭上只插著一根木簪，正小心翼翼地扒著那大窗戶往裡瞧。換了別人，顧茵定要把人當作別有用心的小人，但見了是他，她卻笑起來，走到他身後出聲詢問道：「許公子來了怎麼不進去？」

許青川聞聲轉身，臉頰染上紅暈，又比了個噤聲的手勢，往旁邊又站了站，確保店裡其他人沒有發現他，他才向顧茵解釋道：「我娘第一次出來做活，我就是來看看。」

顧茵聽完也笑起來，這不就跟現代家長把孩子送進幼稚園後，不放心地來偷看差不多嗎？「那你看完後覺得如何？」

許青川說：「挺好的。」是真的挺好。許氏在櫃檯裡負責打菜，雖然店裡人多，她忙得一刻不得閒，但是臉上那種從容自信的笑，是許青川從來沒在自家母親臉上見過的。「我是請假出來的，這就回去了。」許青川作揖告辭，然後又抿了抿唇，一臉欲言又止的表情。

顧茵從善如流地道：「許公子放心，我不會和嬸子說的。」

許青川的臉更紅了，再次作揖後就離開了。

目送許青川離開後，顧茵正準備進店，卻突然聽見有人在背後詢問——

「你們這裡招堂倌嗎？」

顧茵轉頭，見到是一個二十出頭的年輕男人，穿著一身粗布短打，卻還算乾淨整齊，便點頭道：「是啊，告示上都寫著呢！」

那人也不看她，一面往店裡去，一面道：「那把你們掌櫃請出來吧。」

顧茵穿著和王氏她們一樣的淡黃色衣裙，被人當成普通員工也不是一次兩次了，她也不在意，把他引薦到周掌櫃面前。

見了周掌櫃，那人微微躬身，帶著笑，自我介紹道：「我從前在府城的酒樓裡做過工，也算是得用，做過掌櫃之下的二把手。現下是家裡母親病重了，所以回到寒山鎮來，一邊照顧母親，一邊謀份差事。」

周掌櫃問了他幾個基本的問題，他都對答如流。

跑堂這份差事並不算特別困難，顧茵在旁邊聽著，覺得對方表現挺好的，就準備讓他開始上工。可不等她開口，那男人的眼神在店內梭巡一周後，突然壓低聲音同周掌櫃道——

「掌櫃容我說一句，你們店裡招聘這麼些婦人算怎麼回事呢？沒得讓人笑話。」

聽到這話，顧茵臉上的笑淡了下來，出聲問：「怎麼就讓人笑話了呢？」

男人看她一眼，理所當然地道：「婦人不在家裡好好待著，出來拋頭露面算什麼回事？這不是讓人笑話是什麼？而且自古跑堂就是男人的差事，店裡招了這麼些婦人，既不方便，也不好管理。」

「怎麼不好管理呢？」

男人看著她，蹙眉道：「聖人言，唯女子與小人難養也。便如現在這般，我和掌櫃說話，小娘子卻幾番插嘴、咄咄逼人，便是很不好相與。」

「行。」顧茵也懶得同他費口舌了。「那我也送你一句『道不同不相為謀』，你可以走了。」說完她直接去了櫃檯處，幫著王氏她們一道打菜。

「這小娘子真是……」男人嘟囔著，又對周掌櫃道：「掌櫃聽我一句，真的別請這麼些個婦人在店裡。」

周掌櫃道：「你不用和我說這些，東家既然發了話，你就可以走了。」

男人顯然沒想到食為天的東家居然就是顧茵，他惹到了東家，也知道肯定是待不下去了，直接轉身就走，嘴裡還在罵道：「早說東家是婦人，我還不來見工呢！」

顧茵很少生氣，聽到這話也激起了三分火氣。她蹙眉詢問周掌櫃。「告示張貼了半日卻只來了這麼一個人見工，是不是就是因為……」

雖然這原因有些傷人，但是周掌櫃也沒瞞著她，點頭道：「晨間東家在後廚忙著，我出去張貼告示的時候就有人問過了，但對方見到前堂都是婦人……後來也不了了之了。」

王氏在旁邊聽了一耳朵，氣得直接把手裡的勺子往櫃檯上一放。「我說怎麼早上有人來問招工，聽說前堂是我在管，那人就逕自走了，合著是看不上我們婦道人家哪！剛哪裡來的兔崽子擱這兒亂唚呢？我們婦道人家怎麼了？」

眼看王氏一副要出去同人幹架的陣仗，顧茵連忙把人拉住。「算了娘，看不上咱們的，咱們招來也不得用。反正告示貼著，早晚會有人來見工的。」

當天下午，店裡還是沒招到人，不過好消息是，徐廚子帶著兩個小徒弟過來了！

看到他的時候顧茵先是驚喜，又說不對。「我記得你之前說契約是到六月，這不才過了半個月？你可別毀契啊！」契約即這個時代的合同，是有法律效力的，若是徐廚子毀約，文二老爺能去官府告他。

徐廚子笑道：「師父放心，我不是擅自出來的，是文鐵雞放我出來的。」

顧茵先是想笑，復又忍住。「什麼文鐵雞？你好好說話。」

「唉，是文二老爺親自說了放我出來的！」

徐廚子四月初就想走，老太爺都答應了，文二老爺非把他卡住。他能為難徐廚子，徐廚子也能為難他。廚子為難人的辦法是啥？那就是把飯往差裡做嘍！

文家其他人的飯食都很正常，就文二老爺的菜，要麼是寡淡無味，要麼是鹹得像打死了賣鹽的。文二老爺罵了他不知道多少次了，徐廚子都乖乖挨罵，也領罰，反正做壞一頓飯就是少一天的工錢。就這樣，文二老爺吃了半個月的難吃料理，又捨不得銀錢頓頓出去下館子，最後只得妥協，把人給放了出來。

當然，文鐵雞的名頭不是白叫的，四月的工錢是不會給的，還另外和徐廚子要了一筆遣散費。沒錯，遣散費！這費用不論是這個時代還是現代，都只聽說過老闆給夥計的，沒聽說過夥計還要反過來給老闆的！

但是徐廚子是真的不想在文家浪費時間了，便爽快地倒貼了兩個月的工錢，然後帶著兩個小徒弟來投奔他師父了。

即便和老太爺關係很不錯，顧茵聽完後還是忍不住想到文二老爺這文鐵雞的名頭，委實沒叫錯啊！

後來徐廚子見到周掌櫃時，那激動之情簡直溢於言表，差點就當場哭出來了。

顧茵問了才知道，原來當年徐廚子去文家之前，去過望月樓見工，不過他那外行手藝自然沒應徵上。後來會去文家上工，也是周掌櫃指點他，說他雖然沒有精通的，但是手腳快，一個人能頂三、五個人用，不妨去富人區試試。富人家招聘的廚子要料理一大家子吃喝，徐廚子的手藝雖比正經大廚差一些，但做些家常菜總是夠的。

沒想到時移世易，兩人又在食為天碰了頭。

「當年多虧了您指點我，我這才去文家見上了工，掙了好幾年嚼用，後頭也認識了師父！」徐廚子說著就要給周掌櫃行大禮。

周掌櫃忙側身避過。「徐廚子太客氣了，當年我不過是提了一嘴，後頭都是您自個兒的造化。」

敘過舊，徐廚子又把顧茵拉到一邊，悄聲道：「師父，您能給我尋個住的地方不？」

「這簡單，後院幾間屋子都空著呢，就是地方不大，你不要嫌棄。」

「不嫌棄、不嫌棄！」徐廚子樂呵呵地帶著小徒弟去放包袱了。他雖然在文家做了好幾年的工，也在文家吃喝，但工錢裡的一半他都給兩個小徒弟存著，讓他們以後成家用；而自己的那份銀錢，則因為他一日日地發胖，胃口也一天比一天大，都進了自己的五臟廟。

倒貼了十兩銀子從文家出來後，他連房子都租賃不起了，幸好食為天後院能住。

不論如何，食為天的人手問題總算是解決了。

徐廚子給周掌櫃和顧茵當二廚，他兩個小徒弟和後廚其他幫工也能在人多的時候去前堂充做堂倌。

一天營業結束，顧茵和周掌櫃一通盤帳，算出了當天的毛利，比顧茵想的好一些，這天的毛利在四兩銀子左右。

兩人算帳的時候，員工們和下了學的武安、從外頭玩完回來的顧野圍成一桌，坐在一起吃夕食。

徐廚子是真的能吃，店裡晚市沒剩什麼菜，夕食就是徐廚子自己隨便在後廚裡拿剩下的食材炒了三個菜，並店裡剩下的二十來個饅頭、花捲的，他一個人就吃了十個。等大家都吃完了，他還在拿饅頭沾著菜湯吃！吃得王氏她們都看呆了，他兩個小徒弟也開始扯他袖子了，他才想起來現在不在文家，不能敞開肚皮吃了，連忙把饅頭放下。「其實……我平時吃的沒有這麼多的，往後也可以吃得更少一點！」徐廚子紅著臉，握拳保證。

王氏噗哧一聲笑出來，擺手道：「沒事，你吃得下就吃吧，反正這些東西剩下也是浪費。不是不讓你吃的意思，就是咱們上了年紀，怕你不好克化。」

「娘……」顧茵無奈地開口說：「他才二十八，還沒有婚配呢。」

這下不光王氏驚呆了，店裡其他人連同周掌櫃在內都吃驚不已！

於是，大家對徐廚子的稱謂就從徐廚子變成了小徐，畢竟店內除了顧茵和田氏的女兒外，其他人都比徐廚子大了一輪多，算是他的長輩了。

第十五章

第二天，顧茵又起得更早了一些，做貴賓們要的特點。

首先是白子熙要的那五道，然後則是其他四個人要的。

一共九道精緻特點，花費了顧茵一個時辰的工夫。

天光大亮的時候，店門打開，訂了特點的客人都早早地來了，尤其是昨天那個跟著白子熙存了現銀的老李，他是第一個。

前一天吃了顧茵做的灌湯包，他很喜歡，但他還是更喜歡灌湯餃，後來聽說要存銀成為貴賓才能點餐，他腦子一熱便也跟著存了，結果回去後就被他媳婦兒擰了耳朵，說他真是腦子糊塗了，都還沒吃到自己喜歡的東西呢，反倒是把銀子存上了。十兩銀子對他家來說不算什麼，但這種做法真是蠢到家了！萬一人家做的灌湯餃不好吃，那不等於打水漂嗎？老李被罵了個狗血淋頭，雖然當時強辯道「人家包子、燒餅那些最普通的東西都能做的好吃，灌湯餃怎麼就做不好了」？但辯完後他心裡其實也沒底氣。他是真的不愛吃那些，只盼著食為天的特點能和含香樓的一樣好吃，不然白存十兩銀子，要讓他媳婦兒唸叨一個月。

在老李的滿眼期盼中，顧茵送上來一份餃子。

於顧茵而言，灌湯餃並不算複雜，它和普通餃子的區別，大概就是需要咬下去一口爆汁。她沒用和灌湯包一樣的手法，用豬皮凍來做爆汁，而是用了另外的做法——選用三分肥、七分瘦的豬前腿肉，捶成肉泥，加入鹽、糖、胡椒粉、醬油和香油，再加入最關鍵的香菇水，然後把肉餡攪成中間有小氣泡的肉泥狀，最後加入蔥薑末，再和平常一樣包成餃子就好。

餃子皮晶瑩剔透，隱隱約約映出裡頭的肉餡。老李趁熱挾了一個放到嘴裡，一咬下去，湯汁在嘴裡四溢，他腦海裡只有兩個字——鮮、香！

吮過湯汁，再吃那餃子，肉餡處於緊實和鬆散之間，是舌頭稍微一碰，就在嘴裡化開的程度。滿口的肉香，即便是不蘸醋也沒有半點兒肉腥，配著柔嫩的餃子皮，老李一口一個吃得滿頭大汗，等到顧茵折回來送上辣椒和醋的時候，他已經把一碟子都吃完了！

老李豎了個大拇指，又砸吧著嘴可惜道：「早知道您家這灌湯餃這麼好，我該多點一份的，這麼一盤我也沒吃飽。」

顧茵把醋碟放下，道：「不然您再吃點別的？昨兒個您說不錯的湯包今天也有。」

老李點了點頭，又要了一籠湯包。

湯包和灌湯餃在一般人看來，其實算是差不多的東西。但是在老李這樣的食客眼裡，這是兩種截然不同的東西。灌湯包的湯汁都是用豬皮凍做的，尤其含香樓的大廚是兩廣人士，雖然做過改良，但點心都有些發甜，那湯包就是老李完全不喜歡的。雖然厲害的廚子，就如食為天這樣，會把豬皮的膩味減到最低，但對他這樣吃不得肥膩的人來說，還是一般。

湯包拿到手，老李看到顧茵放下的兩個小碟子，一個是醋，另一個則是紅呼呼的新鮮剁椒醬。番椒老李是認識的，但寒山鎮這裡的人不怎麼吃辣，一般都是把番椒做成辣椒粉，鮮少看到這種鮮紅的番椒。

出於好奇，老李把剁椒醬拌到了醋裡，然後挾起湯包蘸料。顫巍巍的湯包在咬破一個小口後，鮮甜的湯汁立即充盈整個口中，然而不等老李覺得發膩，摻了剁椒醬的醋就給味覺來了一拳重擊，老李只覺得舌尖一麻，然後就是滿嘴的酸辣，完全中和了湯汁的膩味，只吃到了肉汁的鮮甜！這種感覺對不怎麼吃辣、又吃慣了兩廣點心的人而言太過新奇，老李吃完一個，又嘶嘶地呼著氣挾起第二個……

沒多久，老李的朋友也來了。前一天是他帶老李來食為天的，老李在這家新開業的食為天存銀和他脫不開干係，他其實也擔心食為天的灌湯餃征服不了老李刁鑽的舌頭，直到進店看到老李正在一筷又一筷地吃著的時候，終於是放下心來。「看來這家的灌湯餃很合你的口味啊！」友人說著就挨著老李坐下，等看清老李吃的是湯包，不禁驚訝道：「怎麼不是灌湯餃，吃起湯包來了？昨兒個你不是說這湯包雖然不甜膩，但還是能吃出豬皮味的嗎？」

老李滿臉通紅，嘶嘶呼著熱氣，指著那剁椒醬說：「這個和醋拌在一起，吃起來就一點都不膩了！」

他友人也從筷筒裡拿了一雙筷子，挾起湯包蘸了料吃，吃完他嘴上都麻了，但不得不承認好吃。「真的！好辣，但是吃著好帶勁！」

這時候顧茵也把老李友人訂的特點送了上來，聽他誇讚自己做的剁椒醬，她笑道：「您喜歡就好，我再給您送一碟子過來。」

其他客人聽到他們說什麼帶勁，又看到那紅豔豔的剁椒醬，也覺得新奇，讓顧茵也上一碟子。

顧茵便道：「這個暫時還不出售。」

要擱現代，客人要剁椒醬，她肯定直接送一碟子給人家，或者放在店內讓客人自己取用，只是眼下的辣椒是真的貴，一小碟的價格已經超過一般的吃食點心了，平常的點餐客人她是真的送不起。而且也確實是沒有出售，剁椒醬不是立刻做立刻就有的，是之前顧茵想到文大老爺愛吃辣，提前醃製好，送給他當禮物的。後來家裡還剩下半罐子，就只他們自家吃著，今天也是因為想感謝老李他們這樣第一批存銀成貴賓的人，她才特地找出來的。

老李和他友人理解岔了，當即就笑道：「就是，我們可都是存了現銀的貴賓呢，這是我們貴賓的待遇！」

「可不是？你要想吃，自己也存個貴賓唄！」

這哥兒倆說相聲似的，你一言、我一語的，又給拱了兩個客人加入了食為天的貴賓。

這還不算，從這天開始，老李和他友人都成了食為天的忠實客人，每天早上都來這裡報到，還把其他認識的人都拉著一起過來。

和後世一樣，提前存銀是一種很能留住客人的手段，畢竟在店裡充了錢，如果想不到吃什麼，肯定還是會去存銀的店裡。尤其食為天又什麼點心都能做，也不存在會吃厭的情況，因此這幾個老饕就徹底從含香樓脫離出來，扎根到了食為天。

到了月底，顧茵一盤帳，就算是扣掉她自己的二十兩工錢，新店的第一個月也賺了四十兩！比她預想的還翻了一倍，流動資金那更了不得，多達上百兩。

做生意這種事，有人歡喜就有人愁，食為天蒸蒸日上，含香樓的門庭就冷清了不少。不過白家人眼下還顧不到生意，因為白老爺子月中又生了一場大病，掙扎了半個月後，還是撒手人寰了。

白老爺子也知道自己去後，大房和二房不可能再像從前那樣保持面上的和平，強行讓白家兄弟一起幹，肯定會壞事。因此，他乾脆將含香樓留給大房經營，但二房有查帳的權力，每年能從含香樓分到一半的利潤。

白大老爺大刀闊斧，除了白案大廚沒動以外，把二房所有人都從含香樓裡清退出來。之後，他花重金從海外購買了一樣神秘調料。

而王家的王大富在床上躺了十天之後，也掙扎著下地，變賣了家裡所有能動用的東西，湊夠了一千一百兩，去地下錢莊贖回了望月樓。雖然之前書契上寫明了要帶著書契才能贖回，但是如今都知道這是王大貴做的一個局，那書契讓九連寨的流匪搶去了，錢莊的人要是非拿著這個說，保不齊也會被牽扯進王大貴那案子裡，乾脆就做個順水人情，白賺一百兩。

望月樓沒了周掌櫃不頂事，王大富也神神秘秘地讓人買回了一樣東西。

自此，三家店三足鼎立，眼看著就要打起擂臺了。

食為天這邊，月底時顧茵召開了一個員工總結大會。

前堂現在是王氏在管，後廚則是周掌櫃在管，兩邊的管理人當然要發表一下各自的看法和心得。

王氏並沒什麼好說的，前堂連她在內一共四人，許氏和她雖然平時吵吵鬧鬧、拌嘴不斷，但是上工的時候都不搞么蛾子，丁是丁、卯是卯；田氏母女更是老實人，上工比王氏自己還積極，半點不帶偷懶的，生怕一不留心就沒了這份好工作。

而周掌櫃不愧是顧茵早就看中的管理人才，他說起話來十分一針見血，當即就道：「我們後廚除了我和東家外，另還有八個人。小徐和他兩個小徒弟肯定是要打長工的，另外有些人……到底是誰我就不多說了，反正本就是短期幫工，真要不想做就別做了，沒得在背後做些小動作。」

近來含香樓和望月樓都正在經歷大換血，正是缺人手的時候，這兩家也損，不約而同把主意打到了食為天。周掌櫃他們沒敢妄想，便先來挖角徐廚子和他的兩個小徒弟。

徐廚子他們仨雖然是後來的，但論忠心程度是毋庸置疑，轉頭就把消息告訴了周掌櫃。當然，論親疏，徐廚子肯定該跟顧茵說，但早在他們來的時候，顧茵就同他們說過店裡的規劃佈置，讓員工們有事就找自己的頭兒，不要輕易越級報告。

周掌櫃在寒山鎮這些年也不是白待的，當下就出去打聽，很快就知道了自家店裡哪些人是被那兩家接觸過的。再觀察一下這幾人日常的工作狀態，自然也就知道哪些是沒應下去別家的，哪些又是已經心思活絡的。

果然，他這話一出，那兩個心思活絡的幫工立刻就慌張了一下。

店裡正是用人的時候，招人的告示一直貼著，到現在也沒多招上一個人，所以周掌櫃只是先把不老實的調到前頭幫忙，不讓他們去後廚接觸吃食，再給他們敲敲警鐘，並沒有一下子就把人辭了。

他們倆說完話後，顧茵在最後做了個總結，大概意思就是，過去的一個月大家都辛苦了，她當然不會虧待大家，以後合作愉快之類的。

散會後，顧茵和周掌櫃單獨去一邊說話。「要不是這些是您查出來的，我還不相信那兩家都把心思打到咱家了。」倒不是顧茵妄自菲薄，覺得自家沒有和那兩家打擂臺的資本，而是那兩家都是老牌酒樓了，自家開業才一個月，雖然生意是真的挺不錯的，但做的還是普通百姓的生意居多，估計賺的也就是人家的零頭。

周掌櫃歉然道：「其實這也怪我。」望月樓就不用說了，他是從那裡出來的，王大富重開望月樓，肯定要對付他這個「叛徒」；含香樓那裡也是聽說食為天請了他過來，所以重視起來，加上顧茵確實手藝好，一個月裡就拉來了好幾個含香樓的熟客。

寒山鎮就這麼大，頓頓能吃幾十文、上百文錢早茶的富客就那麼多，搶走一個就少一個，要是沒在食為天剛開始冒頭的時候壓下去，後頭如何還真不好說。

「哪能怪您呢？」顧茵不以為意地笑道：「反正兵來將擋，水來土掩。等我趕緊再物色兩個人後，就把那兩個心思活絡的辭了。只要咱們內部不出問題，那兩家如何其實和咱們干係也不大，至多就是往後每個月少賺一些。」

周掌櫃給人做了這麼些年的工，第一次聽到東家如此雲淡風輕的，說賺少些就少些。

顧茵被周掌櫃讚嘆的眼神看得不好意思了，又解釋道：「不是我真的與世無爭，是我本來就和他們大酒樓不是完全的競爭關係。」顧茵一早就定好食為天的核心是中層消費水平的普通客戶，只要那兩家不碰這塊，她就沒什麼好急的。

當東家的都這麼說了，周掌櫃也不愁了。「那我也跟著一道物色。東家也別想這些糟心事了，可以想想這個月賺到的銀錢要怎麼花。」

顧茵還是把賺的那四十兩放在店裡，和幾個客人的上百兩存銀一起做為流動資金，至於她自己的工錢，肯定是要用來改善自家的生活。

首先是顧茵想要的小驢車，這已經安排好了，連驢帶車一共花了五兩銀子。驢是壯年的好驢，平時還能拴在店裡後院拉磨，車也寬敞簇新，算是顧茵穿過來後給家裡添的第一個大件！她和王氏總算不用再走路下工了，也順帶著可以把許氏和田氏母女帶回緇衣巷。

田氏母女一個勁地誇她，說從來沒見過這麼厚道的東家，不止工錢給得厚道，還體貼入微地接送她們一道上下工，把顧茵誇得都不好意思了。
真要有那個實力，顧茵當然是要給員工都配輛車接送，甚至搞個女子宿舍也不是不可以，但是現在嘛，還是先按下不表。
再者就是給家裡人都置辦一身新衣裳。
冬天的時候顧茵給全家買過一次，後來開了春，大家的春衫都還是舊的，顧野最慘，穿的還是武安的舊衣裳。
怕再像上次那樣，自己買了之後王氏因為捨不得銀錢，藉故去調換，這次顧茵提前半個時辰從店裡離開，帶著大家一起去成衣鋪子。
擱以前，王氏肯定要說自己衣裳夠穿，雖然現在家境比從前好太多了，還是能省就省。但現在她是東家她娘，穿著不好沒得讓人笑話顧茵，所以還是咬牙選了之前都不敢看的好衣裙。
顧茵也選了一身對得起自己老闆身分的衣裙，嫩黃色的束胸襦裙配著天青色大袖衫，既輕快又好看。
兩個孩子各自選了自己喜歡的小衣服、小褲子，顧茵沒干涉他們，但最後還是忍不住把顧野手裡的白色衣褲換成了深一個色的。
顧野可憐兮兮地扁著嘴看著他娘。
顧茵根本不看他，只道：「你是真不知道自己有多淘，我和你奶都一整天不得閒，哪裡來那麼多時間給你洗衣裳？」

「茶樓說書，大俠都穿白，穿一身白……」顧野踢著自己的腳尖，小聲爭辯。

「唉，妳讓他穿嘛，我洗我洗！」

「娘……」顧茵無奈地看了一眼王氏。

王氏這才沒接著說下去。這人哪，也奇怪，王氏對著武安的時候，那是標準的嚴母。但是自從顧野記作顧茵的孩子，和她差了一個輩，她對著顧野就一天比一天和藹。

最後顧野還是沒能像說書的說的大俠那樣穿一身白，回到家了他都有些悶悶的。

顧茵看他興致不高，就把兩個孩子都招呼到跟前，說：「開業那天你們都幫了忙，我還沒給你們發工錢呢！尤其是武安，四月是你生辰，之前家裡忙著開店，都沒為你慶祝，後頭你寫傳單的一百文也沒要。這樣吧，你們可以再許一個願。」

武安眼睛一亮，試探著問：「那我……我可以要一刀紙、一方硯臺嗎？最普通的那種就行。」讀書離不開筆墨紙硯，文大老爺在這些上都不吝惜，選了好的送給自己唯一的學生。只是他選得太好了，剛唸書幾個月的武安覺得自己的字根本配不上那麼好的東西。可他也知道家裡之前不算寬裕，所以一直都沒提，只是每次練字的時候都會慎之又慎，也因為不敢放開手腳練字，他的字進步得並不大。直到顧茵那次另外準備了紙筆讓他寫傳單，他才算放開手腳好好練了一練。

「好。」顧茵答應下來，又去看顧野。

顧野早就在等著了，開口就道：「我、我要個丫鬟！」

「小野你要個啥?!」在旁邊洗新衣服的王氏聽到這話，差點就從板凳上栽下去。

顧野趕緊躥過去把王氏扶穩，茫然道：「怎麼了啊？我要個丫鬟。」

王氏好笑道：「你又是從哪裡聽來的？人家大俠行俠仗義可不帶丫鬟！」

「不是。大俠沒有，但是少爺，可以有。」

少爺和丫鬟……這要擱十四、五歲的男孩嘴裡說出來，估計要讓人產生旖旎的聯想。從個小豆丁嘴裡說出來，雖不旖旎，但也夠奇怪的。

「那顧少爺，您要丫鬟做什麼呢？」顧茵無奈地扶額，已經在思考是不是不該把這小子放養了？怎麼會這麼點大的孩子就要個丫鬟，在外頭都學了什麼啊？

顧野理所當然地道：「丫鬟洗衣服，我穿白。」

王氏和顧茵當即都忍不住笑了起來。

「這可真不好給你買！」王氏抹著淚花道：「不然你自己到處看看哪家有賣的吧，自己先買了，領回來後讓我和你娘去給銀錢。」

災年、荒年的時候，賣兒鬻女那是常態，現在外頭兵荒馬亂的那些地方，這種情況應該也不少見。但是寒山鎮在縣太爺和關捕頭的治理下，百姓都安居樂業，再沒本事的男人去碼頭扛扛沙袋，也能掙夠一家子的嚼用；若是家裡沒男人的，就如從前的田氏母女那般，接一些縫補、漿洗的活計；若是小一些的孩子，那更有善堂接管。

縣太爺雖然不是特別英明神武、斷案如神的那種世間罕見人物，卻也是不可多得的、半分銀錢不多拿的清官，收上去的稅除了上交朝廷的部分，其餘的都用之於民，誰家好好的要賣兒鬻女，縣太爺肯定要過問。

顧野聽完後點點頭，認真地道：「那我自己去買！」話音未落，他就撒丫子往外跑。

和隔壁關捕頭學了個把月，這小崽子學會了基本的吐納，跑起來那叫一個腳下生風，顧茵要把他喊住的話都還沒出口呢，他已經跑得沒影了。

當天晚上，顧野回來了，還帶回來一個十一、二歲、黑黑壯壯的小丫頭！

王氏和顧茵都傻眼了，問他。「你不會真給自己買了個丫鬟吧？」

顧野搖搖頭說沒啊。「不是買的，我撿的。」說完顧野掏出一張紙塞給顧茵。

顧茵看了後，驚得話都說不出來了。這居然是一張賣身契的文書，而且買主和賣方都把手印按好了！

王氏探頭看了一眼，驚呼道：「哪來的賣身契？小野你會寫字？」

顧野說不會啊，又解釋說：「街邊十文錢，就能寫一個。」

「你……」顧茵一時間真不知道怎麼說他了，遂轉頭去看王氏。

王氏心虛不已，直往後躲。她當時只是和孩子開玩笑的呀，沒想到他竟當真了，還當天就領人回來，甚至連賣身契都簽好了！

他們剛說上話，那一聲不吭的小丫頭就突然栽倒在地上。

王氏連忙把人撈起來，抱回屋裡。照看顧野這段時間，王氏都快成半個小兒專家了，看這丫頭呼吸均勻、脈搏有力，再一摸她扁扁的肚子，就知道她是餓的。

家裡現在都是在店鋪裡吃喝，灶房裡也沒什麼好東西，所以顧茵就熬了一點白粥。等粥的時候，她把顧野喊到身邊，問他哪裡撿來的人。

顧野回答道：「城隍廟撿的。她好笨，有供品她不吃，餓得不行了。我說我家有飯，要丫鬟，她就跟我走了。」

「不許這麼說人家。」顧茵點了點他的鼻子，又問他。「那這賣身契是怎麼回事？」

「城隍廟邊上有書生擺攤，他聽到我們說話，主動說的。」顧野心痛地摸著自己癟掉的荷包。「十文錢，好貴喔！」

沒多會兒，白粥熬好了，顧茵送了一碗進屋，那女孩聞到香味就醒了，也不用人餵，她狼吞虎嚥地就吃完了一碗粥，而後開始一個勁兒地和他們道謝。

女孩的口音並不是本地的，王氏問她是不是和家人走散了，又說隔壁住著為人很好的關捕頭，可以幫她尋家人。

那小丫頭一聽這話反而急了，掙扎著下地要給他們下跪，求他們別報官。

安撫人不是王氏的長項，她從炕上起身，讓顧茵去和女孩說話。

顧茵溫聲道：「妳先別急，我們只是想幫妳找家人，並不是要拉妳見官的意思。妳既然不願，我們自然也不會驚動官府的人。妳可是有什麼難言之隱？」

小丫頭咬著嘴唇，猶豫了好久才開口道：「我不是這裡的人，家在雲來縣白柳村。我生下來就沒見過我爹，前幾年娘也改嫁了，說管不了我了，把我留在老家。今年幾個伯娘和嬸嬸說家裡孩子太多了，養不活，要把我嫁給城裡的瘸子，我就典當了娘留給我的銀花生，換了錢跑出來了。」

「雲來縣……」王氏仔細想了一下後，忍不住驚呼道：「乖乖，那可離我們這裡有上千里路呢！妳怎麼跑這麼遠？是妳娘改嫁到這裡了嗎？」

她說不是的，摳著手指尷尬地道：「我不知道我娘去哪裡了。我沒出過村，只聽說坐船可以去別的地方，就隨便坐了，沒想到一坐就出來這麼遠。謝謝您們一家的救命之恩，我往後一定會好好幹活，好好報答你們！」說完她就下了地，撲通一聲跪下，給兩人磕頭。

王氏和顧茵攔慢了一步，就聽「咚咚」兩聲，女孩已經結結實實地連磕了兩下。

王氏聽著都疼，趕緊把人拉起來，按回炕上，說：「真不用，就是一碗粥而已。」說著，那丫頭的肚子又咕咕地叫起來。

顧茵就說鍋裡還有，她再去盛一碗過來。

看顧茵出去，王氏也跟過去，和她嘀咕道：「小野真沒說錯，這丫頭看起來腦子不大……」見顧茵看她一眼，王氏又改口道：「看著怪實誠的。」

婆媳倆到了灶房，顧茵換了海碗，又盛了一大碗粥。

王氏翻箱倒櫃的，找出了半缸子過年醃的鹹菜。

就著鹹菜，那丫頭又三、五口地喝完了一大碗粥。

天色也晚了，洗漱之後，王氏讓那丫頭在她屋裡歇著，她則和顧茵他們擠一間屋。

睡前王氏和顧茵又確認銀錢都已經放在一處鎖好，前後門也都上了鎖，再把他們睡的屋子也上了鎖後，這才一起歇下。

一夜無夢，剛睡到半夜，顧茵婆媳倆就被「砰砰」聲吵醒了。

兩人披了衣服起身去看，就看到那黑壯的小丫頭正舞著一把斧子在天井裡劈柴。

王氏一把將顧茵拉到身後護著，問那丫頭幹啥呢？

「吵醒妳們了？我……我就是想幫妳們幹點活。本來是想幫妳們打水的，但是院子門都鎖了，我出不去，就只好劈柴了。」

看到王氏把顧茵護在身後，她連忙把斧子放在地上，搖手道：「我真沒想幹壞事！」

看著旁邊劈好的、堆成小山堆的柴，顧茵也忍不住在心裡想著：這丫頭是真的傻乎乎的啊！哪有人到別人家第一天，半夜裡拿斧子劈柴的？真是嚇死人不償命！

看她手足無措地絞著衣襬，顧茵還是沒忍心苛責她。再半個時辰就是顧茵去店裡的時候，她乾脆不睡了，和王氏一起詢問那丫頭今後準備怎麼辦？

丫頭搔了搔頭，說：「就是在您家好好幹活啊！我不用像昨天那樣吃那麼好的精細糧的，在家的時候也只有逢年過節才能吃上，我平時吃點窩窩頭、豆飯就行。」說著她察覺出不對勁，瞪大眼睛道：「難道您……您不要我了嗎？賣身契，我簽了賣身契的！」她越說越小聲，然後就忍不住哭起來，扁著嘴壓抑著哭，雖然沒發出聲音，但是哭得人一抽一抽的。

這時，也被吵醒的顧野一出來聽到她們的對話立刻就不幹了，指著王氏道：「奶答應的，我自己買丫鬟！是我的丫鬟！」

王氏又心虛了，看著顧茵說：「不然……咱們把她留下？」

顧茵摸著發痛的眉心，先讓那丫頭別哭了，然後又看了一眼非要丫鬟的顧野和心虛得不敢抬眼的王氏，最後拍板道：「既然她沒地方去，就先留下吧，天亮後去官府裡備個案。不過賣身契什麼的就算了，簽個和田嬸子她們一樣的雇傭書契吧。」

「哎，咱家正好缺人嘛！小丫頭雖然年紀小，但是長得壯壯的，也能幹活的！」王氏又殷勤地陪著顧茵回到屋裡換衣裳，還不等顧茵開口，她又自己道：「我下回再不和孩子胡嘍了！」

天亮之前，顧茵先去店裡，王氏則帶著顧野撿來的丫頭去官府備案。

這年頭倒沒有不能雇用童工的說法，只是很少有人會去雇用個半大的孩子，畢竟這個年紀的孩子吃得不比大人少，幹的活卻不如大人多。但總體來說，手續辦得還算順利。等出了衙門，王氏也知道了丫頭姓宋，因為家裡孩子多，她沒有正式名字，只是家裡都喊她十六。

宋十六怎麼也不像個正式名字，所以後來顧茵乾脆給她改名叫石榴。

一開始顧茵只把她安排在家裡負責劈柴、燒水、洗衣服這樣的家務事，但後來店鋪裡那兩個心思活絡的夥計一起提出辭工，店裡頓時少了兩個人，顧茵就把她安排到了店裡前堂。這丫頭雖然憨傻，但確實是打小就做慣了活計的，雖只有十二歲，卻也能頂一個大人用。

店裡還是沒招到人，算起來還少了一個員工，照理說人手該更不夠的，但是店裡的客人少了一些，因為含香樓和望月樓又在進行下一步動作了。

兩家不約而同地模仿了食為天存銀成為貴賓的套路，貴賓不僅可以享受特別菜單，而且還有「存十兩，送一兩」的優惠。

兩家都是老牌酒樓，尤其是沒出過任何岔子的含香樓，搞這種促銷活動自然大受歡迎。像之前的老李和他的幾個朋友，他們的存銀在食為天已經快吃完了，正想要續下個月的，有了這個活動後，便又轉回含香樓去了。

早市點特點的富客一下子少了好幾個，甚至還有人想把之前存在食為天的存銀要回去的。好在顧茵一直沒動那筆銀錢，客人要退，她也讓人退，於是帳面上的流動資金一下子就少了五十兩。

白、王兩家都等著看食為天的熱鬧，但顧茵根本不急。這有啥好急的？當時存銀拉攏貴賓這件事，本就是無心插柳促成的，也不是她自己要弄的。那些銀錢能幫她度過一開始的周轉困難，已經是意外之喜了。現在雖然少了幾個富客，但是自家平價快餐的生意好啊！

她和周掌櫃每天琢磨著新點心、新菜色，做出來的東西都能銷售一空，利潤完全符合她一開始的預期。

於是，她這無心一縮，鎮上的局面又成了含香樓和望月樓兩家對打。

過去兩家長項不同，競爭關係並不十分明確，可推出存銀優惠活動後，兩家就成了實打實的競爭關係了，畢竟一存十兩，鎮上的富人也沒富庶到不把十兩銀子看在眼裡的地步，在一家存了就不會在另一家存。

含香樓先推出了新的優惠，原先是「存十兩送一兩」，現在送的不變，成為貴賓後還能以八折的價格點菜；望月樓也有樣學樣，且他家貴賓點菜價格只要七成。

含香樓又改成「存十兩送二兩」；望月樓便跟著改成「存十兩送三兩」。

稀裡糊塗的，兩家也不知道怎麼的就槓上了。

而顧茵，正準備在店裡推出新東西。

進到五月，天氣開始熱起來，是時候做一些飲料開賣了！

首先是之前給老太爺做過的奶茶被重新做了出來。

而之前做過的家庭版可樂，則因為這個時代沒有小蘇打，顧茵之前用鹼水——也就是草木灰水澄清後的水代替。但鹼的味道太重，口感不算好，所以被放棄了。

然後便是綠豆湯和酸梅湯。這兩樣東西在現代很常見，顧茵做起來駕輕就熟。

當然考慮到成本問題，對外售賣的飲料裡糖都放得不多，主要還是食物本身的甜味。

奶茶香濃，綠豆湯又沙又糯，酸梅湯聞著就酸得人直流口水。三樣飲品做出來後，都放在冰上鎮一會兒，冒著絲絲涼氣，看來就十分解渴。

顧茵是忠實的奶茶黨，自己先盛了一碗奶茶小口喝起來。

周掌櫃和王氏等人也都跟著喝起來。

周掌櫃最喜歡酸梅湯，而王氏在內的女子則和顧茵一樣更喜歡奶茶。

顧茵邊喝邊在心裡有些遺憾地想著，四月才開店，錯過了冬日存冰的時間了。

本來想著可以用硝石製冰，硝石還能蒸發再結晶，循環利用，無奈這東西是做炸藥的原材料——一硫二硝三木炭，說的就是這個硝石。民間對硝石的管控極為嚴格，好不容易買來一些也只夠產一、兩盆冰的。當然，運河上也有船隻在做運冰、賣冰的生意，只是現在這個時節買冰，價格要比冬天的時候翻了幾倍。食為天做的是平價生意，利頭都不夠抵冰錢的。

夏天這些飲料若是沒了冰，那樂趣可就少了一大半。尤其端午節鎮上要舉辦賽龍舟，屆時十里八鄉和其他小鎮上的百姓都會過來看熱鬧。到時候他們未必會有功夫、有閒錢上館子吃一頓，但是買一杯清涼解渴的飲料卻是完全負擔得起的。

但若是沒有冰，飲料在外頭一放就會發熱，想也知道賣不出去，只能在店裡小賣一下。

顧茵這邊廂正發著愁時，文老太爺過來用夕食了。

文家離食為天只有一刻鐘的腳程，徐廚子走後，文二老爺請了其他廚子，但因為他還是只開五兩銀子的月錢，要求做一大家子的吃食，像徐廚子這樣既手快又手藝不算差的廚子也是少，他新請的那個廚子據說手藝比徐廚子還差了個等級，連武安下學回來都忍不住說文家的飯食吃不下，午休時都回食為天來吃飯。所以，現在老太爺三餐都在外頭吃。

看到老太爺出了一頭的汗，顧茵忙端了一碗冰鎮好的酸梅湯送過去。「這天一天比一天熱了，不然到了飯點我讓人給您送過去，或者讓武安吃完午飯去的時候給您也帶一份？」

「也不用，入夏之後多出汗對身體好。」酸梅湯入口酸酸甜甜，很能解渴，那涼氣順著喉嚨到了胃裡，初夏的暑熱一下就被降了下去。「入夏之後吃點涼的是舒坦。」老太爺發出一聲舒服的喟嘆。「妳這是又鼓搗上新東西賣了？」

「是的，但估計也無法賣太多，店裡沒冰。」顧茵為難道：「硝石不好買啊！」

「這有什麼難的？」老太爺斜眼看她，一副「我有辦法」的表情。

顧茵抿唇笑道：「哎，是您老有辦法買硝石嗎？」

老太爺當然也有辦法買更多的硝石，但是他說的卻不是這個。「不就是冰嘛，鎮上富戶家裡都會有，一般都是用不完的，我讓人去給妳借一點，等冬天的時候妳再還就是。」

徐廚子正好到前頭來幫忙，聞言小聲道：「哪裡要出去借呢？文家就有，每年冬天都存上滿滿一地窖。」

老太爺奇怪道：「不會吧？我這幾日沒見家裡用上冰啊！」

徐廚子就解釋道：「文家每年都要買一地窖的冰，但是像眼下這種時節，那是不會開地窖的。到了三伏天，幾個主子的屋裡才可以用一些，其他下人是根本碰不到的，包括熱得像炭爐的大廚房。我每年夏天都會中暑，都習慣了。」

去年冬天買冰的那陣子，老太爺已經回到寒山鎮來了，但那會兒他氣不順，根本不過問府裡的大小事務。如今入了夏還沒見到冰，他就以為是二兒子太過摳門，冬天的時候沒存。

他皺眉問：「那他存那些冰幹什麼？」

「賣錢啊！文鐵雞每年賣冰都能掙好多銀錢呢！」

文老太爺問他。「文啥？」

徐廚子一下子就慌了，看向顧茵求救。

顧茵看他一眼，便向老太爺解釋道：「您別和他置氣，他就粗人一個，胡亂禿嚕，回頭我扣他工錢。」

文老太爺倒是沒生徐廚子的氣，畢竟他也知道二兒子放徐廚子出來的時候，還倒問人家要了十兩銀子這件事，徐廚子心中有氣也是正常的，但還是覺得二兒子不至於摳到這分上吧？冬天沒存冰固然是摳，但存了卻不給人用、轉頭去賣錢賺那幾十兩銀子的差價，那就真的是摳上加摳、摳門到家了！

吃完午飯，文老太爺回了文家，等到下午晌文二老爺回來，他就把文二老爺喊到書房裡，和他說自己想開地窖用冰。

「這天還不熱啊！」文二老爺的第一個反應就是拒絕。地窖一開，冰就要開始融了，這融的哪裡是冰？都是銀子啊！看到老太爺面色不豫，他隨後又描補道：「您前兒個才感染了風寒，還是等入伏之後再用冰吧？」

「我初春染的風寒，現在再過幾天就是端午了，這叫前兒個？」文老太爺煩躁地揮手。「今天就把地窖開了，先把府裡做活的下人那兒都送了，留下一半自己用，另一半我要送人。」看到文二老爺哭喪著臉，老太爺又道：「走公中的帳，算我跟你買的成不？」

文二老爺的臉上這才有了笑影兒，還試探著問道：「那……是按冬天，還是按夏天的冰價算呢？」

文老太爺氣笑了，讓他滾出去。「文鐵雞，真沒叫錯！」老太爺忍不住嘀咕道。

在老太爺的幫忙下，顧茵店裡總算是有了冰用。

文家的地窖大，分出來的半地窖冰，剛好塞滿了食為天店裡的一整個地窖。

一下子多了這麼多冰，光做冰飲就浪費了，顧茵還想琢磨別的，可惜時間太緊，乾脆就暫時先不想。

冰有了，接著就是訂做容器。賽龍舟是在碼頭那裡舉行，距離食為天頗有一段距離，那邊的客人是很難引過來的，所以還是得把冷飲送到碼頭賣。

因為這次時間很趕，顧茵來不及畫圖紙，就讓周掌櫃帶著她一起去找上次合作的木匠。

周掌櫃帶著顧茵去了木器店，那馮木匠正坐在店門口的小板凳上，對著天光做活兒。一看到他們來了，馮木匠倏地從板凳上跳起來就要往店裡跑。

「老馮！你跑啥？」周掌櫃大步跟上，一下子把人喊住。

馮木匠這才不得不站住腳，哭喪著臉道：「老周，你怎又來了？」

周掌櫃笑道：「怎麼說話呢？我來肯定是來照顧你的生意啊！」

馮木匠七、八歲就給同村老木匠當學徒，手藝很不錯，就是家裡窮，孩子也特別多，一直沒攢得下錢開自己的鋪子，只是在家裡接些散活幹，逢年過節時再做些小玩意兒送到集市上賣。後來當時還在望月樓的周掌櫃發現了他的手藝，把望月樓的訂單交給他做，一合作就好些年。有了穩定的大單之後，馮木匠也總算攢到了銀錢開鋪子，生意日漸好起來。

之前顧茵開店時訂做的那些東西，都是出自他手。

雖然給的工錢算是優厚，但是架不住那些東西不僅是馮木匠沒做過，無先例可循，還十分零碎。就像那一、兩百個木質餐盤、便當盒，全是他和家裡的孩子一個個手工磨出來的。要不是周掌櫃出面，這種折磨人的零碎活兒，馮木匠是真不想接。

「馮師傅別躲嘛，您手藝是真的好，那些餐盤的尺寸都一模一樣，若不是知道都是您手工打磨的，我還當是那些木頭本來就長那樣呢！」顧茵笑著誇起來。「還有那大櫃檯、小桌子、隔板，真是一點毛刺都沒有，簡直巧奪天工啊！」

馮木匠被她誇得也笑起來。「難怪小娘子的生意那麼好，您這張嘴可真是伶俐。」

「沒有沒有，是您的手藝真的好！」

馮木匠的生意雖多，卻很少遇到顧茵這樣平易近人的主顧，再想到大換血之後的望月樓管事對上自己那趾高氣揚的模樣，他便直接問道：「小娘子這次又要訂做什麼？早些說，我也好早點動手開做。」

顧茵要的是後世飲料店一次性杯子那種樣式的竹杯，杯蓋中間帶一個孔，插竹吸管用；再就是存放飲料、半人高的箱子，類似後世冰櫃那種樣式，板子可以活動的，還要做分層和儲冰位置的。

她也知道這東西很麻煩，便討好地笑道：「大箱子要兩個，小箱子十個，杯子和吸管這次要五百套。那個……工期更短了，端午前就要，所以工錢方面您儘管說。」

馮木匠苦著臉笑道：「大箱子兩個就一兩銀子吧，小箱子十個算三兩，竹杯子那就還是兩文錢一套，連杯子帶您說的那個什麼吸管。另外加五兩銀子的趕工費。」

顧茵聽了都不好意思了，忙說：「這合計才十兩銀子，不然您還是再加點吧？」

馮木匠真是第一次聽主顧讓自己加銀錢的，他擺手道：「老周和我都多少年的交情了？我不賺他的銀錢。就是工期確實短，我只能儘量做給妳，那杯子不一定能做夠五百的數。」

「沒事沒事，您儘量做！」

商量好之後，馮木匠就進後院去吆喝自家的十個孩子來開工。

「交付銀錢的時候……」

「東家放心，我曉得的。」周掌櫃道：「他家媳婦愛吃我的菜，到時候我給他們一張十兩銀子的存條，請他們在店裡好好吃幾頓。」

兩人說著話就準備離開，迎面正好遇上一個穿著一身細布短打的年輕男人。

顧茵瞧這男人頗眼熟，但一時間又想不起來在哪裡見過。

男人見了他們卻主動停下腳步，拱手笑道：「這不是食為天的東家和掌櫃嗎？」

周掌櫃小聲地提醒顧茵。「之前來見工的那個。東家可還有印象？」

顧茵想起來了，就是那個嚷嚷著婦人不該拋頭露面、搶男人活計的應聘者。她微微頷首，算是打過招呼，腳下並不停。

男人卻上前一步擋住她，接著笑道：「小娘子可是貴人多忘事，不記得我了？」

在別人的鋪子裡，顧茵不想和他吵起來，只平靜地道：「記得是記得，只是我還記得當時送了你一句『道不同不相為謀』，既然不相為謀，路上見到其實也沒有打招呼的必要。」

男人的臉上先是浮現出惱怒的神色，後來又自顧自地笑道：「小娘子還不知道，我後頭是去望月樓見上了工，如今大小也算個小管事了。說起來還得謝謝妳，若不是妳不收我，我怕是還沒這份機遇呢！」

顧茵說不是的。「你主要還是靠自己……靠自己夠討人厭。不然你但凡正常一些，我也就把你收了。」

「妳！」男人氣極。「哼，好個牙尖嘴利的小娘子！不過我也知道，這些時日我們望月樓和含香樓平分秋色，把小娘子的食為天擠兌得只能做普通百姓的生意，妳心裡一定很不好受——」

顧茵根本不搭理他，直接帶著周掌櫃繞過他走了。

男人話還沒說完，氣得咬緊了後槽牙，拍著櫃檯讓馮木匠出來。

等到馮木匠從後頭出來了，男人直接吩咐道：「一百份禮品盒，端午用的！還是去年用的那種，但是要雕一點花樣，更精緻一點！」

馮木匠看了他一眼，道：「做不了，您還是另尋別家吧。」

「怎麼就做不了了？你家不是一直和我們望月樓合作的嗎？往年都能做，今年就做不了了？」

馮木匠解釋道：「往年都是提前一個月來訂做的，現在都這個日子了，你家還要雕花，本來就不一定能趕上。而且你來得不巧，我端午已經接了別的單子。」別說他是真的接了食為天的活計，就是衝著眼前這人的態度，馮木匠也不想接。

「我看你是不想要我們酒樓的單了！」男人威脅道。

馮木匠連眉毛都沒抬一下。以前周掌櫃還在的時候，望月樓這種大主顧他肯定是不願意失去的，但是自從望月樓大換血後，處事風格就完全變了。他是賣自己的手藝，又不是賣身給望月樓當奴才的，沒必要受這種鳥氣！

見對方不為所動，男人想了想，便換了副嘴臉和氣地道：「剛才是我態度不好，馮師傅別同我一般見識。你說的接了單了，應該就是食為天的單吧？他們找你訂做了什麼？也是端午的禮盒嗎？你仔細和我說說。」說著他摸出一個銀角子，要往馮木匠手裡塞。

這完全是在挑戰馮木匠的職業道德了！他當下就把人請出了店鋪。

男人在門口狠狠地啐了一口，又對著顧茵離開的方向恨恨地罵道：「一個破寡婦店，有什麼好張狂的？早晚讓你們都幹不成！」

轉去別家訂做了禮盒後，男人才回了望月樓覆命。

王大富如今是不敢偷懶了，也找不到比周掌櫃更盡職盡責的夥計，乾脆就自己充當了望月樓的掌櫃。

見男人回來，王大富問他。「李成，馮木匠怎麼說？來得及做嗎？」

李成笑道：「馮木匠說來不及，但是東家放心，小的尋了另一家，手藝不比他差，肯定誤不了您端午的計劃。」

王大富這才放下心來，見他說完話還不走，便問他是不是還有別的事？

李成就道：「東家不知道，我在馮木匠那裡遇到了食為天的東家和周掌櫃呢！那鼻孔朝天、不可一世的模樣可氣人了，全然不把咱們望月樓看在眼裡。他們前腳剛走，我後腳問馮木匠，馮木匠就說已經接了別的活計了。」

「你的意思是，食為天也要在端午有大動作？」

「可不是嘛！他們一直按兵不動，敢情是等著這個呢！」

端午是個大節日，走親訪友都會送粽子、茶葉蛋、鹹鴨蛋之類的東西，尋常百姓肯定是自己家做了，提著就送人。富戶則講究些，一般都是在酒樓買，用木質禮盒一裝，既美觀大氣也顯得高尚。

每年的端午禮盒，望月樓都賣不過含香樓。今年出了前頭的事，望月樓元氣大傷，到這個時候才顧得上去訂做木盒，就是要在這裡打翻身仗的。

如今聽到食為天也想分一杯羹，王大富便道：「那咱們的定價再便宜一成，就算賠本賺吆喝，也得把那兩家擠兌下去！」

沒過兩天，含香樓白大老爺也得到了消息，有樣學樣地把今年端午禮盒的價格降了一成。

就在他們兩家又鬥雞似地鬥上了的時候，一晃眼到了端午這日，顧茵的冷飲攤子開攤了！

而且還不必臨時去租賃攤位，她自己之前那個碼頭攤位還在續租期呢，加上葛大嬸他們家本來就只做早市生意，便也把位置極好的攤子借給顧茵用。

顧茵一開始說要付租金的，葛大嬸堅持不肯要，還說「妳都開店了，卻還是按照之前那樣給我家供包子，所以也不要再同我客氣了。端午那天我們本來也只是賣朝食，妳做的那個冷飲又不會影響什麼，儘管就在我這裡賣」。

於是端午節這天，天不亮顧茵就起身去了店裡，先把三種冷飲做出來冰鎮上，然後再做其他朝食。因為是端午，所以這天的早市就也賣粽子，甜的和鹹的各一百個。

等到天亮，王氏和徐廚子幫忙搬著裹了棉被的冰櫃，一行人就去了碼頭。

賽龍舟的時間定在上午，所以一大早碼頭上就人聲鼎沸，人山人海，都等著來看熱鬧。

等他們到的時候，葛大嬸家的朝食都售賣一空了。

葛大嬸乾脆把自己家的傢伙什物都撤走，讓他們把兩個冰櫃給擺上。

因為市口實在是好，他們剛擺上，就有客人過來打聽了。

「你們家賣的是什麼？怎麼大熱天的還用棉被裹著，就不怕裹餿了嗎？」

顧茵就解釋道：「是冰飲，怕裡頭的冰化了才裹著的。一共有三種，您要不要嚐嚐？」說著顧茵就在攤子上擺出了三碗早就準備好的綠豆湯、奶茶和酸梅湯。

日頭升起來，碼頭上的人還在增多，那客人汗流浹背的，詢問了奶茶一份十文錢，而其他兩種一份只要五文錢後，就要了一份綠豆湯。

冰飲都是提前裝好的，王氏從冰櫃拿出一杯後再插上吸管，接著立刻把冰櫃蓋好裹上。

客人看到帶著竹管的竹杯子覺得很新奇，對著竹管吮吸了一口，清甜冰涼的綠豆湯進到口中，激得他打了個激靈，身上的暑熱完全被消退，他立刻發出一聲舒服的喟嘆。再吸一口，底部的綠豆沙被吮到口中，沙沙糯糯、又冰又涼，讓他忍不住又發出一聲嘆息。「好冰，好爽快！」他一口氣喝完一整杯，又買了一杯說要給他弟弟，然而一轉頭，他身邊已經沒了人，他苦惱道：「這臭小子又不知道跑哪兒去了！」

顧茵說不礙事的。「咱們這個杯子是可以拿走的，只是要多付兩文錢。稍後您可以來還杯子，我們會把兩文錢退給您。若是您覺得碼頭擁擠，也可以去文成街的食為天退錢。」

兩文錢買個嶄新的新奇杯子也不算虧，客人爽快地付了銀錢，拿著冰飲去找他弟弟了。

就這樣過了一個時辰，顧茵帶來的五百杯飲料已經賣出去了三分之一。

但是後頭衙門的人開始清理運河，龍舟在運河一頭出現了，百姓們就顧不上在攤子上買什麼吃食了，全都一股腦地擠過去占位置，等著看比賽。

這時候，顧茵的第二手準備就開始起作用了。

以宋石榴、武安和顧野為首的十個小孩，揹著小木箱過來了。

十個孩子，一人脖子上都繫著一根布條，布條下頭連著木箱，木箱上蓋著一條小棉被。其中宋石榴是年紀最大的，但她才進城沒多久，第一次遇上這種大陣仗，又被委以重任，緊張得腿都在打顫。「兩位少爺可……可得跟緊我啊，千萬別走丟了。」雖然顧茵後來把賣身契還給了她，但宋石榴覺得自己就是他們家的丫鬟，因此不肯變換稱謂。

她話還沒說完呢，顧野已經把人分成兩人一組。「一號隊，去左邊；二號隊，去右邊……賣完之後，就回攤子補上。」他小手一通指，被指明方向的人都立刻行動起來。

最後是顧野和宋石榴一隊，顧野領著她就往人群裡鑽。

「好喝又便宜的冰飲喔……又涼又甜喔！」
「冰冰涼涼的冰飲哎！好喝不貴！」
孩子們賣力的吆喝聲在人群中傳開來。
宋石榴臊得滿臉通紅，虧她還想著要領著兩位小少爺呢，沒想到即便是看起來更靦腆的武安少爺，也比她得用多了！
「妳喊。」顧野朝她努努嘴。
宋石榴深吸一口氣，也跟著吆喝起來。
運河邊上的百姓摩肩接踵，加上這天也悶熱，不少人都熱得頭暈眼花了，卻又捨不下這一年一度的盛況，忽然聽到旁邊有孩子在叫賣，不少人便都問問賣的是什麼。
連杯子七文錢的冰飲於普通人而言並不算便宜，但眼下也沒別的代替，加上不少人都把自家孩子帶來了，大人還能忍得住熱，卻是不捨得孩子受苦的，而且杯子的兩文錢還能退回，便有不少人開始掏銀錢買了。
「好酸！好冰！」買到酸梅湯的客人先自己喝了一口，喟嘆一聲後趕緊把杯子遞到了孩子手裡。
孩子嚐完一口直說酸掉牙，但確實生津止渴，暑氣一消而散，便又小口小口地接著喝。
像顧野這樣機靈點的，這時候就會說：「酸梅湯酸，綠豆湯和奶茶甜，再買一份？」
孩子哪有不愛吃甜的？便眼巴巴地看著自家大人。

大人一想，一年進不了幾次城，幾文錢罷了，咬咬牙就又花出去了。

人群中開始此起彼伏地發出「好冰、好涼」之類的喟嘆，孩子們的生意也越來越好，賣空自己箱子裡的十杯後，就會跑出人群去顧茵的攤子上補貨。

賽龍舟還沒開始，顧茵準備的五百杯冰飲已經賣出去一半。

到了中午時分，一場熱熱鬧鬧的賽龍舟還沒結束，顧茵攤子上的五百個杯子已經都被連飲料賣出去了。

這時候也實在是熱，顧茵是天不亮就忙到這會兒的，也待不住了，便召集自家員工先回去，換徐廚子的兩個小徒弟抬著顧茵先配好料、周掌櫃後熬出來冰好的飲品來賣。只是沒有帶吸管的杯子了，所以他們就只是帶了些空碗，讓客人在攤子上喝。

第十六章

一行人回到店裡，個個都是汗流浹背。

顧茵趕緊先拿了碗冰奶茶喝，而周掌櫃的熱菜此時也炒好了，擺上了櫃檯。

天熱之後，這時代的店裡既沒空調又沒風扇，人挨著人坐在一起只會更熱。且夏天人的胃口也差，中午隨便應付兩口也不是問題，因此店裡午市的生意便冷清了一些，再加上這天因為運河上賽龍舟，所以此刻店裡除了食為天的夥計，更是空無一人。

但顧茵並不歇著，喘過氣來就立刻去了後廚，開始做涼皮。

她先和麵、揉麵，再在麵裡加鹽，揉好之後用濕布蓋上，放置兩刻鐘，接著在盆內放水，把麵團放入，像洗衣服一樣反覆搓洗，當水呈現白潤的光澤時，再過濾到另外的大盆裡，再加水接著洗白濾出。直到洗白的水變清，剩下發黃的麵筋。麵筋沖洗過後上鍋一蒸，筋道十足。

接著便是靜止過濾的水，這個時間需要一個多時辰左右。

在這期間，她把野菜和黃瓜都切成絲，花生拍成碎末。

周掌櫃和王氏聽到她在廚房裡忙著，也都一起進來幫忙。

忙活了一通後，麵漿水沈澱好了。將最上頭的清水舀掉，剩下的粉漿用勺子攪勻，然後放在刷了油的平面大盤子裡，熱水上鍋子蒸。

這時候火候就十分講究了，等麵皮鼓起呈透明的時候就要立刻取出，換上另一盤。就這麼一盤一盤換著，顧茵帶著他們做出了百十張涼皮。

而這時候，正午過了，運河邊熱鬧了一早上的賽龍舟結束了。

買了冰飲的人一般都會去攤子上還杯子，但攤位上就那徐廚子的兩個小徒弟，儘管他們的手腳也非常快，但又要兌換杯子、又要賣冰飲，便有些兼顧不過來。

碼頭上沒個遮擋物，人又還沒散開，排隊並不好受，客人們想到也可以去文成街的食為天兌換，多半會選擇過去——都是難得進城的，很少有人會在正午時分就趕路回去，大半還是會逛逛。而食為天所在的文成街，本就算是鎮中心的繁華區。

到了文成街的街口，遠遠的就能看到那恢弘大氣的牌匾。

就算是不識字的人，稍微一打聽也能找過來。

進到店內，首先是感覺到涼爽——店裡的角落都放著冰盆呢。然後再聞到各種菜香味，饑餓感一下子便席捲而來了。再打聽一下店裡的價格，大葷五文錢一勺，半葷三文錢，素菜兩文錢，另外還有和外頭賣的價格一樣、但只是小了一些的饅頭跟花捲當主食，粗粗一算，其實也沒比在小攤子上吃飯貴多少。

而且他們都喝到了顧茵做的冰飲，有了個「這家店雖然東西比攤子上賣的貴了一些，但是味道好、用料紮實」的初步印象，就也會願意嚐嚐別的。

後頭顧茵他們把做好的涼皮也端了上來，明碼標價五文錢一大碗。那東西不帶熱氣，拌上周掌櫃親自調製的醬汁，再碼上麵筋、花生碎、黃瓜絲、野菜絲，再適合暑熱的時候吃不過了。

客人們明明一開始只是來還杯子的，最後絕大多數都會選擇留下用餐。

店內的人越來越多，一時間竟有剛開業時那種人滿為患的盛況。後頭也有鎮上的熟客過來，不過看到人多他們也不慌，反正可以外帶便當，回頭把便當盒還過來就是。

而其他沒買過冷飲的外地客人逛到文成街附近的時候，就發現多開了一家新店。這還不算新鮮，更新鮮的是，其他附近的吃食攤子、店鋪雖然因為端午節也會比平時多一些人，但也不會像這樣門庭若市、座無虛席的，這不得好好了解一下，怎麼算是進了一趟城呢？一了解，那平價的菜價和眼花撩亂的菜色多半也會把人留住。

看到人多，周掌櫃又去後頭炒新的菜，顧茵則接著做涼皮、蒸饅頭和花捲。

午市接著晚市，店裡頭就一直沒有空著的座位，一直到天黑，家不在本鎮的人都趕路回去了，人才漸漸地少下來。

等到最後一個客人也走了，周掌櫃把店裡的大門關上，這一天的營業才算是結束。

許氏等人先被放回去休息了，顧茵和周掌櫃、王氏留下盤帳。

顧茵是店裡最忙的，王氏他們就都不讓她動了，一起幫著算還回來的杯子和點帳。

五百個杯子只有二十多個沒還回來，但因馮木匠要的價格本來就低，其實也不算虧本。

三種冷飲裡，奶茶賣得最少，賣了一百杯，不過奶茶本來成本就高，而且容易變味，顧茵也做得最少；酸梅湯和綠豆湯賣了四百杯，後來徐廚子的兩個小徒弟在碼頭上又賣了兩百多碗。加起來，毛利大概在二兩左右。

顧茵本來想的就是靠冷飲給店裡引流的主意，所以冷飲的利潤只算是小頭，店裡的生意才是大頭。

周掌櫃一通算盤打完，店裡生意的毛利潤在十五兩左右，絕對算得上是開業到現在生意最好的一天了。

聽到這些利潤，王氏和周掌櫃臉上都有了笑影兒，不枉費大家都忙活了一天。

顧茵也高興，倒不光是為了這天的進項，而是因為這是一次成功的宣傳！

食為天開業到現在，多少在本鎮打出了一些知名度，但對其他地方的客戶來說，食為天的名字還是很陌生的。之前靠著「文老太爺粥」的風潮雖然也算吸引了不少外地客戶，但能為了一碗粥特地來買的還是少數，而且如今那風潮也過去了，更沒人知道了。但這次光是靠著飲料杯，就宣傳了五百人，這還不算後頭跟風進店的外地客人。這些人能輻射出去多少潛在客戶……想想就讓人高興啊！

等到他們盤完帳，顧野從外頭跑回來了。

顧茵正要找他，見了他就道：「我正要把工錢給你呢！還有你那幾個小同伴呢？他們的工錢也都算好了。」

「都在外面，我去發。」顧野拿自己的衣袍兜起銅錢，嘴裡叨起周掌櫃寫的每個人賣了多少杯、該發多少工錢的單子。

這幾個孩子都是顧野推薦來的，顧茵也就讓他去了，自己幫著王氏做最後的清潔工作，剛拿著抹布擦了兩下桌子，她突然想起哪裡不對勁了——這小子沒唸過書，不識字也不識數字啊！於是她放下抹布，跟到店外的街口，就看到幾個高矮胖瘦各不一樣的小孩兒安安靜靜地排成一排。看到顧野過去，他們此起彼伏地喊著「野哥」。

顧野神色不變地點點頭，然後把銅錢放在地上，把單子給武安，讓武安幫他看單子、數銅錢。

宋石榴是一號，顧野是二號，武安是三號，所以他倆從四號開始喊。

每喊到一個孩子的代號，那人就會上前來領銅錢。

他們每賣兩杯可以拿到一文錢，賣最多的能分到三十來文錢，少的也能分到十文錢左右。打半天短工，吆喝一下，就能賺到這麼些錢，對孩子來說真的是極幸福的一件事。

一直喊到十號，一個矮矮胖胖、但比顧野高大半個頭的孩子絞著手上前了。

在單子上，這個十號小胖子一早上只賣出去十杯飲料，應該要分五文錢。

但是顧野把武安要給錢的手拉住，說：「十號，沒有工錢。」

小胖子的臉一下子就垮了，扁著嘴哭了起來。

顧野不為所動，接著道：「你偷吃冰，吃一箱子，沒有工錢。」

他們的小箱子裡也有冰層，但是顧茵考慮到孩子們的力氣都不大，所以就只鋪了淺淺的一層冰，堪堪夠能讓箱內維持冰冷而已。

這些冰從早上賣到中午都化開了，但是箱子內的冰格是密封的，水並不會撒出來，還在裡面。他們還箱子的時候顧野都一個個看過了，人人箱子的最底下都是一層水，只有十號小胖子的箱子是空的。

小胖子的臉脹得通紅，抽抽噎噎的，不好意思地哭了。

顧野小大人似地揹著雙手，用眼神梭巡過排成一排的所有人。「我娘說的，冰不能吃，我告訴過你們了。」

冰塊當然有能吃的，那得是在水源絕對乾淨的地方開採的，價格自然貴。真要有那種好冰，顧茵也不會只把冰用來做冰鎮的輔助品，以冰本身都能做出好些甜品來。

而食為天現在用的冰，是之前文二老爺囤的，他那為人不用多說，真要囤能入口的冰，那得是一筆極為不菲的本錢。而且本鎮能買得起那種冰的人也少，想賺差價還得運到內陸地方去，再加上運輸成本、運輸過程中的損耗，文二老爺能有那個魄力就不是文鐵雞了！所以他囤的是最便宜的河冰，就是冬天的時候人家在凍起來的運河上挖的。這種冰都是拿來用的，入口容易吃壞肚子。

顧茵叮囑過這些孩子別吃冰，顧野也強調過，所以他接著道：「吃壞了肚子，我家也不會賠錢。」

「我腸胃好，不會吃壞的……」小胖子小聲地爭辯。

其實他一開始真的沒想吃，就是有客人要酸梅湯的時候，非好奇他的小木箱，手伸進去摸了摸底下的冰格，結果他手裡的酸梅湯就傾倒在上面一些，他聞著那酸酸甜甜的味道，口水直流。知道箱子裡其他的飲料都要好幾文錢，他沒敢動，只是伸手拿了塊冰放到嘴裡……然後不知不覺就只顧著吃冰，連賣完飲料要回攤子上補貨的事都忘了。

「你明天不用來了。」顧野最後說道。

顧茵訂做了那麼些杯子和小箱子，肯定不是只賣端午這一天，而是要在以後雇用小孩接著幫自己走街串巷的。

那小胖子一聽就憋不住哭了，求饒道：「野哥，我錯了！我再也不敢了，你別不讓我來啊！嗚嗚嗚嗚……」小胖子哭得上氣不接下氣的。

那幾個孩子裡也有和小胖子關係不錯的，見了就說：「野哥，小胖他就是貪吃了點，其實還挺靠得住——」

顧野抬眼看過去，那孩子立刻就把嘴閉上了。

不過最後顧野還是道：「還好你知道不能偷吃冰飲，那就原諒你一次吧！」

小胖子如蒙大赦，眼淚、鼻涕都還在臉上，卻是已經笑起來了。

「工錢還是不給。」顧野從自己的工錢裡數了兩個銅板給他。「辛苦費。」

小胖子拿著那屬於顧野的兩文錢，臉更紅了，立刻保證道：「謝謝野哥！我下次絕對不這樣了！」

顧野滿意地點點頭，揮手讓他們都散了，讓他們第二天早上再過來。

顧茵目瞪口呆地看完了全程，等到只剩自家人了，她才出來道：「小野，為什麼他們都喊你野哥？」

幾個孩子裡最小的那個十號小胖子都有七、八歲大了！

顧野有些得意地昂了昂下巴，說：「都是我的部下！」

他日常就是在外頭玩的，自然也會碰到不少孩子。別以為只有大人之間才有爭鬥，孩子們的爭鬥也厲害。就像文成街街尾的空地，孩子們都喜歡在那裡蹴鞠、摔跤，孩子多、地方少，那肯定就有得鬥了。

顧野是食為天開業以後，才在文成街附近活動的。他個子小，又是新來的，這裡本來的孩子王一開始不待見他，非讓他喊大哥，才允許他在這裡玩。顧野哪能忍得住這個？就約架了。孩子王十歲，他四歲，還因為早先營養不良個頭小，想也知道力量懸殊。

但顧野也不跟對方硬碰硬，就遛著對方玩。他還沒學吐納功夫的時候就能把李捕頭溜得團團轉，那會兒已經學上了，溜個十歲的孩子簡直是輕而易舉的事。那孩子王追了他一個時辰，人都跑傻了也沒能碰到他的一片衣角，他一下子成了新晉的孩子王。

當然還是有不服氣他的，說他只會跑，沒有別的本事。但是那會兒顧野已經學會一些拳腳了，再憑藉靈活的身形，就算是和比自己大的孩子真拳實腳的對上，也不會落於下風。

再後來就是他娘說要雇幾個孩子幫忙，顧野就自告奮勇地攬下了這個活計。這個時候的孩子哪有零用錢的說法？逢年過節家裡大人能給幾文錢都是很大方的了。所以一聽說能掙錢，顧野的地位那更是不得了了，連原先的孩子王都被他收編了，成了隊伍裡的四號。

其他幾個人都是之前就和他玩得不錯的，性格老實且機靈。

分隊的時候，顧野把武安和原來的孩子王分成一隊，確保對方不會在自己的眼皮底下生事，其他人也兩兩組隊互相監督。像十號小胖偷吃冰的事，其實他一開始吃，九號就來悄悄和他說了，他故意沒吱聲，等到最後結算的時候才在人前說出來。

他說話還是慢，慢慢悠悠地說完後，顧茵大為吃驚。

「我只和你說讓你找幾個玩得好的小同伴，再讓他們兩兩組隊，互相監督，其餘的那些你是哪裡學的？」光是按兵不動、等到結算的時候才和十號小胖子算帳，算完帳再分自己的工錢給他的那一手，已經可以稱得上是恩威並施了！

在她面前，顧野不裝小大人了，歪頭疑惑地道：「這還用學？自己想唄！」

「這小腦袋瓜怎麼長的？」顧茵驚喜地揉了一把他的小腦袋。

顧野乖乖任顧茵揉，揉完後他說：「十號的五文錢，得給我。」他知道他奶奶和周掌櫃作為前堂和後廚的管事，工錢比別人高，所以他覺得自己也應該要比別人多一些銀錢。

「給你給你給你！」顧茵之前是想把小孩組成的外賣部交給年紀最大的宋石榴管理的，但宋石榴和顧野真的沒法比，眼下看著自家這小崽子比大人還能頂事，顧茵真覺得往後自己能輕鬆不少。

顧野多分到了五文錢後，嘿嘿笑了一下，又分了兩文錢給武安。「辛苦費。」這當然是說他剛剛幫著數銅錢和看單子的事。

武安對銀錢沒什麼執念，他日常就是不花錢的，所以立刻搖頭說：「我不要了，今天已經分到二十文錢了。」

「拿著吧！」顧野很大方地塞到他手裡。「等我會認字、會數數後，可就沒有了。」

武安這才收下，拉著他的手說：「那我今天回去接著教你！」

端午節只一天，但鎮上的廟會卻會連著舉行七日。

端午那天對賽龍舟不感興趣的、嫌人多或者家裡有事沒進城的，這時候也多半會來趕集湊熱鬧。進城之前，他們多少都會問一問端午時進城來的朋友，端午當天玩得怎麼樣？見沒見到什麼新奇的東西，是進城去不容錯過的？

鎮上來來去去的東西就那些，擱平時也沒啥好推薦的，但這次不是。

「食為天的冰飲可得嚐嚐！酸梅湯和綠豆湯五文錢一份，那什麼奶茶的十文錢。唉，我沒帶多少錢去，只喝了一杯酸梅湯，酸酸甜甜、冰冰涼涼的，現在回想起來還帶勁呢！」

「不就是酸梅湯嘛，村裡會熬的人也不少吧？」

「這你就不懂了，咱們自己熬的那就是放點烏梅，至多擱點糖，酸湯寡水的有啥好喝的？人家那裡頭擱的東西可多了，反正我說不出來。而且你也知道，我媳婦身子不好，每年看賽龍舟都得暈上一會兒，昨天早上多虧了那份酸梅湯，我媳婦愣是沒啥不舒服的！」

「那敢情好，我娘也耐不住熱，我明天也帶她去買。」

「唉，沒喝到那個奶茶怪可惜的，聽旁邊的人說是又香又滑，就是價錢貴。等下回再進城，怎麼也得嚐嚐！」

聊起來了，怎麼也得和人說說食為天店裡的其他吃食。

不論是白案麵點，還是紅案炒菜，那真的是道道實惠又好吃。

於是翌日，食為天的生意比端午當天回落了一些，但也是比平常好了好幾倍。

尤其是顧野為首的外賣部，還在廟會附近兜售冷飲，接著幫食為天宣傳。

一連七天，食為天的單日毛利潤都在十兩到十五兩間浮動。

小賺一波之後，顧茵也給店裡每個正式員工都發了一兩銀子的過節費，包括統領外賣部、極有條理，還不用人操心的顧野。

食為天店內眾人其樂融融，反觀含香樓和望月樓，氣氛可就沒那麼好了。

兩家都卯足了勁準備打擂臺，尤其是想著要把剛嶄露頭角的食為天壓下去，結果食為天根本沒想做端午禮盒，最後又只剩他們兩家對打。

這幾天他們的禮盒都賣光了，但是因為定價低，其實賺頭根本沒有多少。

端午那天他們兩家的客人當然也比平時多一些，但寒山鎮是本縣最大的鎮，其他地方富庶的人真的不多，所以也就比平時的生意好了兩、三成而已。

之前兩家為了吸納存銀的貴賓，弄了各種點菜優惠，已經在賠本賺吆喝，只想著把對手擠兌出去，自己獨占市場後再把銀錢賺回來。可都是老牌酒樓，根基未穩的食為天又不參戰，兩家一直僵持著，過了端午節依舊未能分出勝負。

可到了這分上，誰都不敢收手，也不能收手了，只能咬牙熬下去。

望月樓的小管事李成，因為這件事被王大富罵了個狗血淋頭，當著一眾夥計的面奪了他管事的差事，降為普通的跑堂小二不算，更指著他罵道：「人家食為天根本沒做什麼端午禮盒，都是你滿嘴胡唚，騙得我降了禮盒的價！」

若是禮盒沒降價，能多賺多少銀錢？王大富都心痛得不敢想了！

李成陪著笑臉任打任罵，還保證道：「這次確實是小的收錯了風聲，也怪那馮木匠奸猾，故意誘導小的！下次——」

王大富根本不理他什麼下次，直接讓他滾了。

李成便把這筆帳記在顧茵頭上，就等著找機會補回來。

端午之後，天氣一日熱過一日，食為天的生意又回復了之前略有些冷清的狀態。

當然也不只是他們一家，而是白姓們非必要都不會輕易挪窩，整個街上的人都少了，其他酒樓、食肆的生意也都變得慘淡起來。

也就是食為天的東西實惠又美味，店裡還有冰飲降暑，才能穩住六成的上座率。

但是現在食為天有外賣部了，光兜售冰飲實在浪費，顧茵就想著讓他們幫忙送外賣。不過孩子腳程再快也有限，所以顧茵又去麻煩了馮木匠，給他們每人做了一輛小滑板車。就是一個車龍頭加上一根桿子，連著下面一塊站人的滑板加四個輪子，每個站人的板子上還設置了一個卡槽，剛好能把小木箱卡在上面。

馮木匠給人做過學步車，這種滑板車的結構比學步車簡單，原理也差不多，他做起來駕輕就熟，而且不知道是不是因為最近這段時間被顧茵「壓榨」得多的緣故，他和他家裡十個孩子的手腳越來越快了。

等到端午七天廟會結束後，十輛滑板車就做好了，一共只要了五兩銀子。

這滑板車一做出來，連在人前裝老成的顧野都玩瘋了，讓他們玩不到半天工夫，就一個比一個滑得順溜。而且有這種新奇東西玩，孩子們都說不要工錢也願意幫忙。

顧茵當然不會不給他們銀錢，和後世一樣，外賣費根據路程遠近來決定，近一些的一文錢，遠一些的三文錢。都是孩子們的辛苦錢，顧茵並不會壓榨，所以該是多少配送費，就給孩子們多少，還另外每天給每個孩子提供一餐飯和一杯冰飲。

當然，因為沒有電話和網路，肯定是不能時時訂外賣的，需要提前在食為天預訂，當場先把外賣費結了。

夏天外出幹活的男人懶得挪窩，能隨便對付一口，但家裡的媳婦、孩子卻都還得吃飯。這個時代都燒柴，在這種天氣進灶房真的跟進火爐沒差別，即便是做一頓最簡單的飯食，也會出一身的汗，更別說還要收拾桌子、洗碗筷，都是很折磨人的瑣碎活計。

食為天的飯食平價，若是點個素食便當，兩個素菜、一份主食，或者直接要一碗有配菜的涼皮，也就五文錢；若是要吃肉的，那更方便了。一般肉檔上用的都是大桿秤，不是藥鋪那種小戥子，太少的肉不割，但割多了一頓吃不完，兩頓就放不住，吃便當就完全不用操心那些，而且一份雖然要幾文錢，但分量絕對和店內沒差別，胃口小一些的婦人、孩子，兩人同吃一份就能吃飽。

就算再加一文錢的配送費，也就是六文錢，沒比自己買菜、做飯貴多少，一般人家也能負擔得起。所以配送服務一開始，就有不少人家來訂，只要說清自己的忌口和喜好，再預付上飯錢和配送費，後頭在家等著人來給自己送飯就成。

外送服務在廟會結束後正式開始，顧茵怕孩子們中暑，還交代他們若是覺得不舒服就立刻停下。但這幾個孩子都皮實得很，就算不幹這些活計也要在外頭玩一整日的，現在踩個滑板車，活動量比他們日常跑動小多了，滑起來還有風吹在身上，誰都沒有不舒服過。

原先一共是十個孩子，但是宋石榴有本來的堂倌工作，武安日常是要上學的，所以空出來兩個編號。顧茵既然放權給顧野，便也全權讓他作主。

後來顧野把每個人的編號都往前提了一提，另外再物色了兩個新人。

午市開始前，外賣部的孩子們就出動了。

他們日常就是在附近玩的，對路線一個比一個熟悉，送完一波後就再回食為天取第二波；至於稍微遠一些的，則由顧野親自配送——滿鎮上就沒有他不熟悉的地方！

為了方便確認彼此的方位，顧茵給每人都準備了一個鈴鐺，就掛在車龍頭上。

夏日午後的住宅區靜謐無比，只能聽到聒噪的蟬鳴。

清脆的鈴鐺聲一響，客人就知道是食為天的孩子來送飯了。

還有客人給孩子們起了個代號，叫小鈴鐺。

客人們不止訂飯，也有訂冰飲的，顧茵一般都會在孩子們的箱子裡多準備幾份，怕他們不小心弄灑了，作為替補用。但都是顧野挑選出來的孩子，玩滑板車一個比一個溜，從沒人這麼不小心過，加上鎮中心的路也都修得不錯，別說便當了，連飲料都沒灑出來過，所以多的那些便當和飲料都會讓他們賣出去。

也不用主動叫賣，客人們聽到鈴鐺聲就會出門詢問還有沒有沒被預訂的便當和冰飲賣。

這樣賣出去的便當和冰飲也要多加一文錢，也是孩子們自己的收入。便當盒和飲料杯的兩文錢也是要另外給的，但都知道食為天還便當盒和杯子退錢很爽快，誰也不會覺得這是一筆支出。

一天下來，孩子們只在午飯點前後活動兩個時辰，卻能多賣出去一、兩百份便當，食為天一天能多賺幾百文錢，孩子們也能有少則十文錢，多則二、三十文的收入。

這天下午，孩子們先後都回食為天了，門口鈴鐺聲響作一片。

顧茵已經給他們都留出了飯食，招呼他們坐下吃飯。

孩子們都向她道謝，坐下後卻並不動，連最嘴饞的小胖都只看著飯菜和冷飲流口水，沒有動筷子。

等了大概一刻鐘，顧野最後一個回來了——他負責最遠地域的配送，自然回來得最晚。

等他剛在門口停好滑板車，孩子們便齊齊站起身，又是此起彼伏地喊「野哥」。

顧野先走到顧茵面前，讓他娘幫著拿箱子和擦汗，再拿杯冰飲咕咚咚地灌下幾口，最後才轉頭對孩子們道：「都坐，吃飯！」

聽到他一聲令下，孩子們這才大口大口地吃起來。

顧茵每次看到他這故作老成的老幹部作派都想笑，但人前她也不表現出來。

等到孩子們都吃完飯，算好了當天的工錢歸家了，顧茵才私下和顧野問道：「你怎麼把遠的訂單都攬下？」

顧野一邊扒飯一邊道：「他們做不了，我能做，都覺得我厲害，服氣我。」

顧茵好笑地看著他。現在她已經不會吃驚了，就像她學廚有天賦，武安記憶有天賦一樣，小崽子對人心的揣摩，也是另一種天賦。

「而且嘛，一刻鐘的路一文錢，兩刻鐘的路三文錢，也不算虧！」

一旁的王氏聽到這話，忍不住笑道：「這小財迷的模樣，說不是妳親生的別人也不信！」

顧野跟著彎了彎眼睛。「本來就是，娘親生的！」

很快顧野也吃完了飯，他並不再去外頭瞎逛，而是回緇衣巷找休沐的關捕頭或者李捕頭接著學武藝。從前他只學上午半天，現在是學半上午，然後來食為天上工，下午吃過飯再馬不停蹄回去學，學到傍晚再來食為天吃夕食，然後幫著幹點雜活，晚上再和武安學認字和算帳，一整天的行程表排得比大人還滿滿當當。

王氏看他最近黑瘦了不少，都心疼壞了，私下裡沒少和他說沒必要這麼辛苦。

但顧野並不覺得辛苦，反而勸王氏說「娘也累，我這算啥」？

母子倆一個賽一個的辛勞。

到了五月底，顧茵一算，因為多了外送服務，這所謂的淡季其實並沒有影響到自家生意多少，一天還是有二、三兩銀子的毛利。

送預訂的便當只是一遭，賣出去的便當盒、飲料杯，那都是要拿來還的，一過來，肯定會留下來吃一頓。

後來食為天小鈴鐺的名聲越傳越響，富戶區的客人也開始訂餐了。

更是沒什麼技術可言，還不如就讓馮木匠去掙那個銀錢。

當然，也不能平白讓他們撿便宜，之前馮木匠一臺滑板車只收半兩，十個箱子收三兩，後來他和顧茵一商量，價格直接翻了一倍。兩家一共要了二十套滑板車和小箱子，那就是多掙了十六兩銀子。這筆多掙的銀錢馮木匠和顧茵五五分帳，一人分八兩，算是一筆進項。

後來到了六月，富人區的訂單果然少了一些。

但還是那句，這不是食為天的核心客戶，真要為了幾個外送訂單和大酒樓對打，食為天暫時還沒那個本錢。而且過去這段時間，顧茵還挺喜歡看他們雙方誰都看不慣誰，卻又幹不掉對方的場面，就還把這個舞臺讓給他們。

但是顧茵不動聲色，外送隊裡的范勁松卻急得不行了。

這天他們吃完飯，顧野讓他們留了一留，然後學他娘的做法，開了個總結大會。

當然，他們還不會說什麼場面話，其實也就是幾個孩子們湊在一起隨便嘀咕幾句。

等到顧野說完話，范勁松立刻道：「野哥，我們的訂單被搶走了好幾個，怎麼說？」

顧野皺起眉頭。

旁邊的小胖一看他這樣，立刻就說：「東家都沒說話，你別讓我們野哥為難！」

「就是！我們都只是做工的，你別是因為自己少賺了，所以才想惹事吧？」

要擱以前，這一片的孩子沒人敢這麼跟范勁松說話，但現在，大家雖然還都怵著他，卻都更服氣顧野，自然是站在顧野這邊。

范勁松被人這麼說了也不生氣，只是臉上臊紅了，頗有些不好意思。確實是一天少了好幾文錢，他心裡格外不起勁，所以不等顧野開口，他就主動提起這件事。

顧野一抬手，大家便都不吱聲了。

「這件事，確實討厭。」

范勁松面上一喜，把拳頭一捏，當即就道：「那我去把他們都揍一頓？」

顧野說不。「娘不讓打架，我有別的辦法。」

李大春是望月樓的新晉小外送員。雖然他才八歲，但也知道這是一份美差。

食為天的那些孩子每天搖著鈴鐺、踩著滑板車，還能賺到好幾文錢、每天在館子裡吃飯，早就成了全鎮孩子們羨慕的對象。

後頭聽說他們要多招兩個人，李大春激動得一宿沒睡，那天一大早就去報名了。可惜的是，那個領頭的顧野一聽說他叔叔在望月樓上工後，立刻就讓他回家了。

李大春回家後哭了好幾天，但沒過多久，望月樓也開始招孩子了。

李大春他娘生怕他還不上又要在家哭鬧，立刻讓他爹去請他叔叔李成幫忙。

這種活計在王大富看來本就是誰都能做，所以李成稍微一走動，就把這個美差攬到了侄子頭上。

雖然說望月樓不管飯，還要收走一部分外送費，但光是能踩滑板車這件事，就足夠讓孩子高興了。

這天李大春從望月樓出來，正威風凜凜地踩著滑板車，開始派送自己的第一單，就遇到了同樣踩著滑板車的顧野。

「好熱啊！」顧野滿頭大汗，正把滑板車放在一邊，自己躲在陰涼處玩陀螺。小鞭子在他手裡抽得咻咻作響，那陀螺也飛速旋轉，快得只能看到一個殘影。

李大春看著看著，忍不住停下了腳步。

顧野看到他，就把自己的小鞭子遞給他，問他。「你要玩嗎？」

李大春心動壞了，但是他還沒忘了自己的差事，為難道：「不行，我要來不及的。」

「來得及，我有經驗。」

都知道顧野是食為天外送隊的領頭人，而他的滑板車又確實是停在旁邊，因此李大春當下就把滑板車往旁邊一放，玩起了陀螺。這一玩起來，他連自己姓什麼都快忘記了，後來還是顧野提醒他，說時間差不多，讓他走了，李大春才趕緊踩上滑板車開始派送，但時間肯定是耽誤了。

他年紀小，客人們就算不滿意也多半不會為難個半大孩子，但心裡肯定對望月樓的外送服務留下了不好的印象。尤其李大春玩了滿頭汗，臉上成了花貓兒不說，手上還沾染著黑泥，從他手裡遞過來的飯食，看著就讓人倒胃口。

反觀食為天，因為顧茵和王氏都是愛乾淨的人，顧野自從被收養後也是一天比一天愛乾淨，所以在他的帶領下，范勁松他們也開始講究起來，不僅每天修剪指甲，還會隨身帶一塊帕子，出了汗、髒了手就立刻擦，雖然汗肯定還是有的，但不會把自己弄得髒兮兮。

而且李大春把車扔在一邊的時候不講究，車放在日頭底下，那小箱子裡雖然也存了一層冰，但早就讓太陽融化了，等他送到最後一家的時候，那家人把餐盒一打開，裡頭的吃食都隱隱有一股餿味飄出了！

顧野跟了李大春一路，看到事情發展得和自己想的差不多，這才踩著滑板車，載著空木箱回了食為天。

一次成功後，後頭就不用顧野親自出馬了。

自從外送隊成立後，他的號召力已經不是以前可比的了，加上還有范勁松這個本來的孩子王，那更是如虎添翼。

於是每天含香樓和望月樓附近都會出現好多拿著新鮮玩意兒的孩子，他們有的抽陀螺，有的鬥蛐蛐，還有滾鐵圈的、摔跤的、踢毽子的、抛沙包的……玩得眼花撩亂，別說孩子了，就連有些大人經過都會忍不住多看兩眼。

所以兩家大酒樓的外送訂單超時、弄髒都成了常事，更有好幾次送了變味的吃食給人的，讓人找上門來罵了好大一通。

兩家外送隊的孩子換了一批又一批，勾著他們渾玩的小玩意兒也跟著推陳出新。

其中最招孩子喜歡的，就是肥皂水吹泡泡。

這是顧野想不到還有其他玩意兒的時候問他娘的，顧茵還當是他自己想玩，就給鼓搗了一些。這東西成本低，製作簡單，配個篾條編的小扁圈就能玩，顧野看過一次就會了，轉頭讓范勁松弄了好些出來，無償分給那些孩子玩。

這下更好，那兩家的小外送員不只是玩得樂不思蜀，還會在自己身上沾到肥皂沫，再不講究些的，連小木箱裡都能倒上肥皂水！

這下更糟糕，外送訂單一天比一天少，上門投訴的卻越來越多。

還不到一個月，含香樓和望月樓就遣散了小孩組成的外送隊，另外花錢雇了短工，由他們去派送。

短工的工錢都是按日計，可沒有十幾文、二十幾文錢一天能請到的幫工，最後兩家一盤算根本沒賺錢，還因為投訴賠出去不少，更浪費了一堆滑板車和小木箱。

原來之前他們兩家雇的小外送員在外頭都玩得太高興，小推車往旁邊一停就顧不上了，自然有別的孩子騎上去玩，多少都有些壞了，壞得厲害些連輪子都掉了。

這兩樣東西被他們兩家當成差點毀了自家經營多年口碑的罪魁禍首，後頭馮木匠過來回收時，兩家就以賣破爛的價格賣給他了。

馮木匠拿回去修修補補，轉頭就直接送給了顧茵。不論是以後擴大外送隊，還是自家小車壞了換上，都十分得用。

顧茵是在顧野的計劃施行了快半個月才知道的——而且不是顧野說的，他那嘴緊得跟什麼似的，不想說的事半個字都不往外露，是顧茵發現每天都有好些個孩子來找顧野還玩具、拿玩具，而家裡顧野存銀錢的小匣子也以肉眼可見的速度變輕，她覺出不對勁來，用三碗奶茶收買了外送隊裡的小胖，才知道了隻言片語，然後自己猜出來的。

既然顧野不想告訴她，她看他計劃得也井井有條的，就乾脆假裝還不知道。

六月，含香樓和望月樓一起退出了外送市場，食為天一家獨大。

七月裡生意最好的時候，外送隊擴充到二十人，也多虧馮木匠後頭送來的那批滑板車和木箱，讓顧茵在賺錢的同時還省下了一筆本錢。

轉眼到了八月，天氣漸漸涼爽，外送服務進入尾聲，顧野儼然已經成了全鎮的孩子王。在寒山鎮的孩子堆裡，他們可能不知道當今皇帝叫什麼，卻沒人不知道顧野的。

連之前被顧野坑了的李大春，現在也是顧野的堅實擁護者。

當時李大春丟了活計，回家可傷心了，還被他叔叔罵了一頓，後來遇到顧野，他還罵顧野是壞人。顧野也不跟他生氣，向他道歉不說，還接著帶他玩，抽陀螺、肥皂水、沙包、毽子……都是顧野出銀錢給大家買的，比他們的親兄弟對他們還好！

他們對顧野擁護到什麼程度呢？顧茵有時候遇上婦人打招呼，對方都稱呼她作「野哥他娘」，顯然是她們家的孩子只稱呼顧野為野哥，時常唸叨，讓她們都以為野哥是顧野的名字了。顧茵也不好解釋，反正這個時代的大戶人家，或者普通講究一些的人家，也會稱呼自家小兒為某哥兒，就當自家提前發家了。

而開酒樓、食肆的大人堆裡，因為中秋佳節漸近，新一輪的比拚也要開始了。

八月頭，顧茵和王氏帶顧野去看了一次大夫。

倒不是他生病，而是長個兒了，且長得太多了。

尋常三、四歲的孩子平均一年也就長兩、三寸，他小半年就長了兩寸。

因為日日在眼前看著，顧野和武安的衣服也經常混著穿，顧茵和王氏一開始都沒發現，還是有一天武安突然驚叫道：「小野你怎麼快趕上我了?!」

兩人這才注意到從前一高一矮、十分分明的兩個孩子，如今都快差不多高了，顧野只比武安矮一個指節。他現在穿著入夏前顧茵給武安買的新衣裳正好，而他自己的新衣裳，已經因為大小不合適，很久不穿了。

武安是四月過生辰的，馬上都快六歲半了！

顧茵剛穿過來的時候，武安比同齡的孩子矮不少，後頭自從家裡開始做生意，營養補上來了，到如今他的身高已經追上同齡人。

去歲冬天，老大夫來給顧野看過了，當時老大夫說看牙齒和骨齡應該是四歲左右，現在滿打滿算也就五歲，怎麼也不該長這麼快啊！

「長個兒本是好事，但是他娘說長太快對身體也是負擔，所以煩勞您再給看看。」

老大夫又給顧野檢查過，說沒事兒。「孩子生長本就情況不同，雖然常見的確實都是一年長個兩、三寸，但老夫也見過一年長三、四寸的孩子。且這孩子的身子骨越來越壯實了，從前那些不足現在是半點都看不出了。我摸他骨頭，他未來身量肯定比一般人高出不少。至於為什麼最近長得厲害，是不是因為最近鍛鍊的比較多，或者飯食上吃得好？」

經他一講還真是，顧野剛被收養那會兒，他每天在外頭瞎晃，午飯都不回家吃，只吃小荷包裡的點心和肉乾，個子就長得慢。

後頭他開始學武了，夏天還開始送外賣，運動量極大的同時，胃口也大了，三餐都按時按點地吃，晚上和武安學習學累了還要加一頓宵夜呢！

既知道他身子骨好，顧茵和王氏便放下心來。

顧茵想給顧野過生日，總不能因為不清楚他的生辰，就一直算在四歲上頭。

其實早在武安過生辰的時候，王氏就想著把兩個孩子的生辰一道過了。

顧野當時不怎麼情願，顧茵以為他是不想當順道的那個，就勸王氏別那樣。

如今再提，顧野還是不願意，顧茵就問他為什麼。

他絞著自己的手指，難得地露出羞澀靦腆的一面，小聲告訴她。「想在入冬前，遇到娘的時候，過生辰。」

顧茵聽到這話，心頭都快軟成水了。

王氏的反應更大一些，眼睛都紅了，當即就應道：「那行，到時候你挑個日子，提前告訴奶或者你娘。我們小野的第一個生辰，奶定要給你好好地辦！」

顧野滿臉通紅，應下一聲後就逃也似的跑了。

但是他一回到店裡，羞澀的模樣就沒了。

孩子們看了他都和他打招呼，等到顧茵和王氏後腳回來，他又成了那個小大人。

因為顧野的號召力，秋天店裡的生意不僅恢復到從前，甚至還更上一層樓——孩子們都知道食為天是顧野家的，家裡要上館子的時候，也會問問孩子想吃啥？孩子們的答案自然都是要去食為天。

因為這樣，顧茵又去求了馮木匠，把開業前她想放在過道裡的小巧雙人桌都做出來了。店裡一口氣加了六張雙人桌，卻還是早中晚座無虛席。

中秋是個大節日，八月十二到十四，鎮上要連著舉辦三天的花燈會，從天黑前一直熱鬧到第二天早上，當然還有最傳統的，家家戶戶都要吃月餅。

不像端午的粽子那樣，會簡單廚藝的人一般都會包，月餅的工序複雜得多，一般都是去外頭購買。就算是家境很一般的，也會買上一、兩個月餅，一家子分著吃。

含香樓和望月樓前頭為了端午的粽子禮盒都能鬥得跟烏眼雞似的，這家家戶戶都要買的月餅，那更是成了兩家的必爭之地。

當然了，因為端午和組織外送隊伍兩次出師不利，兩家都沒再冒進地搞什麼么蛾子，還等著看食為天這次又要翻什麼新花樣。

顧茵並不搞什麼新花樣，她正在研究各式月餅。

月餅眾所周知的有廣式和蘇式，其實如果按產地區分的話，還有京式、臺式、滇式、港式、潮式甚至日式；若以餅皮、口味等區分，則更有多到難以計數的種類。

不過她問過了周掌櫃，鎮上的百姓和後世一樣，喜歡的還是廣式和蘇式月餅。

這兩樣經典月餅肯定是要做的，四樣不好聽，做五樣則種類太多、不好控制成本，所以顧茵只準備另外再做一樣冰皮月餅。

含香樓的廚子是兩廣人士，做的自然是廣式月餅；而望月樓則一直是做蘇式月餅，周掌櫃會的也是蘇式，顧茵就把蘇式月餅分給周掌櫃去做，自己負責另外兩樣。

首先是廣式月餅，完成的麵團包上事先炒製好的豆沙，先揉圓、後按扁，再包上一顆鹹蛋黃搓圓，隨後再取一個麵團，包裹上這份餡料。

顧茵邊包邊叮囑在旁邊觀摩的徐廚子。「這個餅皮沒有筋性，包的時候得用手掌輕推，像這樣邊推邊轉動，不能扯拽，不然很容易破皮。」

等到麵皮徹底裹好餡料，顧茵便把麵皮收口按緊，撒上乾麵粉防黏，最後再把多餘的麵粉抖掉，防止其影響口感。之後便是放入模具按壓出花形，再噴一層水防止乾裂，便要進烤箱了。

這個時代只有烤爐，沒有烤箱，但在八月頭，顧茵已經讓周掌櫃尋人在食為天後院做了個土製麵包窯，完全可以替代烤箱的作用。

麵包窯先預熱一刻鐘，而後將月餅放進去，中火烤上半刻鐘，烤至定型取出，用細毛刷挨個刷上薄薄的一層蛋黃液，最後再進窯烤上一刻鐘。

出窯後，月餅香甜的香氣撲面而來，徐廚子和宋石榴都咕咚一聲嚥了一下口水，武安和顧野也是一臉期待地盯著。

然而剛出窯的月餅口感還不是最好，還得回油一天，顧茵就讓他們再等一天，然後另外開始做起了別的。

新鮮牛奶放火上以中火開始煮，時不時攪拌防止黏鍋，沸騰後再煮一分鐘關火，再入冰窖冷藏半天，牛奶上就會有一層厚厚的奶皮，取出這層奶皮讓徐廚子和他兩個小徒弟輪流上陣，充當人肉打蛋器高速攪拌打發。等他們把奶皮打發到有顆粒感了，再加入幾勺冰牛奶，一直把奶皮打到像豆腐渣一般，就用勺子取出，在孔眼細小的濾網上按壓，濾出水分，再包好放入冰窖過夜定型，這得出來的便是家庭版奶油了。

做出奶油的時候，恰好是第二天月餅回好油，也是大家期待要品嚐月餅的時刻。

她做的約巴掌大小，大人能吃下一個，孩子則兩個人分吃一塊。

「好甜好軟，不愧是師父的手藝！」徐廚子吃得最快，說話時已經吃完了半塊。

詞窮的眾人都吃得眼睛發亮，但也說不出旁的。

只有周掌櫃最後道：「餅皮香軟沙糯，豆沙細膩軟嫩，蛋黃鮮香撲鼻，整個月餅層次分明。我其實更偏愛蘇式，但東家這個廣式月餅甜而不膩，我是喜歡的。」

顧茵其實也是第一次用麵包窯烤月餅，得了周掌櫃這話，她也就定下心來。

因為是試做，這次的月餅數量並不多，每個人嚐嚐味道就沒了。

武安和顧野都戀戀不捨地砸吧著嘴。

顧野還說：「其實，一個我能吃得完。」

武安也跟著點點頭，然後兩個人一起眼巴巴地看著顧茵，意思很明顯——他們才每人吃半個欸，還沒吃夠呢！

「別急，今天還有別的吃。」顧茵好笑地一人揉他們一把頭，接著將做好的奶油取出，開始做冰皮月餅。

冰皮月餅不需要烤製，只是要密封後放入冰窖冷藏半天，口感才最好。

這月餅是上午做的，等到下午就能吃了。

武安小跑著下學，顧野則是提前結束了練武，早早地等著了。

兩個小傢伙都到齊了，顧茵就讓人去冰窖把冰皮月餅取出來。

冰皮月餅雪白透亮，個頭只有廣式月餅的一半大小，光看就精緻得讓人稀罕。

雖然期盼了一整個白日，但是武安和顧野誰都不捨得咬下，還是顧茵催了他們，兩人才一起拿了一塊放進嘴裡。餅皮冰冰涼涼、軟糯可口，那蛋黃餡在香甜之餘更是奶味十足，兩種細膩的口感融為一體，甜而不膩、香濃軟滑，尤其適合孩子的口味。

兩人各拿一個小碟子分了三個，剩下的幾個則讓顧茵分給周掌櫃和徐廚子他們嚐味道。

徐廚子喜甜，早先廣式月餅是他的心頭好，吃過這冰皮月餅後，他心中的排序就發生了變化。只是他也不好意思和孩子搶，只能回味地舔著手指。

看他這樣，武安和顧野對視一眼，一人都分出一個要給他。

徐廚子臉臊得通紅，一邊搖手一邊道：「不要了、不要了，我嚐嚐味就行了！」

顧茵讓兩個孩子去外頭吃，而後對徐廚子道：「你想吃也不用急在這一時，這半個月裡，廣式和冰皮月餅都交給你做，做得不好的，你得自己吃掉。」

「給……給我做?!」徐廚子激動起來，呼吸都加重了幾分。他拜師有一段時間了，但都是在旁邊學習、打下手，還沒有獨挑大梁過，這次被委以重任，自然是既緊張又激動。

顧茵點頭道：「兩種月餅雖然需要注意的事項比較多，步驟略微繁瑣，但拆開來，其實哪一步都不算困難。就從這個開始吧，往後我會一點點地分配任務給你。」

食為天的生意越來越好，周掌櫃正是年富力強的年紀，他那一口大鐵鍋一次正好能炒一個餐盤的菜，午市加上晚市，他一個人炒上一、二十道熱菜並不覺得吃力，但顧茵不是。

從體力上說，女子本就比不過男子，而且白案上的東西更瑣碎，耗費的時間更長。客人越來越多，她下廚的同時還要兼顧整個店鋪的營運管理，已開始感覺到吃力了。尤其這次顧野長高那麼多，她這當娘的都沒發現，心裡挺不是滋味的，便想多分出些時間在家人身上。

這天她又當著徐廚子的面再做了一次。奶油、豆沙那些配料她都多做了一些，好讓徐廚子從半成品的情況下開始做起。

第十七章

顧野和武安出了大廚房後，就跟武安多要了一塊冰皮月餅。

雖然知道他手裡還有三塊沒動，但武安還是很大方地把自己的分給了他，還不忘和他說：「一會兒就要用夕食了，你也別吃太撐。」

顧野接了月餅卻沒再吃，而是端著小碟子出了食為天。

顧野一出來，范勁松和小胖他們就擁了上來。

夏天的時候他們天天都在一起送外賣，最近外送隊解散了，孩子們沒他領頭還不習慣。

「野哥今天怎這麼早來了？」

「野哥是不是學武累了？」

大家七嘴八舌地問起來，顧野搖頭說不是，然後拿著碗裡的月餅分給大家吃。

他前頭用自己的工錢買了好些玩具，一開始自然是為了給含香樓和望月樓兩家的外送隊伍搗亂，後來目的達成了，他就把那些玩具無償分給大家玩，也正因為這樣，鎮子上那些孩子才以他馬首是瞻。現在這冰皮月餅一端出來，孩子們的眼睛都發亮，卻誰也沒伸手去碰。

顧野把小碟子給了范勁松，讓他來分配。

最早跟隨顧野的七號人，都可以分到一小塊，其他人只能分到一點點嚐嚐味，再後來的那是連餡料都吃不到了。

「冰冰的，好香好甜，太好吃了！」小胖迫不及待地把那一塊冰皮月餅放到嘴裡，就極大聲地讚嘆道。然而說著話，他口水一嚥，一下子就把那入口化開的月餅嚥進了肚子裡。

「我還沒好好嚐嚐呢！」小胖哭喪著臉，要不是顧野在旁邊看著，他都想嚎啕大哭了。

有了他這個反面示例，范勁松他們都不敢一口吃完，只小口小口吃著。

「真的好香好甜，裡面的餡最好吃了，比糖還甜！」

「牛奶的味道我本來是不喜歡的，但是這個裡頭的牛奶也太香了！」

「嗚嗚嗚……我只有一點餅皮，裡面餡料是什麼味道？你們誰可以給我咬一口啊？」

就這麼點東西，又都是第一次吃到，誰肯分給他吃？都防著其他人搶，飛快地吃完了。

「這叫冰皮月餅。中秋節，我們家賣這個。」顧野最後道。話說完，他就讓大家散了。

這下子，孩子們都知道該怎麼做了。

吃過的當然意猶未盡、還想再吃；沒吃的更慘，根本想像不到那是什麼樣的好味道，讓大家都誇成那樣。因此回到家的第一件事，當然就是和大人說要吃食為天那個冰皮月餅啊！

食為天雖然才開業不到半年，但經過開業、端午和夏日外賣一系列的宣傳後，鎮上的百姓就算沒去吃過，也多少聽說過。都知道食為天的吃食並不會很貴，富裕或者大方一些的父母，立刻就答應了下來；沒那麼富裕大方的，當然是讓孩子別嘴饞，先把自家的飯吃了再想別的。但是逢年過節本來就是圖熱鬧喜慶的時候，看到孩子怏怏不樂的，沒答應的父母回頭也會再考慮考慮，起碼先去打聽一下價格。

於是第二天，顧茵就接待了十幾個詢問冰皮月餅的家長。

冰皮月餅的步驟不算複雜，但是用料成本高，一小塊的定價就在十文錢。

要擱平時，一般人家的孩子肯定是吃不起十文錢的零嘴，但既然是過節，家長們咬咬牙也就給買了。

預訂的人從這天開始絡繹不絕，到了中秋的七天前，冰皮月餅已經訂出去了上百塊。

含香樓和望月樓都盯著食為天呢，看到顧茵鼓搗了半天也只鼓搗了孩子喜歡吃的月餅，兩家人都不屑一顧。孩子們肚子小，一個人能吃幾塊？且父母再偏疼孩子，也不會花太多銀錢給孩子們買零嘴的，這賺頭實在有限！還是大人吃的月餅和送禮用的月餅禮盒賺頭大！

而這時，徐廚子總算是能做出讓顧茵滿意的月餅來了，預訂的冰皮月餅可以來取貨了。

另外，廣式月餅和周掌櫃做的蘇式月餅，也在食為天展開了試吃活動。

廣式月餅香甜，一塊賣八文錢；蘇式月餅鮮香酥脆，個頭比廣式的小一些，但因為餡料是實打實的火腿，價格也是八文錢一塊。

至於客人們用來送禮的月餅禮盒，食為天這次也做了。

一個圓形的木盒子均勻地隔成三塊，廣式、蘇式和冰皮月餅各放一塊，各種口味的客人都能兼顧。若是成盒買，會比單買便宜兩文錢，還能白得個精巧的小木盒。木盒雖不值錢，平時用來放針線那些零碎的小東西也很不錯。這禮盒一推出，反應就很不錯。

有人立刻說：「我娘愛吃蘇式的，我娘子愛吃廣式的，每年都要跑兩家酒樓，家裡孩子也吵著要嚐嚐這個什麼冰皮的，這次倒是方便了！」

「是啊，含香樓和望月樓那兩家的月餅都不單賣，一次買多了吃不完。這月餅本來也是嚐嚐味道，圖個過節意頭的，咱們這樣的普通人家，誰能拿這個當飯吃啊？」

還有心急嘴饞的客人，試吃完後就立刻買了一盒當場吃起來。三種口味自然是樣樣都好吃，吃完後他回味地砸吧砸吧嘴，連墊在盒底的油紙都拿起來聞了聞味道。這一拿起來他就發現不對了，背面居然還寫著字，「鴻運當頭」四個大字就寫在角落。

那盒月餅是從顧茵手裡賣出去的，就等著他發現呢，見狀她立刻道：「恭喜您，中了我們的中秋大獎！凡是吃到這『鴻運當頭』的，都能憑紙條退還十文錢呢！」

「還有這種事？」那客人笑起來。「那看來我今年運道不錯啊！銀錢不用退了，我再添幾文錢，再給我來一盒吧，我剛剛還沒吃夠呢！」這次他拆了禮盒後就先看油紙，可惜只有「謝謝惠顧」四個大字了。

旁人看他失落，少不得打趣道：「想啥好事呢？還能每盒都再送十文錢啊？」

「就是啊，我覺得這個就是圖個吉利，盒盒貼十文，人家的生意還要不要做了？」

但這種有可能會吃到真銀錢的宣傳手法還是頗新奇的，尤其是過節，誰不想當鴻運當頭的那個呢？

還有人為了想看裡頭的油紙，並沒有等到八月十五才來取貨，早早地就來拿了直接吃。肯定不是每盒都有獎，但若是吃到了「鴻運當頭」，那真是比白撿錢還高興，回去還得吹噓一下自己的好運氣呢！

在這種宣傳之下，食為天的月餅禮盒總共賣出去了兩百套。當然也有不要那最貴的冰皮月餅的，只要其他兩種，食為天也能散著賣，零賣的也訂出去了三、四百塊。

中秋花燈前一日，顧野回來告訴顧茵一個消息，說那兩家大酒樓都開始散賣月餅了，而且這還不算，他們還想藉著為期三日的花燈會好好宣傳，已經雇用了一群孩子，到時候在花燈會上唱兒歌，宣傳他們的月餅有多好吃。

這次他們是一點消息都沒透，要不是因為李大春和顧野說，他可能到現在還不知道。而且這次兩家都是有備而來，選的孩子都經過秘密訓練，並不會那麼輕易地被他勾著去玩了。

顧野覺得處理不了，所以來和他娘說了。

「我們人多，但是沒訓練，怕是比不過。」顧野小大人似地沈著臉，心裡已經在想，若不是他娘不讓他打架，他還是有辦法收拾那些人的。

這種宣傳手段自然是脫胎於顧茵之前雇用孩子們賣冷飲、送外賣的舉措，在她看來並不新鮮，但看到自家小崽子如臨大敵的模樣，顧茵忍不住笑了起來。「沒事，娘早有準備。花燈會你帶著你的小同伴玩就行了，別的不用管。」

顧野當然是相信他娘的，當即也不發愁了。

八月十二，花燈會的頭一天，許多百姓早在天黑前都匯聚到了鎮中心，只要他們一到這裡，就會看到一個極為醒目的大紅色橫幅，橫幅上書著一行大字——

歡迎蒞臨由食為天月餅獨家贊助的寒山鎮中秋節花燈會！

落款還是縣衙的官印！

贊助這事是顧茵早就想好的，早在花燈會的前幾日，她和王氏就抽空去拜訪了縣太爺。

之前王家的案子審完，她們已經來過一次，因知道縣太爺兩袖清風，所以並沒有送什麼貴重的東西，就是顧茵自己製作的小點心。

請人通傳後，縣太爺接見了她們，詢問她們是不是遇到了什麼事？畢竟一般人來衙門都是來告狀的。顧茵說不是，並直接說了自家想贊助花燈會的來意。

花燈會是寒山鎮的習俗，說起來算是衙門組織的，但衙門舉辦這個也不收取商戶的銀錢，只是收基本的場地租子，收上去的租子當然是用來維護鎮上的基本運作。

縣太爺問她需要衙門做什麼，顧茵就道：「其實也不用做什麼，就是在花燈會的各處放我們自己製作的橫幅，給我們家月餅宣傳一下。贊助費方面，還聽大人的意思。」

「只是這樣的話……」縣太爺想了想，道：「那本官覺得這只是舉手之勞，並不麻煩。

妳說的什麼贊助費就不用了，正好上次妳為案情出謀劃策，本官還未嘉獎妳。」

縣太爺是賞罰分明的性子，前頭知道王氏收養了顧野，也嘉獎了她。那次審案，顧茵兩次獻計，大大提高了辦案效率。雖然大頭功勞讓知府占去了，但縣太爺也受到了嘉獎，考核上頭提了半等，所以後頭顧茵來送點心那次，他就提出過嘉獎她一事，當時顧茵回絕了，說她獻計是因為那是關乎到自己家的案子，並不想奔著立功去的。而且衙門是真的窮，總不能讓她和自家婆婆似的，讓捕快們來給自己打工盤炕什麼的。

如今縣太爺再次提起，顯然是還沒忘記欠她一次嘉獎這件事。

顧茵也沒再推辭，只道：「那我另外送一百塊月餅可好？月餅的處置權在大人手上，不論是犒賞公家人，還是送去善堂、鎮上的孤寡老人，全聽您的安排。」

這倒是說到了縣太爺的心坎上了。中秋這樣的佳節，縣太爺本來就是要發一些節禮下去的，但窮是真的窮，所以每年都是等花燈會的租子收上來後，再急急忙忙地去置辦東西、分發下去，時間匆忙，每年都有發漏的。

於是就這麼順利的，顧茵以一百塊月餅換來了花燈會的獨家贊助權，而縣太爺也並沒有什麼都沒做，他讓李捕頭幫食為天張貼橫幅，務必要讓每個來參加花燈會的百姓都能看到這橫幅，還在落款加敲了自己的官印，表示這是衙門特許的，旁人不能隨意損毀。

夜色降臨前，提前來參加花燈會的百姓們都看到了食為天的巨大橫幅。

等到夜幕低垂，那橫幅外圍就點上了一圈花燈，不僅能把那幾個字照得更清晰明顯了，還越發顯得有過節氛圍。

花燈會的主題就是看花燈、猜燈謎，顧茵也讓人送了月餅過去，味道和店鋪裡賣的自然是一樣的，只是個頭都小許多，一塊的成本在兩文錢左右。每個攤位送上幾塊，讓花燈攤的老闆當成獎品彩頭，發給猜對燈謎的人。因為是無償給的，有了月餅，花燈攤上的老闆還省了一部分準備獎品的銀錢，自然也沒有不願意的。

食為天也在花燈會上租了個小攤子，接著做試吃的活動，若是有看到橫幅的、或者嚐到了獎品月餅覺得好吃的，看到他家的招牌立在攤子上，當場就可以下訂單。

含香樓的白大老爺和望月樓的王大富看到後都快氣死了，之前還說食為天這次只是小打小鬧，沒弄出什麼名堂，合著在這裡等著他們呢！

他們訓練的唱兒歌的孩子能唱給多少人聽？又能影響多少人？而這個橫幅，只要不是眼瞎的，都能看到！當然也有不識字的，可是看到這樣一個大橫幅，只要不是啞巴，肯定要和旁人打聽打聽這上頭寫的什麼。但是沒辦法，都訓練了那麼久的秘密武器，該用還得用。

然後他們發現自家明明只訓練了十來個孩子，兩家加起來也就三十來個，但是孩子一放出去，就被另一群孩子圍上了。

如顧野所說，他們幾個事先沒訓練，也不會唱什麼特地誇自家的兒歌，正面對上肯定比不過，可是後來他聽到他娘說有別的宣傳辦法，他也就換了個思路——比是比不上了，那就反其道而行唄！

他早就分好兩隊人，一隊他自己領著，另一隊由范勁松領著，就待在花燈會上。等到那些經過訓練、面生的孩子一來，他們就跟上去，也不是打架，就是在旁邊玩鬧嬉笑。

這要是幾個孩子在一起唱兒歌，那就是可愛討喜，讓人忍不住想聽聽他們唱的什麼？但是一下子有一、二十個孩子聚成一堆，還又笑又鬧的，大人們自然就會覺得有些厭煩，進而避讓開了。

因為這樣，兩家酒樓訓練的孩子唱兒歌唱得嗓子都啞了，一場花燈會下來就多了兩、三個人來問他們唱的是啥？而當他們正要報上酒樓的名號時，顧野這些個死跟著他們的孩子就會出「意外」！一會兒是在旁邊摔倒，分散對方的注意力；一會兒是突然大哭，說找不到家人了，求人家幫忙；一會兒是突然開始打噴嚏，打得一臉鼻涕、口水，讓對方見了立刻嫌惡地走了。

兩家酒樓吃了上次的虧，這次選的都是自家夥計的孩子，家裡大人都叮囑過，這次的活計關乎到大人的飯碗，可不能馬虎。對方一直這樣，他們也生氣，可是他們打也打不過、罵也罵不過，都被對方耍無賴的行徑氣哭了。

等到第一天花燈會結束，食為天多了近三百個月餅的訂單；而望月樓和含香樓兩家則收穫了一堆被氣哭的孩子，吵得白大老爺和王大富不勝其煩，只能說不怪他們，工錢照給。

然後兩家趕緊跑到衙門去，爭先恐後地想搞贊助，也在花燈會上掛橫幅。

他們兩家財大氣粗，自然給得起多多的贊助費，但縣太爺雖然缺銀錢，卻也有底線，既然答應了顧茵在先，肯定不能出爾反爾。

衙門那樣的地方，白大老爺和王大富也不敢歪纏，被拒絕後只能捏著鼻子忍了。

至於送月餅去攤子上當彩頭這種事，這是食為天平價月餅才能走的路線，他們兩家的月餅定價高，白送出去立刻要掉等級。而且他們事先也沒做小塊的月餅，白送那麼些出去，搞不好要虧本呢！

轉眼到了花燈會第三天，王氏勸顧茵道：「這一年也見不了幾次這樣的熱鬧，我們都輪流出去看過了，只妳天天守在鋪子裡和攤子上。今天是花燈會的最後一日，妳和妳許嬸子去玩吧。」

花燈會熱熱鬧鬧，店鋪裡是沒什麼生意的，攤子上雖然人多，但是有兩、三個人負責也夠了。想著確實沒什麼事，顧茵便應下來。「那我就去逛逛，很快就回來。」說完她就和許氏相攜著出發。

沒走多遠，許氏在一棵掛滿花燈的大樹下站住了腳。

顧茵跟著停下，就看到了等在樹下的許青川。

他還是穿著日常的半舊書生袍，頭上簪著一根木簪，手裡還拿著本書，迎著樹上的花燈，全神貫注地看著書。或許是因為花燈的暖意，他清俊的臉鍍上了一層暖融融的金光，疏離的氣質減淡了三分，看著好接近了不少。

路過的好幾個年輕少女下意識地放慢腳步，或一邊偷偷看他，或一邊紅著臉和同伴耳語，更有大膽的，直接就站在他身後一步開外的距離，想著怎麼和他搭話。

可惜許青川渾然不覺，一直到餘光看見許氏和顧茵過來了，他才收起書迎了上前。

「你這孩子，讓你出來放鬆放鬆，怎麼還捨不得放下書呢！」許氏笑著說了他一句，而後三人便一起逛起來。

花燈攤上都有燈謎，看到許青川的書生打扮，攤主便會主動攬他猜燈謎。

「謎面八十八。這是個『米』字。」

「十張口，一顆心。這是個『思』字。」

「明月半依雲腳下，殘花並落馬蹄前。這是『熊』。」

「天地一孤舟，射《詩經》一句。謎底是『載玄載黃』。」

「楚書，射《詩經》中一句。謎底是『南國之紀』。」

前頭猜字的，顧茵還聽得懂，後來他猜的越來越多，顧茵聽得頭都大了，完全不明白謎面和謎底有什麼聯繫。

不止她，許氏也不明白，便小聲詢問起來。

許青川就解釋道：「製作燈謎都是以象形、會意、形聲、指事、假借、轉注為胚。娘看這句『指點梅花兩樹開』，便是假借之法，謎底是『某在斯、某在斯』。」

許氏立刻誇讚道：「不愧是我兒，你這麼一說，娘真有點兒明白了。」

顧茵在旁邊聽得是兩眼一抹黑，但也不好說什麼，只能陪著笑，裝作自己也聽懂了。

後頭許青川一個個猜過去，燈謎也越來越難，但他半點都沒停頓過，幾乎是看到燈謎的瞬間，讀過一遍就能猜出來。

許氏看著兒子如此才思敏捷，自豪得不行，身板都站得更直了，臉上的笑更是沒斷過。

顧茵也跟著笑，不過因為實在聽不懂，便開始覺得有些無聊，心思已經不在燈謎上頭，腦子裡忍不住在算訂單的事了。三天花燈會，至少能賣出去上千份成盒的月餅，另外更有散賣的，也有一、兩千塊。雖然一塊月餅只賺兩、三文，但積少成多，也是一筆不菲的進項。

而且以後提到寒山鎮好吃的白案點心，買過月餅的人肯定會想到食為天。自家這招牌雖然才經營不到半年，但是論起知名度和接受度，怕是沒比望月樓和含香樓兩家差太多了。

至於那兩家一心想維護的富客群，食為天早晚是要插一腳的，就等一個揚名的契機，讓富客們知道食為天的頂尖吃食並不會比兩家老牌酒樓差。

不過也不急，前半年還是得穩紮穩打，打好了基礎才有資格和那兩家正面交鋒。等到把這兩家按趴下，賺頭肯定能比現在翻幾倍。若是到了那時候，就該計劃下一步，或是擴大規模，或是到府城那樣的大地方開設分店……

她正兀自出著神，突然聽到旁邊一陣叫好和鼓掌聲，回過神來一聽，原來是許青川已經連著猜出了一條街的燈謎，可以摘燈王了！顧茵也跟著鼓掌，轉頭才發現許氏不知道什麼時候走開了。

「我娘怕是又去瞧什麼熱鬧，把咱們給忘記了。」許青川無奈地笑道。

顧茵也跟著抿了抿唇，說：「不礙事，出來前我娘擔心花燈會人多，還叮囑我們若是走散了，就還回那棵大樹下等。」

「這個，送給妳。」許青川並沒有要那個半人高的燈王，而是只要了這個小巧可愛的兔兒燈。把手裡的燈往前遞，長睫掩住眼中的情緒。

兔兒燈有著大腦袋、胖身子，白白圓圓的，很是討人喜歡。

東西雖不貴重，但這是許青川猜燈謎贏來的彩頭，顧茵自然搖手拒絕。「這是許公子應得的彩頭，我不好拿的。」

「這只是個小玩意兒，不值錢的，謝謝妳這段時間對我娘的照拂。」

這段時日許氏每個月在食為天掙半兩銀子的工錢，生意極好的時候，顧茵還會發加班費，更別說逢年過節的過節費。算下來，一個月的工錢都快超過一兩銀子了。有了這些銀錢，許家的日子自然比從前好了不少。

而且不只是這一樣。從前許青川在外頭唸書，一旬才回家一次，許氏一個人在家無所事事，整個人都顯得懶懶的、沒精神，現在她雖然每天都累，但精氣神卻是一天比一天好，性情越發爽朗，人也看著年輕了。這一切，自然要歸功於顧茵。

顧茵卻並不敢邀功，聘請許氏的時候，確實是因為兩家有交情，所以王氏先想到了許氏。但是作為食為天的東家，顧茵是公私分明的，許氏得到的工錢和加班費、過節費都是因為她上工認真、做事負責而應得的，不然若換成那種仗著交情而不好好幹活的，她肯定是要辭退的。但許青川的手一直伸著，顧茵也不好意思再拒絕，就道：「那我先拿著，我家武安和小野肯定喜歡，我代他們謝謝你了。」

兩人說著話，就回到了大樹下，離著三、四步的距離站著。

他們誰都沒有再言語，許青川還把之前沒看完的書拿了出來。

顧茵剛開始也沒覺得有什麼，可站了一刻多鐘後，她突然回過味來，覺得不對勁了！許氏的性子再大大剌剌，也不至於和他們走散這麼久，怎麼也該回到大樹這兒了。再回想她們出來前，自家婆婆和許氏在一旁邊笑、邊嘀咕的模樣，她再笨也猜到這是她們有意為之了。

一旦猜到她們的用意，顧茵就尷尬得臉都燒起來了。

「妳身體不舒服嗎？」許青川注意到她的不對勁，出聲詢問。

「可能是人太多了，我有點發悶。」顧茵忍住原地挖坑把自己埋了的衝動，一邊以手搧風，一邊想著該以什麼藉口遁走？正好，她看到個小小的身影領著一堆孩子從旁邊跑過！

「小野！」顧茵如蒙大赦，立刻出聲把顧野喊住。

雖然花燈會喧鬧無比，但顧野還是敏銳地捕捉到了他娘的聲音，他立刻站住了腳，踮起腳尖到處看，總算是看到了在大樹下對他招手的顧茵。「娘也出來玩啦？」顧野笑嘻嘻地竄到她跟前。等看清旁邊還站著個許青川，顧野臉上的笑滯了滯，隨後又像什麼都沒看到似的，笑著上前拉住他娘的手。「我發現好多好玩的攤子，娘跟我來，我帶您去玩！」

顧茵抱歉地對許青川笑了笑，而後就快步隨著顧野離開了。

而長街的另一邊，王氏和許氏正貓著身子偷看。

看到顧茵被顧野拉走了，許氏扼腕可惜地道：「小野來的忒不是時候了！王寶雲，妳不是說都安排好了嗎？怎麼讓小野過來了？」

「這麼大的花燈會，我也沒想到他們會遇到小野啊！」王氏也急得直跳腳，但是她不忘轉頭埋怨道：「妳別光說我，妳家青川怎麼來逛花燈會還帶本書啊？看把我家大丫悶的！」

「這、這……我家青川平常就是手不釋卷的。」許氏也覺得花燈會還一直拿著書看挺殺風景的，但此時埋怨也不頂用了，今天的計劃是泡湯了。

兩人也沒多待，一邊嘀咕著下次的注意事項，一邊離開了。

離開大樹後，顧茵總算是呼出一口長氣，拉著顧野的手捏了捏。

後頭她就和孩子們匯合了，雖然他們年紀不一，但有顧野和武安帶頭，其他孩子也和他們一樣乖巧、懂禮貌，並不會顯得特別吵鬧。

同一群小孩吃吃喝喝、玩玩鬧鬧，顧茵反而覺得這樣更有趣，更合她的興致。

花燈會上的吃食都不貴，一份也就二、三文錢，顧茵買來就嚐個味，然後就分給孩子們吃，吃到大家都吃不下了。後來他們還一起看過舞龍和雜耍，時辰就已經不早了。

到了離開的時候，顧茵才想起自己提了一路的花燈，忙遞給兩個孩子說是許青川送的。

「我都忘記給你們了。」

她的花燈提了這麼久，孩子們早都看過了，武安就搖頭道：「花燈容易損壞，我看過就好了，嫂嫂給小野吧。」

顧野是最喜歡新奇東西的，但這次他也一反常態地道：「我不是很喜歡花燈。」

倒是范勁松他們幾個孩子都對這個兔兒燈很喜歡，聽顧野說不要，他們還流露出可惜的神情，因為若是顧野要的話，他們往後還能多看幾眼的。

顧茵見了就道：「那我送給你們吧！」一來是孩子們確實喜歡；二來是她既然知道了王氏和許氏的打算，便越發不能留許青川的東西在身邊了。

范勁松的眼睛立刻亮了，還保證說：「謝謝嬸嬸！我們一定好好保存，不會把它玩壞的！」

送完花燈後，顧茵一手拉著一個孩子，直接回了緇衣巷。

家裡門虛掩著，王氏比他們回來的都早，正在堂屋裡等著他們。

顧茵先讓兩個孩子去洗漱，自己則直接進了堂屋，覺得有必要和王氏聊一聊。

王氏在桌前撐著下巴，昏昏欲睡的，看到顧茵進屋，她立刻精神了，站起身陪笑道：「你們回來了啊？我今天也不知道怎麼的，這個時辰就睏得不得了，妳既回來了，那我就先去睡了。」

顧茵無奈地喊了一聲。「娘。」

王氏這才站住了準備開溜的腳，耷拉著腦袋道：「哎，在呢，妳說吧。」

看到她這樣，顧茵反而忍不住先笑了起來。到底是親母子，武安和王氏長得雖然沒有多麼相似，但是這種做錯事後心虛等罵的模樣，可謂是一模一樣！她笑了一下便又收住，問道：「今天我和許公子的事，是娘和許嬸子特地安排的吧？」

王氏蚊子哼哼似地「嗯」了一聲。

「我都說過好幾次了，真沒那個想頭。」顧茵拉著她的手，認真地道：「等有的時候，我肯定會和您說的。您下次別這樣了，怪尷尬的。」

王氏又應了一聲，保證道：「下次肯定不會不知會妳，就自己安排了。」她和許氏都看出來了，顧茵和許青川平時看著都是聰明人，但在感情上頭就是兩個榆木疙瘩！要是不給他們說開，製造一百次今天這種機會都沒用。下次還不如光明正大的呢！

顧茵不知道王氏還想著光明正大的下次，聽她保證了就沒再糾結這事，去洗漱歇下了。

到了中秋節這日，一大早就有源源不斷的客人來取月餅，尤其是訂了冰皮月餅的。

其他兩種月餅都是能放的，就是冰皮月餅需要冷藏保存，口感才最好，所以他們大都選在這天來取月餅。

這天食為天也把額外準備的一百多盒月餅徹底賣光。到了下午晌，午市過去，店裡就幾乎沒什麼人，都趕著回家團圓去了。
顧茵提前放了有家口的人下工，至於她和王氏、周掌櫃、徐廚子他們，就乾脆一起在食為天過中秋。後院裡支起兩張桌子，周掌櫃、徐廚子和他兩個小徒弟一桌，顧茵和王氏並兩個孩子一桌。
自家製作的可口月餅，配著周掌櫃珍藏的茶，滋味真是連顧茵自己都覺得很不錯。
顧茵一手攬一個孩子，半邊身子虛靠在王氏身上，一邊賞月、一邊閒話家常，時不時還能就著顧野的手吃口月餅，就著武安的手喝口熱茶。
一個溫馨而靜謐的中秋節，就這樣過完了。

中秋一過，天氣是真的涼爽了下來。
食為天後廚，徐廚子自從負責做了一次月餅後，也不再畏手畏腳了。
他這師父是真的沒話說，儘管他做月餅的時候已經很努力了，但一開始做出來的味道就是不如他師父做的，想到白費了那麼些好東西，徐廚子自己都恨得捶胸頓足的，但顧茵不和他急，徒弟練手的東西雖然沒那麼好吃，不能賣給客人，可自家員工吃著又不是問題。只要能吃，那就不算浪費。而且基本上她只要嚐一嚐就大概知道他哪一步出了問題，再單獨指點他一下，下次自然也就不會犯這種錯誤了。
徐廚子給感動的，私下裡同兩個小徒弟道「遇到你們師公，是你們師父這輩子最大的好運。咱們不能知恩不圖報，往後定要給你們師公養老送終的」，顧茵偶然聽到一句，無語極了。徐廚子比她大八歲，兩個小徒孫只比她小四、五歲，她實在沒想走在他們前頭啊！

後頭徐廚子開始幫顧茵分擔更多的東西，像是簡單的白案點心，他已經看顧茵做了快半年了，做起來事半功倍。

而周掌櫃看到顧茵帶徒弟也有些眼饞，也萌生了收徒弟的想法。

其實這想法也不是一天兩天了，只是從前在望月樓的時候，一開始是因為要一個人運作整個酒樓，他沒有那個心力。後來望月樓上了軌道，趙廚子就被安插進來，和他唱對臺戲。那會兒要是收徒，難免讓人覺得他是想憑這個拉幫結派。周掌櫃並不想把收徒弟當成拉攏人的手段，就一直拖到現在。

他這想法一提出，徐廚子就第一個報名了。他本來就有紅白案的基本功在身，學了白案不算，當然還想學紅案，但是他也怕顧茵介意，所以先問了顧茵的意思。

顧茵當然不會介意，還幫他向周掌櫃說好話，說徐廚子是真的一心學廚之人。

這一點周掌櫃也看出來了，所以他也就收了徐廚子為徒。

徐廚子又多了個手藝絕倫的師父，當天晚上樂得都沒睡覺。但是他手腳再快，也沒辦法同時跟兩個師父學啊，因此想了又想，徐廚子想到了自己的兩個小徒弟。

他兩個小徒弟等於是顧茵和周掌櫃的徒孫了，顧茵和周掌櫃自然也願意帶他們。

也是到了這時候，顧茵才知道了這兩個小少年的名字，大一些的叫砧板，小一些的叫菜刀。名字起得像玩兒似的，都是徐廚子給起的。但賤名好養活，他一個大男人養大兩個孩子也不容易，倒也不用講究這個。

於是他們師徒三人就分成了兩組，一組跟一個師父（師公）學。

讓徐廚子覺得挫敗的是，他是知道兩個徒弟學廚有些天分的，反正他會的那些，這些年都傾囊相授了，兩個徒弟的廚藝都沒比他差多少。但沒想到，這兩人的天賦在遇到顧茵和周掌櫃之後才完全展現出來。

砧板的天賦在白案，顧茵教過一遍，他立刻就會了，那手巧的，做出來的花捲和顧茵做的一樣好看；菜刀的天賦在紅案，他刀工本來就不錯，那調味、勾汁的比例教過一次就盡在他心中，卡得格外精準。

好在徐廚子也不是心胸狹隘的人，回頭一想，兩個師父這麼厲害，兩個小徒弟也這麼機靈，他雖然不如他們，但是能和這些人成為師徒，已經是可遇不可求的機遇了。

兩個小徒弟是他一手帶大的，把他當親爹看，當然也不會學了手藝就輕看了自己爹，反而越發敬著他、哄著他，生怕他不高興。

就這樣到了九月，顧茵每日只需要在後廚待上兩、三個時辰，多了很多自己的時間。

而食為天也在這個時候推出了新品——桂花糕。

桂花糕的製作並不複雜，大米粉和糯米粉混合，加豬油和白糖、清水攪拌，然後把麵粉搓成沙狀過篩，篩好的麵粉放入方形蒸屜，鋪上濕紗布，平整鋪上，用刀切出方塊的形狀。

這比蒸完再切更能保持形狀，不容易散。最後撒上桂花碎，蒸上兩刻鐘。

出鍋後用之前準備好的轉化糖漿，拌上桂花，再淋上去，桂花糕便做好了。

桂花芳香撲鼻，糕體潔白如雪，香甜軟糯，再加上那一點桂花糖漿，別說吃了，看著都覺得賞心悅目。

擱以前，這種精細的點心，客人肯定是更願意去專門的點心鋪子或者大酒樓買。但是自從中秋賣過一次冰皮月餅後，孩子們和嗜甜的客人都讚不絕口，所以這次的桂花糕一推出，根本不用費盡心思去宣傳，孩子們口口相傳，銷量自然就節節高升了。

一塊糕點三文錢，就算不是過節，做父母的也是捨得給孩子買的。

而且這是季節性的東西，錯過了這個秋天，可就得再等明年了。

於是每天在正餐外，食為天還能賣出去上百塊桂花糕，賣到後來已經不只普通百姓了，就連富人區都開始讓小廝來按盒購買。

不過糕點到底是零嘴，又是季節性的東西，所以這次倒是沒有引來其他兩家的仇視。

九月中，顧野終於提出要過生日了！

顧茵和王氏雖然一直沒催他，但是其實心裡都記掛著這件事。

他提出來後，王氏想了想便說：「時間好像不對吧？九月我才和你娘去碼頭開攤，依稀是十月那陣子、天冷之前才遇到你。」

這個說來也讓顧茵有些慚愧，這個時代不像後世有手機的電子日曆那麼方便，看日子還是用舊農曆。夏末秋初的時候他們一家子逃難到了寒山鎮來，當時真的是一窮二白，要不是用王家二老的屋子換來了二十兩本錢，別說去碼頭上擺攤，就是過日子都成問題。在那樣的環境下，他們都沒往家裡買黃曆，過一天算一天，以天氣來計日子。後頭遇到顧野，當時哪會想到這小崽子日後會成為家裡的一分子呢？因此連哪天遇見他的都沒記。

不過王氏說的沒錯，顧茵也記得是入冬前遇到他，因為後來沒多久他就被人嚇跑了，天氣也突然冷了下來，碼頭上的行人都開始穿夾衣、夾襖了，可把她和王氏擔心壞了。

「就是，這個時候。」顧野小臉一紅。「現在過，不可以嗎？」他娘和他奶不知道，其實早在她們第一天去開攤的時候，他就注意到她們了，也是從那一天起，他聞著他娘做的吃食，饞壞了，想著早晚要吃一下她的手藝！

這當然也不是不行，反正他早就該算五歲了，既然顧茵和王氏記不清實際的日子，也就隨他去了。因為知道他現在有很多形影不離的小同伴，顧茵又道：「那到時候娘給你擺上一、兩桌，你把自己要好的同伴都喊到家裡來吃一頓怎麼樣？」

得到答覆後，顧野高興壞了，一蹦一跳地出去了。

一路蹦躂到外頭，遠遠地瞧見了范勁松和小胖等人，顧野立刻放慢了腳步，開始揹著雙手慢慢地走路。

「今天有啥好事，咱們野哥這麼高興？」

顧野面色不變地宣佈了自己馬上要過生日的事。

孩子們一聽都激動起來，詢問他。「那野哥想要什麼生辰禮？」

顧野說不用，又道：「我娘說，到時候請大家吃飯。」說完他看了看自己身邊的人，現在他數數已經數得很好了，一百以內不費吹灰之力。一口氣數到三十了，身邊的孩子才大概只數了一半，顧野又皺起了眉。這麼些人肯定是不能一下子全請的，而且就算他娘答應了，他也捨不得讓他娘這麼辛苦，一口氣招待這麼多人。「請十六人吧，原先八號內的人不變。至於其他人……」顧野看向范勁松。「你決定。」

幾個月前，范勁松還想和顧野互別苗頭呢，現在儼然是顧野的第一助手。得了這話，范勁松立刻自豪地挺起胸脯。「野哥放心，我一定給你辦得熱熱鬧鬧的！」

到了顧野生辰的正日子，顧茵忙完早市就開始準備了。

蛋糕肯定是要做的，但顧野特地和她說，讓她別太辛苦，不然他生日都過得不安生，所以顧茵就做了簡單版的雞蛋糕。

蛋黃和牛奶、麵粉攪拌均勻至無顆粒狀。蛋清加白糖高速打發成蛋白霜的狀態，然後加入之前攪拌好的蛋黃糊，快速翻拌均勻後，將麵糊倒入低矮的磁盤，用牙籤滑動，消除氣泡，放進預熱好的麵包窯內烤製一刻鐘後拿出，用刀在蛋糕上切出十字，再放進麵包窯內烤一刻鐘。烤好的蛋糕呈焦黃色，甜香撲鼻，再淋上一層桂花糖漿，那真是香得店鋪外頭都能聞到。這樣的蛋糕當然不能和後世賣的蛋糕相比，但除了打蛋清那一步，其他步驟都算得上是簡單了。想到還有其他孩子要來，顧茵一口氣做了四大塊。

接著就是烤餅乾了，之前做月餅時剩下的奶油還有一些，把奶油和雞蛋、白糖混合，再加麵粉，和麵搓成長條，放入剩沒多少冰塊的冰窖冰上。半個時辰後，把長條切成圓形小塊，放入麵包窯烤上一刻多鐘。

中午之前，四大塊桂花雞蛋糕和上百塊奶油小餅乾都準備好了。

顧茵從後廚到了前堂，這才發現店裡櫃檯前站著好幾個孩子，他們排成一隊，手裡都拿著奇奇怪怪、零零碎碎的東西。

王氏見了她就好笑道：「都是來祝賀咱們小野生辰的，我一開始說不收，他們還跟我急，說不收他們不走的。」

顧茵就讓人把自己做的餅乾拿出來，用餅乾做回禮。

孩子們送的東西千奇百怪，糖葫蘆、小塊飴糖、路邊採的野花什麼的都算是比較正常的，還有拿家裡的碎布頭、路邊撿的石頭來送的。

但確實能看出來這些都是他們喜歡的東西，送碎布頭的小孩說這是他覺得天底下最好看的一塊布，可惜就是太小了，啥都不夠做，所以他就只能每天抱著睡覺；而路邊撿來的石頭，則是那孩子最喜歡的小玩具，被他把玩得光滑水潤，一點稜角都沒有了。

但也有讓人嚇一跳的，居然還有孩子拿了自己純銀的長命鎖來送禮。這種貴重東西顧茵可不敢收，只說收到他的心意了，再送上兩塊餅乾當回禮。

一直到午飯前，顧茵幫顧野收了三、四十份禮物，抄禮單抄得手都瘆了。

王氏在旁邊笑得不行，和她耳語說：「咱家小野過個生辰的動靜，都快趕上當官的大老爺了。妳也是，都是一些小玩意，怎麼還寫禮單？」

顧茵也跟著笑，說不礙事。「禮輕情意重，寫下來讓小野看著也高興。」

午飯前，顧野和武安一起回來了。

武安特地拿了半日假期陪他過生日，顧野也在結束了上午的學武之後，特地去文家接武安下學。

他們到了沒多久，以范勁松為首的一群孩子也來赴宴了。

前頭午市已經開始了，顧茵提前借了兩張桌子，就擺在後院，讓他們直接過去就行。

四個淋了桂花糖漿的蛋糕，配合上剩下的幾十塊小餅乾，像范勁松這樣的大孩子都眼睛一亮，而年紀小一些的，則已經開始吸溜口水了。

既然是請人吃席，肯定就不只是甜品，當然還有熱菜。食為天本身就是做吃食生意的，顧茵讓周掌櫃把午市的熱菜各留一盤出來，加起來十盤熱菜，足夠這群孩子吃的了。

他們也不用人招呼，在顧野和武安的帶領下，自己端菜、拿碗筷。

等到前頭午市結束，孩子們的宴席也散了。

他們走後，顧茵去看了顧野一眼，發現這小子居然滿臉通紅，一副醉酒的模樣。

食為天並不賣酒，顯然這是別人帶來賀他生辰的。

顧茵嚇壞了，想著要不要帶他去看大夫。

王氏便過來聞了聞桌上的小杯子，而後笑道：「沒事，是果子酒。說是酒，其實就是甜果水，專門給女人和孩子喝的。」

武安也道：「嫂嫂別擔心，一共就一小壺，每人只分到一小杯。妳看我，我就一點事都沒有。」

武安確實一點異樣都沒有。

顧茵放心了一些，但是摸著顧野發燙的小臉，還是有些擔心地問他。「你難不難受？暈不暈？」

顧野搖搖頭，說：「不難受，就是想睡覺。娘可以，揹我回家睡覺嗎？」

擱平時，他不會提這種孩子氣的要求，顯然還是吃酒吃醉了。下午晌本就沒什麼事，這天又是他的生辰，顧茵和周掌櫃知會一聲，就揹著他回緇衣巷了。

揹著他走了兩刻鐘回了家，顧野在她背上睡得像隻小豬崽似的，路上就開始打呼了。

等顧茵把他放到床上時他都沒有醒，翻個身就接著睡，呼嚕打得震天響。

顧茵守了他一會兒，看他臉上的紅暈消退了，也沒有其他不舒服的癥狀，這才起身回店裡。

寒山鎮的冬天來得早，一到十月天就陡然冷了下來，顧茵覺得該鼓搗一些新東西了。

天涼下來，吃啥最好？那當然是火鍋了！

火鍋的成本高，現在的顧客群負擔不起，那就做個麻辣燙代替吧！

顧茵先去馮木匠那裡訂做了一批竹製的長漏勺和竹筐、竹籤子。竹筐和竹籤子是最簡單的東西，馮木匠的鋪子裡就有賣這些；至於長漏勺柄帶一個卡扣，剛好可以卡在鍋邊上的。

然後再熬一鍋香濃的大骨頭湯，從半夜小火煨到早上，骨頭湯就白得如同牛奶一般了。

再把白菜、豆芽、青菜、芹菜、馬鈴薯片、地瓜片、豆腐等素菜洗淨，配上周掌櫃灌的香腸，及顧茵製作的雞肉丸、魚肉丸、獅子頭、蛋餃等肉菜，另還有油條、手擀麵、粉絲等主食，一個骨湯麻辣燙的櫃檯就開設起來了。

同樣還是走平價路線，素菜和主食一份一文錢，葷菜一份三文錢。

要是往便宜了吃，四、五文錢就能吃到一份骨湯麻辣燙。當然，若是要吃葷，那這個錢肯定是打不住的。另外還可以加任何其他想吃的菜，和顧茵說一聲，她馬上就能做出來。

另外，可以根據自己的口味放醋和蒜泥，食為天也有提供辣椒油和芝麻醬，可以不要骨湯，做成乾拌的。不過後頭兩樣調料得另外加錢，一份兩文錢。

這東西一推出，文老太爺第一個稱好。

去歲的骨湯火鍋他是真的喜歡，後頭一直沒再吃到，如今天一冷，他又想上了，而且麻辣燙的菜可以根據自己的口味選，就算頓頓都吃，也可以自己選擇菜色，不容易吃厭。

文大老爺也很喜歡，之前顧茵送的剁椒醬早就吃完了，但是知道顧茵忙自己的生意都來不及了，他也沒厚著臉皮讓她放下手頭的活計，抽空再給自己做一罐。只是後頭他去別處買的番椒，讓自家廚子加工出來，總覺得不如顧茵做的好吃。

骨湯麻辣燙肯定沒有牛油麻辣火鍋香，但那紅得發亮的辣椒油真是辣得特別帶勁。

文大老爺每次都不要骨湯，只多要兩份辣椒油和芝麻醬，吃乾拌的。

而食為天的其他熟客，也早就習慣他們家時不時推出新東西，時日雖短，但也有半年了，每次推陳出新的東西都是好吃又實惠，從來沒讓人失望過。

尤其是到了十一月，外頭寒風蕭瑟，吃一頓熱飯只能暖了腸胃，身上卻還是發寒。

如今吃這個麻辣燙，熱湯熱菜，讓人舒服得發上一身汗，再出門的時候便不會覺得那麼冷了。當然，若是加幾文錢，吃上一碗辣油乾拌的，那更是能燥上半天。

麻辣燙這東西簡單，除了熬骨湯的時候需要顧茵看著火候和調料，其餘都可以有其他人代工，因此顧茵一下子就解放出來了，自由的時間更多，她便開始醃酸菜了。

芥菜洗乾淨之後，切掉多餘的根部，然後放入開水中燙一下，等到變色後立刻撈出。接著把淘米水倒入燙菜的開水裡攪勻，加一點鹽，撈出浮沫後讓它自然冷卻。

隨後把燙好的芥菜放入乾淨的菜甕中壓緊，把放冷的米湯倒進去淹沒過芥菜，之後就是用重物壓上，密封保存，放置在避光處三到七日。

這步驟並不繁雜，她示範過一遍後，徐廚子和他兩個小徒弟都上手了，一口氣醃了二十來缸，也不只有芥菜，另外還有白菜、酸蘿蔔、酸豆角等。

七天後，酸菜完全變色，已經醃製好了。

徐廚子一開始以為他師父是做點小菜，但是後頭這麼大規模，他就覺得自己想的不對。

顧茵當然不是做小菜，酸菜能做的菜式太多了！

首先就是寒山鎮最不缺的魚，配上酸菜做道酸菜魚，那真是再吃不出半點腥味。

而且酸菜湯底也可以作為麻辣燙的新口味。

另外還有酸菜燉粉條、酸菜炒肉、酸菜燉排骨……能做的吃食實在是太多了。

再次推出，客人的接受度還是很高。

食為天雖然之前加設過幾張雙人桌，勉強能坐下，但現在又是麻辣燙、又是酸菜魚的，又吸引了一大波人，再加上原本的熟客，如今經常是一位難求。主要是因為從前主賣快餐，過了飯點後飯菜涼了，客人也就少了，但現在麻辣燙、酸菜魚那些，做起來又快又方便，經常是從上午開始，店裡就一直陸續來人，絡繹不絕。

含香樓和望月樓兩家都快煩死了。

之前食為天主打平價的菜和點心，已經被他們壓下去了。後頭雖然推出過一些新東西，且每次推出都得到一波好評，但他們兩家都安慰自己，說都是季節性的東西，過了就算了，可是……架不住食為天一年四季都在推出新東西啊！而且各種宣傳的手段更是層出不窮，看得人眼花撩亂。

望月樓座無虛席，堂倌、小二都忙得分身乏術。

顧茵和王氏站了快半刻鐘，總算是有個夥計能得空來招呼她們了，來的還不是陌生人，正是那李成。

「客官往裡面請……」李成說著慣式的開場白，等看清來的是王氏和顧茵，他半弓的背立刻挺直了，沒好氣地道：「妳們來這裡做什麼？」

王氏不和他囉嗦，當即就道：「王大富呢？讓他給我出來，姑奶奶來要帳了！」

顧茵也不應他的話，只把他從頭到腳一打量，眼神裡滿滿都是揶揄的意味。

這人前不久還炫耀說自己當了望月樓的小管事呢，如今做的也不過是跑堂的活計。雖然顧茵沒把這號人物放在心上，但是看到他如今這樣還挺暢快的。

王氏的大嗓門一嚷，沒多會兒王大富就從後廚出來了。

見到是她，王大富苦著臉，揮退了李成，道：「妹子這是又鬧啥呢？」

「太陽打西邊出來了，你還會進後廚？」王氏抱著手冷笑一聲。「不鬧啥，你還錢！」

「唉，妹子也知道，妳兩個姪子當時把我們望月樓抵押了，銀錢還讓流匪截去了，後頭是掏空家底、抵押了老宅，這才把酒樓給贖回來。我們酒樓經營也不容易，一邊是含香樓，一邊是妹子家的食為天，我們在夾縫中求生存……」

這種說辭王氏已經聽得耳朵都快起繭子了，過去王大富說的不算全是假話，如今卻是傻子也不會相信他的話了。「你少扯那些有的沒的了，你管這個叫夾縫中求生存？」王氏指著滿堂賓客，嗤笑道：「反正今天我必須看到銀錢，你要再不還，我去衙門請縣太爺和關捕頭來作主！」

王大富的臉上閃過一絲驚慌，連忙陪笑道：「哪裡就要驚動衙門裡的人了？妹子不是不知道，我們這生意是最近這半個月才好起來的，帳面上實在是……」他拿出個帳簿，假模假樣地看起來。

「看帳簿啊？我兒媳婦在行！」王氏一把將他手裡的帳簿抽了出來，塞到顧茵手裡。

顧茵這段時間已經跟周掌櫃學會了看這個時代的帳簿和打算盤，剛翻過兩頁，王大富已經急忙把帳簿搶了回去。

「五十兩！我再還妳五十兩成不？」

這倒是比王氏預想的順利，但她還是道：「不行，壞帳不過年，必須還清！」

「真沒有那麼多！妳幾個姪孫還要讀書呢！妳家小兒也讀書，該知道那個很費銀錢的。真要把銀錢全給妳，別說妳姪子、姪媳婦和姪孫過不好這個年，怕是來年全家都要吃糠嚥菜，更唸不起書了……」

一番討價還價，王氏要來了一百兩銀票，當即寫了收條給王大富。

婆媳倆相攜著出了望月樓後，王氏環顧一下，看沒人跟過來，這才笑出來。「一百兩欸，這王大富總算不是太壞。加上前頭的五十兩，一半的帳已經要回來了。」多得一百兩，擱以前王氏得高興壞了，現在雖然眼界高了，但也可以稱得上是件喜事了。但見顧茵兀自沈吟，王氏便止住笑，低聲問她。「這是怎麼了？是不是他們的帳目有問題？偷稅了？」

顧茵被她問得笑起來。「我一共翻了兩頁，要是這就能看出他們帳目不對，我也太厲害了。不是帳目本身的問題，而是有其他不對勁。他們的麻辣燙，價格是咱們的十倍，一份素菜就是十文錢，但是生意確實真的好，為了那麻辣燙存銀的貴賓名單，一眼都看不到頭。」

「乖乖，原來他家生意這麼好？早知道不該只要這一百兩的，就該全部要回來！」

望月樓邯鄲學步不是頭一遭了，這次居然反倒是把食為天超過去了，實在太過反常。絡繹不絕的客人上門，到了門口聽說已經沒位子了，還吸著鼻涕道：「這麼大個酒樓怎麼還會沒位子？唉，算了算了，我等等吧！你家這麻辣燙是真的好吃，一天不吃想得慌！」

李成意有所指地道：「我們家的麻辣燙都是加麻加辣，滋味特別足，可不像有些小食肆，加調料還得多加銀錢呢！」

客人倒是沒接他的話，只是伸著脖子往裡頭瞧，等著輪到自己。

「呸！」王氏重重地啐了一口。「要是像你們家這樣幾倍的價格賣，我們家早就賺得盆滿缽滿的，可不是調料都隨便加？」

望月樓外排隊的客人越來越多，門口擠得連個站腳的地方都沒了，顧茵二人便沒多待。

等她們走了，李成立刻進去知會王大富。

一百兩對誰來說都不是一筆小銀錢，王大富心痛不已，但也只能安慰自己，反正現在自家生意好，照這個趨勢，很快就能賺回來了。

第十八章

臘八之前，顧茵又熬了一次臘八粥。

去年臘月，她的臘八粥可是引出過望月樓一場風波的，其可口程度可想而知。她在店裡做了一次試吃活動，又是一致的好評，臘八前就訂出去了上百份。到了臘八正日，又是不費吹灰之力地賣出去一、二百碗。

這天，顧茵正在半人高的大窗戶邊上招呼客人，一抬眼，看到了失魂落魄的白子熙從窗前走過，她趕緊放了手裡的活計迎出去。「客官，可還記得四月的時候在小店存了一筆銀錢？」當時白子熙是第一個帶頭存銀的人，可以說正是因為他，食為天才度過了一開始的周轉困難，因此顧茵對他印象深刻，第二天還特地為他做了五道特點。然而前一天說好會早些到的白子熙，隔天卻是沒再來。不只那天沒來，後頭兩家大酒樓推出貴賓優惠的時候，存銀的客戶都來退錢了，白子熙也沒過來，顧茵還一直記掛著他放在自家帳上半年多的那十兩銀子呢！

白子熙聞言，站住腳步。「是小娘子啊！」說著話，他抬頭茫然地環顧了一下，又自顧自地嘟囔道：「怎麼走到這裡了？」

「今天我們店新熬了臘八粥，客官要不要進來喝一碗暖暖身子？」

寒風冷洌，被她一提醒，白子熙也覺得冷了，便縮著脖子快步進了店裡。熱騰騰、香噴噴的臘八粥端到手裡，入口既香且稠，各種配料的香味層次分明地在舌尖綻開，胃裡暖起來後，白子熙舒服地喟嘆一聲。「妳家這粥實屬不錯。」說完，他的目光落到店內其他客人身上。

這樣冷的天氣，食為天還有九成滿的客人，整個店裡只有零星幾個空位。再想到自家酒樓，自從望月樓仿效地弄出個重油重辣的麻辣燙後，含香樓的客人就日漸減少，雖然他大伯後頭也仿效了，定價還比望月樓便宜一些，也同樣不吝惜地加了許多番椒，但還是收效甚微。到了這個月，含香樓推出了臘八粥，才算是做到了一些生意，但這也只是回光返照，終歸還是要回到門庭冷落的狀態。

雖然現在這酒樓是大房在經營，但到底是家裡幾代人經營的產業，如今落到這個地步，總是讓人唏噓，心裡不是滋味。

「這粥記帳，其餘的銀錢也先放著，我有空會再來光顧的。」白子熙長嘆一聲，懷著心事走了。

他走後，王氏去收拾桌子，這才發現他把食盒落下了，趕緊追出去。

白子熙已經走出去一段路了，乾脆擺手道：「那個我不要了，麻煩店家幫忙扔了。」食盒裡裝的是從望月樓買來的麻辣燙，其實他已經陸陸續續讓人買過好幾次了，但每次吃，都覺得並不美味，實在是不明白為什麼望月樓能憑藉這東西，把他們家的含香樓徹底壓了下去。這次也是死馬當活馬醫，他又去買了，但想也知道還是找不出原因的，索性不要了，眼不見心不煩。

「多好的食盒啊，說不要就不要了。」王氏沒捨得，還是把食盒先放在了櫃檯邊上。沒多會兒，武安和顧野先後都回店裡了。

傍晚天陰沈沈的，眼看著就要下大雪，路上行人寥寥，店裡也沒客人，顧茵乾脆就把店門關了，讓夥計們把桌子一併，提前開飯，吃起了火鍋。

兩個小傢伙幫著拿碗筷，看到櫃檯角落有個精美的食盒，顧野蹲下身好奇地打開，然後就被那油辣的味道熏得猛咳嗽起來。

顧茵一手把他拉起來，一手把食盒放到櫃檯上。

顧野沒再咳嗽，只難受地嘀咕道：「什麼東西？嗆死我！」

王氏探頭一看，就解釋說是白子熙不要了的東西，又可惜道：「這碗上寫著望月樓，應該就是望月樓那幾十文、上百文錢一份的麻辣燙吧？」

這話倒是把店裡其他人的目光都吸引了過來。

不像白家那樣家大業大，動不動就能買一碗來嚐味，上次顧茵和周掌櫃買過一次嚐過味道後就沒再買了，店裡其他人就更捨不得了，因此到現在也只聽說過，沒嚐過。

「都涼了，拿去後廚倒了吧。」顧茵道。

一直把自己當成丫鬟的宋石榴搶著把活兒幹了。

兩張桌子上架兩個紅泥小爐，爐上架兩個大砂鍋，一種骨湯，一種酸菜湯底。

現在自家生意也上軌道了，尤其這天還是過節，顧茵更不是吝嗇的老闆，便讓大家敞開肚皮吃。

這話一出，夥計們歡呼一聲，爭先恐後地動起手來拿配菜、調調料。

徐廚子先拿了兩份辣油、兩份芝麻醬倒在自己碗裡拌了起來，自己拌完不算，還吆喝宋石榴。「石榴快來，我給妳多拿兩份辣油！」

宋石榴和徐廚子年紀上差著輩分，卻是一樣的能吃。多了她加入之後，食為天再也沒有賣剩下而要倒掉的東西，全讓這兩人包圓了，他們也相處出了一些搶東西吃的交情。

宋石榴卻搖搖頭，道：「我今天好像不怎麼餓。」

徐廚子也不再管她，加入搶菜大軍中。

外頭寒風呼嘯，店內眾人圍坐在一起，砂鍋裡熱湯咕嘟嘟地煮著，白菜、豆芽、青菜、馬鈴薯片、豆腐都整整齊齊地碼在鍋裡，再放上香腸、雞肉丸、魚肉丸、獅子頭、蛋餃，夾一筷子吸飽了湯汁的熱菜放到自己的調料碗裡，拌上細膩的芝麻醬和按個人口味加的辣油，豈一個香字了得！

一頓火鍋吃完，眾人都發了一身汗。

外頭天色也暗了，顧茵放了大家下工。

周掌櫃和徐廚子他們住在後院的，負責最後的收尾工作，王氏則駕著驢車把女工們一道捎回緇衣巷。

都忙了一天，到家後各自洗漱完就都歇下了。

半夜，顧茵被院子裡的「砰砰」聲吵醒了。她披了衣服起身，遇到了同樣起來查看的王氏。兩人去院子裡一瞧，原來是宋石榴在院子裡劈柴。

「妳這丫頭怎又大半夜劈柴了？」

宋石榴滿臉通紅，抱歉地道：「我還以為外頭颳大風，不會吵到妳們的。」

風聲嗚咽，換別人家未必會聽到她劈柴的聲音，但是顧茵和王氏都警醒慣了，自然是能聽到的。

「快回屋去，天亮還得起來上工呢！」王氏湅得跺了跺腳，把宋石榴手裡的斧子沒收了，而後拉著顧茵回屋睡下。

第二天照常起身，宋石榴整個人都顯得蔫蔫的，吃飯都沒胃口。

王氏見了難免要嘮叨。「都讓妳晚間好好睡了，咱家的柴都讓妳劈得堆成小山了，真不缺柴燒。妳看妳，吃飯都不香了，可不好再這樣了。」

宋石榴被說得沒吭聲。其實她也不知道是怎麼回事，就是半夜覺得整個人燒得慌，不做點什麼難受。而店裡的飯食她之前明明很喜歡的，可現在吃起來卻總覺得沒滋沒味的，像少了什麼。

如是過了兩日，宋石榴還是沒恢復精神。

這天大雪下了下來，店裡沒什麼人，顧茵覺得不能放任不管，準備帶小丫頭去看大夫，然而店裡找了一圈，卻沒看到這丫頭。宋石榴還把自己當丫鬟，在店裡都是搶著活兒做的，從沒有躲懶找不見人過，因此顧茵也沒往別處想，只當她是有自己的事，臨時出去了。

等了大概兩刻鐘，小丫頭從外面慌裡慌張地回來了。

宋石榴年紀小，性格也實誠，就差把「心虛」兩個字寫在臉上，一看到等在門口的顧茵，她更是嚇得刷一下白了臉。

「我正找妳呢，把身上的外衣除了……」既然是要去看大夫，那肯定得把店裡統一的那套淡黃色工作服換了。

宋石榴一聽這話，撲通一聲就跪了，哀求道：「我錯了，我再也不去望月樓了！太太別不要我……」

她一嗓子，把王氏也喊了過來。見她跪在外頭，王氏上前一把將她拉了起來，好笑道：「妳想啥呢？我兒是看妳這幾天茶不思、飯不想的，要帶妳去看大夫，哪就不要妳了？」

顧茵卻想著宋石榴剛說的話，問她。「妳說的『再也不去望月樓』是什麼意思？」

王氏聽了這話也倏地板下臉，已經想到了宋石榴「通敵賣國」的戲碼，立刻鬆開了扶她的手，寒聲問道：「妳跟望月樓那邊的人接觸了？」

宋石榴一開始聽到王氏的解釋先是鬆了一口氣，此時又立刻搖頭道：「沒有，我沒有接觸那邊的人！」說著，她的聲音不禁低了下去。「就是……買他們家的吃食去了。」

「妳這丫頭！」王氏擰了她的耳朵。「讓人說妳啥好！怎就這麼嘴饞？」

王氏沒花力氣，宋石榴也不覺得疼，只是臊得慌，遂小聲解釋道：「就是一頓不吃便想得慌，吃別的都沒滋味。我知道錯了，再也不去了。」

她素來嘴饞，王氏並不覺得奇怪，而且宋石榴是拿自己的工錢去買別家吃食，也不算是什麼大罪。

然而，顧茵卻覺得不對勁。宋石榴固然嘴饞，但她也忠心，日常提到望月樓和含香樓時，她比誰都唾棄那兩家。之前知道望月樓學自家推出麻辣燙，還賺得盆滿缽滿的，小丫頭氣得都想去砸場子了，簡直像是翻版的王氏。而且她也儉省，居然捨得買那麼貴的麻辣燙？也不是顧茵自傲，望月樓的吃食在她看來實在不值那個價錢。宋石榴頓頓吃的都是食為天的飯，能連基本的品鑒能力都沒有？當然，最可疑的還是她那句「一頓不吃便想得慌」的描述。顧茵便把她喊到後廚，仔細詢問起來。

宋石榴這才交代，臘八那天顧茵讓她幫著倒食盒裡的麻辣燙，但她知道那東西金貴，沒捨得倒掉，所以自己在後廚都吃了。當時吃完也不覺得有多好吃，但是後頭就還想再吃。這兩天她別的都吃不下，得了空就會偷偷溜去望月樓買吃的，吃完人就舒坦了。

人吃，就快把他家微薄的家底掏空了，再讓他找幾人來做實驗，他實在是沒那個本錢。

顧茵看他為難，大概猜出了一些，她現在自然是能付得起這個銀錢的，但其實還有更好的出資人選，於是她道：「不若請含香樓的白大老爺過來？」

要論誰最想打倒望月樓，那肯定是現在門庭冷落的含香樓了。這筆銀錢對含香樓來說，自然也不算什麼，更不會錯過這個機會宣揚出去。

縣太爺當即允了，但讓捕快去尋之前，他再次詢問顧茵。「小娘子可想好了？若此番興師動眾地做實驗，結果並未如小娘子所說，妳這可是誣告。」

顧茵點頭道：「誣告杖三十，民婦曉得。」

含香樓裡，白大老爺正看著帳簿焦頭爛額，猛地聽說衙門來人，他心頭一跳，在心裡唸叨一句禍不單行，聽說只是喊含香樓能主事的人去問話，沒有牽涉進什麼案子，這才略微鬆一口氣。但現下自家酒樓正是多事之秋，他正和掌櫃、管事商量如何扭虧為盈，分身乏術，因此就點了正在酒樓喝茶的白子熙去。

二房的人現在雖然不是含香樓的主要經營人員，但酒樓的進項要分二房一半，白子熙作為二房獨子，自然算是能主事的人。

捕快帶著白子熙回了衙門。

白子熙見了縣太爺，自然是要先自報家門。「草民白子熙見過縣太爺，不知道縣太爺宣召草民前來所為何事？」

縣太爺就點了顧茵，和他說一下事情的來龍去脈。

兩人也算認識，都沒想到再見面會是在縣衙。

顧茵雖然驚訝他的身分，但面上也沒顯什麼，言簡意賅地向他解釋了請他過來的原因。

白子熙則是臉脹得通紅，他一開始去食為天本就是想刺探敵情，後來讓他爹教訓了一頓，才知道自己那做法蠢到家了，後頭也沒臉再去。本想著這事情揭過就算了，那天雖偶然去食為天喝了一碗臘八粥，但白子熙還想著反正只要顧茵不知道他的身分，也就不會尷尬，現在當堂一見，可不是讓他尷尬得想原地挖個洞把自己埋了？

不過如今聽到顧茵說完，白子熙也顧不上尷尬不尷尬了，氣憤地道：「那望月樓的麻辣燙我已經買了不下十次，反覆地品嚐，實在不明白這東西到底美味在何處？想不到竟然是加了會讓人成癮之物！」

雖然實驗還沒做，但白子熙已經相信了顧茵的說法，他不假思索地獻出身上的五十兩銀票，願意支持這次的實驗。

後續的事情就不用顧茵操心了。

縣太爺雷厲風行，當即就在監牢裡選了一些作奸犯科、罪行嚴重的囚犯。當然，實驗也不是白做，參與的人還能另外獲得二兩銀子補貼家用。囚犯們在外都有家小，這實驗也不會要了他們的性命，自然都是願意的。然後，便是讓這些人一天三頓都吃望月樓的麻辣燙。體質差一些的，吃過一次後立刻就表現出了異樣，還沒等到下一頓飯點，已經在抓心撓肝地想著了；體質好一些的，成癮性來的晚一些，但也是幾頓之後就上癮了。

十天後，縣太爺把大家的麻辣燙都撤下，換上了其他味道不錯的飯食，然而這十幾人卻是一樣的，再吃不下一口其他的飯食。那體質差一些的囚犯，甚至不只是坐臥不安、茶飯不思了，更有涕泗橫流的癲狂之症！

望月樓的生意實在極好，一個月就多了好幾百兩的進項。

王大富這幾天盤完帳後，樂得都合不攏嘴了。

但是他也知道這並非長久之計，已經在盤算著等到過完年，就把調料收起來，每年只賣上一個冬天，神不知、鬼不覺。正兀自想著，夥計來說後廚的湯底又不夠用了。

湯底是王大富一人負責的，他點頭表示知道了，捲起袖子就去了後廚，把一眾廚子都屏退出去後，從灶底拿出一個小包袱，悉數抖落進入鍋內。一鍋湯底要熬上一個時辰，王大富寸步不敢離，直到確認湯底的味道已經夠了，他才拿起濾勺，準備把裡頭的東西撈出後再放花椒、番椒等重味的調料。就在這個時候，冷不防的，他身後響起一道人聲——

「你這是在裡頭加了什麼呢？」

王大富怒不可遏地道：「我不是說了我熬湯底的時候，誰都不許進來嗎？」說完他回頭，看到了環抱著佩刀、正好整以暇地看著他的李捕頭，他嚇了一跳，手一哆嗦，那漏勺直接掉進了鍋裡。同時，鐐銬也套到了王大富的手上。

一隊捕快從望月樓魚貫而出，又是這麼大的陣仗，銬的還是王大富？小鎮上的百姓消遣活動少，可還沒忘記之前的事情呢！因此還不等王大富到縣衙，口耳相傳來看熱鬧的百姓又把衙門給堵上了！

縣太爺升堂問審，人證是李捕頭，物證是現場帶回來的湯底，都俱在，根本不容王大富抵賴。

王大富根本也沒準備抵賴，只開始背誦醫書、引經據典，說這罌子粟既可以入藥，哪裡就是不能吃的東西了呢？

縣太爺被他這說辭氣笑了。「合著你以賣吃食的價格，把這罌子粟放入食物之中，還是一片好心？」

王大富忙道不敢，又道：「只是這東西當作調料極為鮮美，醫書上也說可以煮粥食用，草民並不知道所犯何罪？」這罌子粟是他花了大價錢從州府購買的，買之前就了解清楚了，本朝並未禁止這東西入藥、入食，所以他才敢大規模地往自家的吃食裡加。至於賣家和他說這東西吃多了會上癮，在王大富看來那根本不是什麼大問題。喝酒還有酒癮呢，怎麼沒見朝廷把酒列為禁品？反正只要不是常年賣給人吃，肯定是不會出問題的！

若是沒有顧茵提議做的實驗，這官司還真不好判。

縣太爺並不和他多言，當堂就讓人把那幾個囚犯帶上來。

他們已經有兩、三天沒吃望月樓的麻辣燙了，吃別的沒滋沒味，都消瘦了很多，病懨懨的，很沒精神。被帶到堂上後，幾人聞到了熟悉的味道，看向那充作證物的麻辣湯底時，都像餓狼似的眼冒綠光。癥狀最嚴重的一個囚犯，甚至當堂掙脫了捕快，衝到那盛湯底的粥桶前埋頭喝起來，一連喝了好幾口後，那人才癱軟在地，臉上盡是飄飄然的舒緩之態。

此時，縣太爺再把實驗的過程和一眾百姓公布，當場嚇得百姓們臉都白了。

「該死的望月樓，居然又做這種黑心事！」

「就是！我就勸我們當家的，說望月樓的人黑心腸，弄出的吃食不能吃，他非說前頭的事是底下人弄的鬼，如今那些人還在衙門裡關著呢，望月樓經營多年的招牌還是信得過的。那麻辣燙，他已經連吃了好些天了，是不是再吃下去，就會變成堂上那犯人的模樣？」

「要死了，真要成了那種樣子，豈不是一頓不吃就人不人、鬼不鬼的了？」

百姓們群情激憤，縣太爺拍了驚堂木喊「肅靜」，之後再找人證上堂作證。

現在都知道吃多了那罌子粟會變成堂上那犯人的癲狂模樣，也沒人顧得上面子不面子了，只想要讓縣太爺給作主。

如顧茵之前所料，癥狀輕微的人還是占大多數，他們只是如宋石榴那般，茶不思、飯不想，只想著吃望月樓的麻辣燙；但癥狀嚴重的也不是沒有，就有一家富戶，他家的少爺本就體質差，那小少爺入冬之後就開始吃望月樓的麻辣燙，吃到後來人就時而躁狂、時而抑鬱，家裡請了好些個大夫都沒診斷出個所以然來，更沒懷疑到望月樓頭上──那麼些人都吃呢，沒聽說誰家吃這個吃壞的啊！直到和那個做實驗的囚犯的癮狀對上，那家人才知道自家是著了望月樓的道，當即把那小少爺抬到堂上，一起指證王大富。

這情形比之前賣廚餘還嚴重，尤其後頭縣太爺審問出那罌子粟是王大富從府城買的，更不敢等閒視之，便把王大富先收押，再把卷宗往上一遞。

不出兩日，府城那邊就來人了。不用說，自然還是來搶功勞的。

縣太爺和關捕頭又把王大富押上囚車，準備把他送審。

一聽說又要去府城，王大富當天就嚇懵了，再不見當日在公堂上侃侃而談的風采，知道這次就算是不死也得掉層皮，他老實得像鵪鶉似的，路上已經開始自動自發地背誦口供了。

而在他們出發之前，顧茵當了一次虎媽，把顧野拴在店裡，生怕他再神不知、鬼不覺地又跟人上府城去。

顧野很無奈，保證道：「府城去過了，不好玩，我真不去了。」

顧茵才不管他說啥，反正那兩天都恨不得把他拴在自己的褲腰帶上。

但是顧野沒去，其他深受罌子粟之害的百姓卻是跟著去了府城聽審判。

不過兩日，消息就傳回寒山鎮──這次知府審案風格一如既往的粗暴，他把王大富關

「這自然不會。」顧茵拉住王氏的手，輕輕晃了晃。「就是覺得比起我，這宅子對娘更有意義。」

「確實有意義，畢竟是我長大的地方。但我還是那話，妳的我的有啥區別？」說著她忽然又笑起來。「而且嘛，我今天已經去看過了，宅子從前讓大房和二房隔斷了，那隔牆還沒拆呢！妳說往後妳再成家的話，咱們門一關，既互相不影響，又還是一家子，多好？娘答應給妳買個鋪子的，現在鋪子暫時還沒有，但先有個大宅子，我看誰還敢把妳小看了去！」

顧茵無言。「……」得，這下知道該幹啥了，先把王家老宅那隔斷牆給打了！

第二天，顧茵帶上周掌櫃去了王家老宅。

府城的官差已經又來過一趟，宅子裡所有值錢的東西都被搜走了，就剩下基本的桌椅板凳那些。

顧茵和周掌櫃檢查過一番，就麻煩周掌櫃去聯絡人幫著修葺了。

當天下午晌，縣太爺又把顧茵請到縣衙，直說要嘉獎她。

顧茵推辭道：「已經得了知府老爺的牌匾，又得了偌大一間宅子，實在不敢再要其他了。」

縣太爺握拳咳嗽了一下。「那些都是府城裡給妳的，本官還未有表示。」知府手指縫裡漏出來的，就是一間市價數百兩的大宅子，縣太爺一窮二白的，論身家還不如現在的顧茵，自然不能和知府相比。他思索半晌後，道：「不若這樣，來年的官家食肆，就由妳家和含香樓白家競爭如何？」說完縣太爺也有些不好意思，實在是沒有其他拿得上檯面的賞賜了。

顧茵聽完後不解，關捕頭就在旁邊給她解釋。

所謂官家食肆，就相當於是和朝廷合作，是官家指定的食肆。若是有朝廷的其他人過來，縣太爺要招待他們，就會去這家。寒山鎮上不常來什麼大人物，所以其實這種招待並不多。但另有一項極大的好處，和朝廷合作的、招待官員的食肆，是可以少交稅！

這種好事當然人人都想，但也有限制條件，那必須是經營多年、口碑極好、有品質保證的。往年寒山鎮的官家食肆，一直是含香樓和望月樓兩家中選，今年望月樓已經沒了，縣太爺就給了食為天和含香樓爭搶這個名額的機會。

顧茵聽完眼睛都亮了，剛開店的時候，朝廷的稅收還在她可接受的範圍，這半年多聽說是外頭戰事吃緊，稅收一提再提，以至於上個月食為天盈利二十五兩，按照朝廷的新規，竟要交十兩稅了！她私下裡和周掌櫃講到這個都是直嘆氣。縣太爺這提議，真是剛瞌睡就有人遞枕頭，可比直接給幾十兩銀子更讓人高興啊！

廚藝比拚的日子就在年前，到時候縣太爺會請本縣所有的富豪鄉紳來做品鑒。

顧茵回到食為天後，就立刻宣佈了這個好消息。雖然縣太爺給的只是一個機會，但食為天白案有她，紅案有周掌櫃，幾乎不可能輸。其餘要操心的，就是他們準備做什麼菜了。

周掌櫃有自己的拿手菜，也幫望月樓競爭過這個名額，就是顧茵一下子沒想好自己該做剩下的粉末嚐了起來。「師父怎還藏一手呢？若您早做這個，哪還有其他兩家什麼事呢？」

顧茵無奈地看著他。是她故意一直不做嗎？是因為香菇在這個時代是貴價貨啊！紫菜更別說了，算是珍貴海味，還能入藥，都不是稱斤按量，那是論錢賣的！早期賣餛飩的時候，顧茵就想過要在裡頭放紫菜，後頭打聽了一下價格，就再也不敢想了。

這一小罐的自製味精，就花了她二兩銀子。

要不是這次含香樓從海外買來了味精，他們爭的又是減稅的名額，她還真捨不得弄這個。畢竟食為天的吃食一份就賺幾文錢，做出來這個也不能用，用了必虧本。

等她做完這個調料，周掌櫃也要動手做自己的拿手菜了。

每個廚子都會有幾道菜作為看家本事，周掌櫃也不例外，徐廚子和他兩個小徒弟是周掌櫃的徒子、徒孫，那自然是能留下的，顧茵很識趣地解了圍裙準備離開。

周掌櫃道：「東家不用走，這道菜我也許久沒做了，正好讓您幫著掌掌眼。」

這自然是客套話，顧茵也領了他這個情，乖乖站到了一邊。

周掌櫃做的是釀豆莛，據他說是一道宮廷菜。

步驟說起來很簡單，就是把豆芽汆燙後浸入冷水，瀝乾後掏空，然後在中空的豆芽裡塞進雞絲和火腿末，之後再用熱油一淋，下鍋清炒即可，難就難在實際操作上。

寥寥幾句的製作過程，顧茵和徐廚子聽完人都傻了，這哪裡是做菜？簡直是在搞藝術創作了！

周掌櫃有些赧然地道：「這道菜其實我也許多年沒做過了，這次為了給東家撐門面，自然不能藏私。」

店裡生意蒸蒸日上，但眼看著每個月純利潤的一半都要拿去交稅，擱誰誰都不樂意。

說完話，周掌櫃就拿出了一套珍藏的傢伙什物，裡頭有一根五、六寸長、比大夫用的銀針還細的長針。他一手拿著汆好的豆芽，一手拿長針，很快就掏空了一根。

若是生豆芽，顧茵覺得自己也能做到，但汆燙後的豆芽稍微一掐就能斷，她自問絕對是做不到的。

周掌櫃和他們道：「這一步一定要快，因為豆芽一放久就會變軟，沒了脆性。而這道菜講究的就是雞絲、火腿的鮮香和豆芽的脆。」之後他的動作越來越快，一刻鐘就掏好了一小碟子豆芽，然後再用那長針把雞絲和火腿絲填進去，最後就是下鍋清炒。一直到出鍋，整個過程不超過三刻鐘。

顧茵和徐廚子他們目睹了全部過程，看這釀豆莛的眼神和看工藝品沒差別，誰都沒捨得第一個下筷子。

最後還是周掌櫃自己嚐了，嚐完後嘆息道：「還是年紀大了，眼神差、手不穩，慢了。」

顧茵這才跟著嚐了，入口最先的就是豆芽，脆脆香香的，卻沒有豆腥氣，之後是鮮香撲鼻的雞絲和火腿，整道菜層級分明卻又呈渾然一體的鮮嫩脆爽。而且因為這種做法格外稀奇和精緻，品嚐的時候會不由自主地帶著幾分敬畏，那十分的好吃就成了十二分。

「東家放心，我再多練幾次，等到賽事那日，不會落了咱們食為天的招牌。」

食不厭精，膾不厭細，周掌櫃拿出這種匠人精益求精的態度，顧茵都自愧弗如。

周掌櫃確定要做什麼後，就輪到顧茵確定自己的參賽菜色了。

要不說書到用時方恨少呢？真到了上賽場見真章的時候，顧茵腦子裡居然沒有一道壓箱底的拿手菜。

後頭反而是徐廚子勸慰她道：「師父何必想的那麼多呢？您不是和周掌櫃比啊，他是咱們一家的，您是和含香樓比啊！那位兩廣大廚名聲確實響，但也沒厲害到那分上，不然之前咱們剛開業的時候，師父怎麼能一下子搶了他好幾個熟客？」

光說不算，徐廚子還讓兩個小徒弟去買了一些含香樓的點心給她吃。

顧茵在現代的時候也是嚐過不少名家手藝的，吃完含香樓的點心後她心中有了比較，知道對方的廚藝並沒有達到不可打敗的高度，心也就定了下來。

到了賽事這日，顧茵和周掌櫃一大早就去了賽場，也就是含香樓報到。

顧茵也終於見到了含香樓鼎鼎大名的白案大廚——一個白白胖胖的中年男人，不說話的時候都笑咪咪的，看面相就十分和善。

「哎呀，周掌櫃，我們好久沒見面啦！」

他見了周掌櫃就笑著打招呼，口音雖然有些奇怪，但也算能聽懂。

周掌櫃也拱手道：「袁師傅看著精神真好。」

「一般般啦！」袁師傅笑著擺擺手，轉頭看到和他們一比，身形看著格外小巧的顧茵，笑得越發和藹。「這就是你們食為天的東家哇？好年輕、好小隻！」說著，他塞了一把瓜子到顧茵手裡。「小娘子吃點瓜子香香口！」

顧茵笑著道了謝，之後袁師傅便把大廚房的一半分給他們用。

周掌櫃的釀豆莛得快做現吃，所以他只先在一邊等著。

顧茵這天要做的是海鮮砂鍋粥。

大米兩碗，配上十六碗水。她先用砂鍋燒水，等水開的時間清洗大米，水燒開後放米進去攪拌。然後把鮑魚放入熱水中洗刷乾淨，掏出內臟，去掉牙齒，以豎刀切成薄厚完全一致的肉片。之後再開始處理活蝦、殺螃蟹，然後和鮑魚、吐過沙的白沙貝倒在一起，放入顧茵事先醃製好的冬菜——就是把白菜的芯子切成片，曬至半乾，再放入鹽和大蒜醃製的。這東西是之前食為天醃製酸菜的時候一道醃的，用來熬海鮮粥再好不過。再放油和薑絲、鹽，在煲粥的一刻鐘裡攪拌醃製。

等到大米粥煮開，撈出其中七成的大米，之後把泡好的瑤柱捏碎，和醃好的鮑魚、蝦、蟹等都放入砂鍋內，燒開後撒上一些胡椒粉，攪拌均勻後立刻熄火。

在顧茵煲粥的間隙裡，已經有人來通知，說縣太爺和一眾富豪鄉紳都到了，所以周掌櫃也動起手來了，等到顧茵的海鮮粥熬好，周掌櫃也在兩刻鐘裡做出了一小碟釀豆莛。

兩人手腳都麻利，反觀含香樓的袁師傅，卻一直守在灶前老神在在地嗑瓜子。

看到他們好了，袁師傅也站起身，掀開了甕上的蓋子。

一瞬間，那香得讓人大嚥口水的氣味飄散到整個灶房。

這時守在外頭的白大老爺也進了來，像加什麼至寶似的，小心翼翼地放了好幾包他家的特殊調料進去，袁師傅在旁邊直勸他少放些，但都沒攔住。

顧茵忍不住苦著臉和周掌櫃嘟囔道：「這是佛跳牆吧？難怪掌櫃的之前讓我準備菜色的時候不要吝惜工本。」要真拿食為天的平價吃食來和佛跳牆對打，那是還沒開打就輸一大半了。但儘管顧茵已經準備了海鮮粥，對上十幾種肉類和海鮮、經過三十幾道工序的佛跳牆，心裡還是沒底的，不過此時想再多也沒用了。

顧茵和周掌櫃端上海鮮砂鍋粥及釀豆莛，袁師傅抬上自己的一甕佛跳牆，一起出了去。以縣太爺為首的一眾評審已經在含香樓的廂房裡等著了，一共七位評審，裡頭還有顧茵的熟人。

文老太爺一邊和縣太爺寒暄，一邊和剛進門的顧茵打了個眼色。

之後就是品嚐的環節了，袁師傅的佛跳牆出鍋得稍晚一些，眾人便先品嚐食為天的海鮮砂鍋粥和釀豆莛。

海鮮粥還冒著熱氣，出鍋前放了一點顧茵的自製味精，旁邊還有三個小碟子，切了蔥花、香菜和芹菜，讓食客可以根據自己的口味添加。

幾人依次盛了一小碗，那粥入口鮮香滾滑，即便是不再配菜，也鮮甜爽滑，很是可口。

周掌櫃苦練數日的釀豆莛只一小碟子，幾人吃顯然是不夠的，但因為有了海鮮粥，釀豆莛就是配粥的小菜，那就是正好了。

一口鮮香爽脆的釀豆莛，再配一口鮮美無腥氣的海鮮粥，這樣的美味，誰都不敢把開業不到一年的食為天小瞧了去。

文老太爺第一個道：「這粥配這菜，我吃著極好。」

其他幾人也紛紛點頭。

再就是袁師傅的佛跳牆了，那蓋子一揭開，真的是香味撲鼻。其中還有鮑魚、海參、鮮雞、鮮鴨，再配上濃得發稠的湯汁，色香味都是上乘，看著就讓人食指大動。

即便是在場的文老太爺、縣太爺這樣的人物，這樣名貴的菜色也不是等閒能吃到的。

眾人分著吃過，顧茵聞著那香味，心都提到了嗓子眼，但她也沒緊張多久，因為嚐過之後，文老太爺蹙眉了。

「我怎麼覺得鮮得發膩，吃著還有些腥？」說完文老太爺看向旁人。

其他幾人也點頭道：「是有些腥。」

結果很快就出來了，食為天勝，贏下了來年的免稅名額。

白大老爺也在旁邊等著聽結果呢，聞言他不可置信地道：「怎麼可能？這可是佛跳牆啊！怎麼能贏不過這區區的海鮮粥和炒豆芽？莫不是老太爺因為和食為天有交情……」

文老太爺說你可住嘴吧，他先指著周掌櫃做的釀豆莛道：「你管這叫炒豆芽？」再指袁師傅做的佛跳牆。「不信你自己嚐嚐吧！」

結果既出，老太爺也懶得和他多說，和眾人知會一聲後就離開了。

縣太爺另有公務——要和富豪鄉紳籌募修橋鋪路的銀錢呢！這品嚐美食只是他把人請來的由頭，於是就請眾人移步去縣衙了。

白大老爺還是不死心，又把桌上的吃食都嚐了一遍，嚐完他才頹然地坐了下來。光頹然不算，他真的是後悔得腸子都青了。從前哪裡知道周掌櫃還有這種絕活兒呢？不然就算是爭家業那會兒，他也不會把人往外推啊！

袁師傅還是老神在在的，把顧茵和周掌櫃送出去。「小娘子有本事哇，恭喜！」袁師傅笑咪咪地給她道喜。

顧茵忙道不敢，只道：「僥倖僥倖。」

「不是僥倖啊，」袁師傅壓低聲音，有些委屈地說：「我那個佛跳牆，做得可難吃了！我本來就不擅長做這個，東家非要我做，還加了好多那個什麼貴賓調料。我都說那個東西鮮過頭了，很容易把食材本身的腥味激出來，他偏不聽。」

顧茵忍不住彎了彎唇，也不知道該誇袁師傅心態好，還是說白大老爺敗在了那味精上頭？「袁師傅聽我一句，那個調料放多了會讓人口乾舌燥，所以只要在吃食出鍋前放上一點點提鮮就行了。」

袁師傅笑著點點頭。「謝小娘子的提醒。不過妳放心吧，那個調料一錢就是十兩銀子，平時我們東家也不捨得多放。」

「十兩?!」顧茵驚得咋舌。前頭她還在為一罐子二兩的自製味精心疼不已，沒想到白大老爺從海外買回來的味精這麼貴！想到白大老爺方才輸了後那頹然的模樣，顧茵沒好意思提自製味精的事，那簡直是在人家的傷口上撒鹽嘛！

但是她沒忍心幹的事，有人幫她幹了。

顧茵和周掌櫃回到食為天的時候，就看到了等在食為天聽消息的白子熙。

看到顧茵和周掌櫃面上帶笑，白子熙呼出一口長氣。

在前堂代替了顧茵工作的徐廚子見狀，好笑道：「白公子這到底是哪家的？」

白子熙面上一紅，嘀咕道：「我這不是覺得我大伯贏了那也是靠著海外的調料，勝之不武嘛！不過既然小娘子贏了，那我也不用擔心了。」

前頭他特地送來了含香樓的貴賓調料，雖然就算他不送，周掌櫃也會去買，但到底也是承了他的人情。顧茵這天出去參賽了，店裡沒有她親手做的吃食，她就讓徐廚子去後廚拿點她做的東西當謝禮，她則去告訴王氏，自家來年可以減稅的好消息了。

徐廚子在後廚轉了一圈，想到顧茵最近做的，可不就是那自製味精？而且前頭白子熙也送來了他家的調料，再回調料當謝禮也很適合，於是他用紙包包了一些，還特地對白子熙道：「白公子可小心些，這東西金貴著呢，一罐子好幾兩，這一份怎麼也得十幾文錢。」

白子熙帶著那紙包回到了含香樓時，白大老爺正氣呼呼地把算盤打得噼啪響，算著來年沒有減稅後，自家要少多少進項？

袁師傅胖胖的身子則縮在櫃檯邊上。

袁師傅雖然年紀不小，但是因為一輩子都專心在研究吃食，所以並沒有中年人的油滑，性情和少年人差不多，打白子熙十歲上頭，兩人就成了忘年交。見到白子熙過來，袁師傅揚揚眉毛和他笑了笑，然後立刻板下臉，一副也在反省的模樣。

白子熙壓住笑意，幫著袁師傅和白大老爺求了求情。

白大老爺不耐煩地道：「你可別幫他人說話了，你跑幾趟食為天了？上次還讓我們樓裡的熟客給遇見了！怎的，含香樓讓我們大房管了，你就不是樓裡的少東家了？」

白家的氣氛還算是和睦，只是前頭因為老太爺身子突然差了，兩房人爭搶管家權，才劍拔弩張的。後頭塵埃落定，大房管理含香樓，二房負責算帳分錢，關係就又緩和起來了。

白子熙性格純良，即便是前頭爭權的時候，白大老爺這個大伯也沒和孩子不對盤，所以白子熙被他大伯父訓完也不敢回嘴，只小聲解釋道：「我之前不是在那裡存了十兩，是那邊的貴賓嗎？存都存了，自然是要吃完的。」之前是不好意思讓食為天知道自己的身分，但自從縣衙那次身分揭開了，顧茵也沒對他改變態度，還是把他當成普通客人那麼敬著，白子熙也不尷尬了。他早就想嚐嚐食為天的冬季新品了，最近他就迷上了酸菜魚，無酸不歡。

要是他親爹在此，聽了這話肯定得敲他一個栗爆，但白大老爺雖氣，也只是瞪他一眼，讓他和袁師傅一起在櫃檯邊站著反省。

乾站著也不是個事，白子熙便找話道：「大伯別氣，黑心腸的望月樓倒了，咱家的生意不是恢復往日了嗎？往常咱們兩家大酒樓對打，如今咱們一家為尊，那食為天雖厲害，做的也是普通客人的生意……」

這話算是順耳，白大老爺的氣順了一些，又聽他繼續道——

「而且人家食為天做事也光明磊落，他家也做了一份新調料，聽說是不對外出售的，今兒送了姪子一份。」說著他拿出紙包打開。

白大老爺也放下算盤，心裡想著，難道就是這調料讓自家的佛跳牆輸了？

這上頭袁師傅是行家，自然先讓他嚐，嚐完後袁師傅沒吱聲。

然後就是白大老爺和白子熙嚐。

白大老爺嚐後哼聲道：「也不怎樣嘛，還沒咱家的貴賓調料好！」

白子熙趕緊附和道：「確實，難怪一份只要十幾文錢。」

白大老爺一噎。「……」只有他家一半鮮美的調料，贏走了他家的減稅名額不算，價格還只有十幾文?!擱誰誰也受不住這個刺激！

白大老爺捂著心口暈了過去，白子熙和袁師傅嚇壞了，趕緊把人抬到醫館。

好在白大老爺平素身子骨強健，只是這天生氣生多了，一口氣喘不上來，好好靜養十天半個月就好了。

他倒下了，白家大房的兩個兒子便頂上，但到底年輕，禁不住事，又恰逢年關，正是樓裡生意最好的時候，兩兄弟最後只能把白二老爺又請回來，暫為管理後廚。

白二老爺因為爭輸了含香樓的管理權，這段日子都在家悶著，連查帳都讓白子熙去，如今再次出山，他看兒子是越看越喜歡，若是白子熙再小上幾歲，恨不能抱著親上幾口。

稀裡糊塗的，含香樓又重回了白老太爺還在世時的局面。

第十九章

食為天這邊，年關將近，鎮上沒了望月樓，加上顧茵和周掌櫃又贏下了官家食肆的名頭，因此生意更上一層樓，店內座無虛席不算，連顧野為首的外賣隊都重新組建了起來，幫著送耐得住放的點心那些。

一直忙到除夕這日，家家戶戶都在家裡團圓了，大家才算忙完。

顧茵和周掌櫃花了一下午盤完了帳，今年整個店一共賺了純利三百兩，可惜沒有減稅，如今朝廷的稅收高得嚇人，三百兩裡得去掉一百五十兩給朝廷，自家就剩下一百五十兩。

顧茵另外給了每個正式員工一兩銀子過年，其中包括年頭上一直幫忙的顧野和武安，這就又去了十三兩。剩下一百三十七兩，一半得留作來年的流動資金，最後的六十八兩就是可以動的銀錢了。

二十兩給周掌櫃，那是顧茵早在之前就說好要分他的花紅。

周掌櫃推拒起來，道：「我每個月都拿足了工錢的，吃住又都在店裡，已經攢下不少銀錢，前頭東家給的那一兩過年費盡夠花了。」

「一碼歸一碼，這是您該得的。」顧茵堅持。

周掌櫃在望月樓的時候只有招待貴客才需要親自動手，到了食為天每天一大鍋、一大鍋地炒菜，雖他說不累，但工作量比從前肯定是大許多的。更別說為了給自家爭取減稅，他反覆練習那釀豆莛，不知道費了多少心力。一年給十三個月的薪水，算是顧茵現在能給得起的最高待遇了。

剩下的四十八兩，一半自然分給同樣是股東的王氏，另一半則是顧茵自己留著。

此時顧茵手裡有二十四兩花紅，和前頭攢下的工錢——除了四月份她沒給自己算工錢，後頭每個月她也和周掌櫃一樣，每個月領二十兩工錢，八個月就是一百六十兩。大部分時間她也沒地方使錢，就是修葺王家老宅花了五十多兩，當時王氏說也要出一份錢，但那宅子既然在顧茵名下了，她肯定是自己出錢。也就是說，她現在身上還有一百三十兩銀子。

擱一、兩年前，誰能想到她們這對逃難來的婆媳，能賺這樣多的銀錢？

賺到錢了可不是得提高一下生活品質？因此除夕下午，顧茵給大家放了半天假，她則要和王氏、宋石榴，帶著兩個小傢伙搬家了！

緇衣巷的屋子年前已經打掃過，正好乾乾淨淨還給屋主許氏。

家裡的衣服細軟和用慣的傢伙什物也都收拾好了，齊齊放上驢車，王氏趕著車，兩刻鐘後一家子就到了王氏老宅。

王家老宅經過兩次官差的搜刮，不僅沒有值錢的東西了，屋門牆壁也有損毀。好在已經經過了修繕，整體來說並沒有什麼變化。

顧茵先下了車，看完發現不對勁了，門口的牌匾換了，從王宅變成了顧宅。

那牌匾自然沒有之前食為天開業的時候文老太爺送的好，但料子也是看著油光水滑，而且那字還格外眼熟，似乎也是出自老太爺之手。

王氏見她盯著牌匾，就笑道：「怎麼？自己家不敢認了？」

她這麼一說，顧茵就猜到是她弄的。

「之前家裡修繕，妳也不讓我出銀錢，說本就是妳的宅子，自然該妳花銀錢，現下可不是正好？我偷偷拜託馮木匠做的，也是請文老太爺寫的字，好看吧？」

兩人關係日漸親密，顧茵也不和她道謝，笑著拉住王氏的手捏了捏。

「到新家嘍！」顧野跟著跳下來。「我先去選屋子！」

原先宅子裡值錢的東西都被官差搜刮走了，只剩下一些不方便挪動、或者不值錢的家具，但對於他們這不怎麼挑剔的一家子來說是盡夠了，所以顧茵也沒有再另外添置什麼，只說給每人換一張新床，當時顧野聽完第一個不高興，嘟囔著說「我覺得炕很好啊」。條炕寬敞，之前他們兩個小傢伙一直是顧茵帶著睡的。嘟囔完，他自己也臉紅了，因為根據范勁松和小胖他們的說法，他們會說話的時候就不和爹娘睡了。他都沒好意思跟他們說自己還在和娘睡，所以他也沒有再歪纏。既知道要自己睡了，顧野就想著一定要選一間離他娘最近的屋子！

聞言，武安也急忙跟著跳下驢車。「等等我，我也要選！」

顧野故意逗他，一邊加快腳步一邊道：「先到先得嘿！」

兩個小傢伙跑到前頭，王氏讓顧茵跟著去照看，她自己則和宋石榴在後頭拿行李。

一進門，他們就看到了一個頭髮和鬍鬚都白了的老頭，正是早先見過一次的、服侍過王老爺子的忠叔。

忠叔不再瘋瘋癲癲了，把自己打理得很乾淨妥貼，見到後頭的王氏，他快步迎上去，哭道：「小姐回來了！老奴……老奴對不住您啊！」

「忠叔這是好了？」王氏先是喜，聽到他說話又覺得不對。「你這話是什麼意思？」

顧茵就讓他們先進去再說話。

到了王家正屋，眾人先把行李擱了，忠叔顫巍巍地給王氏跪下了。「早先老太爺和老太太意外去世，大老爺和二老爺急著分家產，老奴就覺得不對勁，本想仔細查查，卻偶然聽到二老爺和二太太說話，說我可能知道些什麼，不若送我和老太爺、老太太一起上路。老奴害怕之下，也不敢再查，裝瘋裝了這些年……」忠叔臉上愧色深重。「前頭案情水落石出，老奴才知道大老爺和二老爺霸占了屬於小姐的產業。要不是我貪生怕死，小姐也不用在外頭受那些磨難！老奴這樣的將死之人，本是再沒有臉面見小姐的，只是知道小姐重新拿回了這舊宅，老奴想親自向小姐致歉，等他日下去了，老奴才有臉再給老太爺和老太太當牛做馬！」

這其中牽涉太多王家的秘辛舊事了，顧茵就帶著兩個孩子和宋石榴去選屋子了。

正屋肯定是她或者王氏住，另外院子裡還有兩間廂房、一間後罩房都可以供大家選擇。

「好大啊！」顧野和武安異口同聲地讚嘆道。

宅子不僅外頭看著大，屋子同樣寬敞，像他們進的這間廂房，一間就比得上緇衣巷兩間屋子了！整個廂房分成三部分，最中間是待客吃茶的地方。左手邊是書房，右手邊是臥床。然而大部分東西都沒了，只留下了一張拔步床、一個空空的博古架、一套八仙桌椅和一張大書桌，其餘的東西自然都是讓官差給搜走了。

「咱倆睡一間吧！」屋子太空曠了，武安覺得有些害怕。

顧野點頭說也行，又看向他娘。

顧茵自然答應，說好讓他們先睡一張床，等過完年她訂做的床做好了，再送過來。反正屋子這樣空曠，她訂做的床又是現代的樣式，並不是這個時代大戶人家常用的那種繁複的拔步床，屋子裡很夠放了。

然後就是宋石榴了。

宋石榴忙搖手道：「奴婢睡下人房就行了！」

這丫頭堅持要當丫鬟，在她的認知裡，夥計做不好活計那是會被辭退、丟飯碗的，當丫鬟就不同了，做錯事至多挨罵挨打。當然了，太太是最為和善的，老太太雖然嗓門大但是人也和善，兩個少爺還帶她一起玩呢，從來沒人打罵她，所以宋石榴越發堅定地想著要保住這鐵飯碗。

顧茵不止勸過她一次了，眼下也懶得再說，只笑道：「下人房肯定是有的，但自然不是在這個院子裡，咱家共五口人，要是找妳，豈不是還得專門去尋妳？或者妳想我再買別的丫鬟，讓別的丫鬟去尋妳？」

那不行！宋石榴從前只想當顧野的丫鬟，後頭志向遠大了，想當家裡的第一丫鬟呢！

「那我去睡後罩房，主子們要找我也方便。」她連忙揣著自己的小包袱去後罩房安置了。

「一會兒『奴婢』，一會兒『我』的，她好……」顧野嘆了口氣，看到他娘不贊同的眼光，又改了口，乾巴巴地道：「她好混亂喔！」

顧茵幫著兩個孩子歸置細軟，沒多會兒王氏便眼眶紅紅地回來了。

「娘還好嗎？」顧茵拿著自己的帕子遞給她。

王氏用手背揩了揩眼睛，說：「沒事。也不怪他，他當了一輩子的下人，賣身契還捏在王家人手裡，別說他找不到所謂的證據，就算真有證據告到官府，奴告主可是問斬的大罪。我那兩個『好』哥哥的為人我們都知道，為了銀錢沒有他們不敢幹的，忠叔怕了他們也很正常。」說到這兒，王氏又嘆息一聲。「前頭他雖裝瘋，但那時咱們第一次來這兒，他在柴房裡聽到我在牆外的大嗓門便拚了命地逃了出來，就為了給我開門，也算是幫過咱們。」

「那往後？」

「他無兒無女的，也沒個去處，我就作主讓他充當咱家的門房。」

顧茵摟上王氏。「我剛還想說家裡人少，住這麼大宅子冷清呢！多個人幫著看顧門庭，再好不過。」

王氏又拿出一把鑰匙，說是忠叔給她的、宅子裡一個隱蔽地窖的鑰匙。

婆媳倆一起去地窖看了，裡頭堆著好些麻袋，麻袋裡裝的都是大米。要是在當年，這些存糧還是能換不少銀錢的，可惜因為年代太過久遠，地窖雖然尚算乾燥，但大米都散發出一股濃重的霉味。到底是二老留下的東西，兩人就也沒動，原樣保存著。

後頭王氏和顧茵也分配好了住處，顧茵住在主屋，王氏住在另一間廂房，忠叔則住在前院耳房。

一通忙完，一家子到門口放了一串掛鞭，給新家增添了一絲過年氛圍。

年夜飯大家是一起到食為天吃的，王家老宅……不，如今已經是顧宅了，顧宅位置好，離食為天不到一刻鐘的腳程，大家邁著腿就去了。

周掌櫃和徐廚子下午出去買了些東西，此時已經準備好了年夜飯。

「這是我和菜刀、砧板一起孝敬師父的。」徐廚子客客氣氣地送上了一個木盒子。

顧茵打開一瞧，裡頭是一套小巧精緻的陶瓷調味罐，不管是放在灶臺上，還是隨身攜帶，都既方便又好看。

徐廚子搓著手道：「重禮咱們送不起，師父也不會收，就是一點心意。」

「這就很好了。」顧茵滿意地拿起調味罐摩挲了一下。

徐廚子也給周掌櫃送了禮，送的是一斤一兩銀子的茶葉。還有王氏和顧野、武安也都收

在春末。朝廷稅收高，生意不好做，隔壁馬上要空下來，到時候咱們租下，開一扇小門，專門設置成招待貴賓的單間。」隔壁的鋪子小，只有食為天一半左右大，剛好可以隔開成幾個小包間，而且租金對現在的顧茵來說也不會很貴。

兩人就說好等到年頭上忙完，先去打聽清楚，最好是到期前就能提前租下來。

商量完畢，周掌櫃剛坐回去，王氏便臉上堆著笑摸過來，也是有話要和顧茵私下說的模樣。

「兒啊，明天是新年……這都第八年了。」從前同住緇衣巷，顧茵和許青川時不時能碰面都沒生出幾分不同的情誼，如今他們一家子搬走了，若再不牽線，這事肯定是成不了了。

聽到這個，顧茵是真的頭大，但也因為過去都是點到即止，一直沒和王氏開誠布公地聊過，所以她乾脆仔細和王氏說說。「娘屬意誰呢？還是許公子？」

「青川挺好的，雖說是個窮秀才，但那是朝廷局勢不穩，他才沒接著考下去哩，不然指不定已經是舉人老爺。而且咱們兩家知根知底的，妳許嬸子也喜歡妳。」

「娘說的都在理，但是我不屬意他啊！」

王氏問她為啥。

顧茵想了想說：「也不是為啥，就是不合適吧。許公子喜歡看書、論書，滿腹經綸、出口成章，可是我聽到人讀書就發暈，早先老太爺還想逼我讀書呢，讀一下午比我在後廚忙一天都累。」因為是和王氏說，顧茵也沒有覺得不好意思，接著道：「就像上次我們去花燈會，許公子猜燈謎一猜一個準，而且不是亂猜的，每個燈謎都解得有理有據，不少姑娘在旁邊聽見了，對他都是一臉仰慕，可是我不感興趣啊！我當時魂遊天外，只想著中秋咱家能賺多少銀錢？節後可以推出什麼新吃食？聽聞有兩種樂曲，一種叫陽春白雪，十分高雅，一種叫下里巴人，通俗易懂，我倆就是兩種樂曲，勉強湊在一起，怕是往後一輩子都說不上幾句話。」

「怎配不上？妳配皇帝、太子都配得上！」王氏壓低聲音，瞪她一眼。「幹啥這麼說自己？」

顧茵莞爾。「那娘說的，我還配啥許公子？我進宮當娘娘去呀！」

王氏笑著拍她，鬧過一下，她正色道：「那旁人呢？文家那少掌櫃也是生意人，和妳總有話說了吧？」

「文掌櫃少年老成，素日比我還持重呢！當然不是說他不好……還是沒感覺。」看到王氏做勢又要抬手，顧茵趕緊道：「娘不能這麼算，難不成妳眼裡沒成家的、和我年紀相當的，都得和我配？那還有李捕頭、白家的白子熙……」

「這不錯！」王氏眼睛一亮。「白家人口多，不好相與，可能也看不上咱家的門第，但李捕頭是真不錯，器宇軒昂的，人也正氣。而且他家只有關捕頭一個，關捕頭可是咱們小野的師父，這不就是親上加親？」

顧茵連忙拱手求饒。「我胡說的，娘快饒過我吧！」

王氏也不逗她了，問她到底喜歡什麼樣的？

顧茵認真地沈吟半晌。「就踏實一點吧，和我一樣的普通人，有話說，聊得來，愛吃我做的飯，最好能在生意或者廚藝上幫到我。」兩輩子沒想過風花雪月的人，讓她自己說，那自然是說不出個所以然來。

王氏幽怨的眼神就落到徐廚子和周掌櫃身上，把正在聽武安唸話本的兩人都給看毛了。

顧茵連忙把王氏的臉扳回來。「沒遇上呢！娘可別再在認識的人裡頭亂想了。」

王氏憂心忡忡地嘆口氣，兒媳婦不想再成家，自己又何嘗想把她往外推呢？可同為女子，知道女子的不易，才不得不做這討人嫌的事。現在顧茵是年輕，可翻年也要二十一了，這個年紀的姑娘家都不好擇婿，更別說還是嫁過人的了。

丈夫和大兒子離家這些年，直到這兩年兒媳婦變得能幹起來前，一直是王氏一人撐著門戶，再沒人比她更知道一個女人獨自揹負著一個家庭，要承擔多大的壓力。她不敢病、不敢意志消沈，不論再大的苦楚都只能獨自嚥下。兩個孩子長成少說還要十來年，這十來年裡還得是兒媳婦掌家，她自己吃過的苦，如何捨得讓兒媳婦再吃一遍？她現在就很後悔，當初為什麼那麼自私，硬要讓顧茵和即將上戰場的兒子成親，不然現在也不會這樣急著想彌補了。

「感情嘛，也有相處出來的。」王氏眼含期盼地看著她。「娘還是覺得青川很好，不然……你們再試試？這次不看燈會了，去看個別的。」鄉下地方講究沒那麼多，婚前只要不是在私下裡單獨見面，也不算壞了規矩體統。

「許公子也願意嗎？」顧茵問。

「肯定是願意的，他聽妳許嬸子的。」

顧茵猜想許青川多半也是被家長磨得沒辦法了，但是既然兩家大人還是不死心，她便點頭道：「那就再試試，不過就一次，再多人家也尷尬。而且咱們得說好，若還是說不上話，可就不許再提了。」

如同現代的一些父母一樣，他們逼著兒女成家，難道是想害自己的孩子嗎？只是在他們的認知裡，那是對他們的孩子好而已。

現代的子女大多都改變不了父母的想法，更別說王氏到底是這個時代的人，她的思想雖然在這個時代算是前衛開明，但終究還是跳不開這個時代的囹圄。顧茵就也不急著一下子把她的想法扭過來，決定徐徐圖之。就像自己剛穿過來的時候，家裡還是王氏一言堂的環境，到後來不也變成聽自己的了嗎？

「哎，就最後一次！」王氏立刻笑起來。「我聽到妳和周掌櫃說的了，年頭上忙，春天妳要盤新鋪子、做新吃食，那就等端午的時候你倆一起去看賽龍舟，那個肯定能說上話！」

新的一年，對顧茵一家子來說是充滿期待的一年。

顧茵和周掌櫃想著擴大店鋪規模，王氏想著讓顧茵成家，徐廚子和他兩個小徒弟則想著撐起店裡普通客戶的生意。

然而，這些預想都沒能成真。

春天時，朝廷兵敗如山倒，皇帝帶著禁衛軍從皇宮出逃。義軍入皇宮，登基為帝，另立國號為熙，年號正元。

一朝改朝換代，於百姓來說那就是更換了頭頂的日月。尤其前朝廢帝還坐擁數萬舊部，一路南逃，新帝出了檄文，封了座下那傳言中面覆紅疤、如惡鬼修羅一般的大將為天下兵馬大元帥，一路圍剿。

寒山鎮位置雖偏，不巧，卻是京城的南端。

消息傳來的時候，京城大事塵埃落定，只傳言說廢帝就蟄伏在他們這一片，人心惶惶，莫說做生意了，膽小一些的人已連夜舉家遷徙，按兵不動的也會選擇足不出戶。

顧茵他們沒動，一來她和王氏是從外頭逃難來的，寒山鎮儼然是一方樂土，在這裡尚有縣太爺和關捕頭等人庇護，出去了才真成了刀俎魚肉。遠的地方沒去過，近的州府那卻是有流匪作亂的。廢帝說是南逃，但南邊的地方大了去，寒山鎮還算是整個國土裡的北邊呢，若出去了趕上打仗，才真是死路一條；二來家裡有兩個孩子，五、六歲的年紀哪裡能禁得住長途跋涉？隨便一樣頭疼腦熱的都可能造成不可挽回的結果。

文老太爺也是這個意思，怕顧茵年輕禁不住事，他特地讓人來知會了一聲「一動不如一靜」。雖換了朝廷，但老太爺是三朝元老，於這種事上的見識不知道比普通人高明多少倍，自然應該聽他的。

食為天歇業，顧茵帶著所有員工退守自家大宅。周掌櫃和徐廚子等人住在前院，女眷則住在後院。日常再排一個更表，輪流看更。

雖然事發突然，但好在開食肆的，日常就會囤糧、囤菜、囤柴火，並不比一般的大戶人家差，更有文老太爺讓文沛豐送來了幾十袋米麵，因此家裡的吃喝嚼用暫時沒有問題。

最不適應的大概只有顧野了，成為斷了翅膀的鳥。但這時候他要跑出去，他娘就會愁得吃不下飯、睡不著覺，所以雖然不情願，他也只能乖乖待在家裡。

好在顧茵做出了撲克牌——就是把紙裁成同樣的小塊，寫上撲克牌的符號，沒有圖畫的。但撲克牌的玩法多，鬥地主、炸金花、打千分……各種玩法老少咸宜，很快就把他迷住了。顧野玩得最好的就是炸金花，跟開了讀心術外掛似的，一偷一個準，經常一副爛牌贏到最後。

自己人玩當然也不賭錢，就是贏的人可以跟輸最多的人提一個要求。

很不巧，輸最多的幾乎都是顧茵，每次她想偷都會被其他人抓出來，若是賭銀錢，她那百十兩銀子都不夠輸。

顧野也不會和他娘提過分的要求，贏一次就要吃一道點心。現下肯定是沒條件做精緻的點心，就先欠著，等到這場風波過去了，再補給他。

如是過了一個月，顧宅的存糧吃過了一半，寒山鎮一直安安靜靜的。

正當眾人都以為所謂廢帝蟄伏在附近不過是個謠言的時候，一隊人馬破開了和顧宅一街之隔的文家大宅。

「文大人，救朕！」昔日身居龍椅高位、眼高於頂的倨傲少年，涕泗橫流地跪到了文老太爺面前。

文老太爺伸手將少年扶起，悲愴道：「聖上不可如此！」

隆慶帝面帶愧色。「朕如今還稱得上一句『聖上』嗎？」

文老太爺伸手拭淚。「聖上深夜到訪，是想讓老臣做什麼呢？」

隆慶帝道：「自然是想讓文大人幫朕擊退叛軍，復國！」

「臣一介老朽，又是手無縛雞之力的文臣……」

「文大人莫要自輕自賤，您可是一代聖賢！有您在，天下文士歸心，那叛賊就是坐上了帝位，也是名不正、言不順！史官、文臣、書生的筆都將為朕所用，必須讓天下人知道那賊子的真面目！」

文老太爺面上一派動容之色，情緒激動之下忽然身形搖搖欲墜，暈了過去。

隆慶帝立刻讓人扶住，又喚人去尋了文大老爺過來。

文大老爺先給他行禮，又哭道：「家父年事已高，自從弄丟了官身後，心中鬱結難舒，身子每況愈下，如今頓頓都離不開湯藥……」

「怪朕啊！」隆慶帝自責地把文大老爺扶起，讓他取藥來，要親自服侍文老太爺服下，但湯藥味重，隆慶帝嫌惡地皺了皺眉。「小文大人先服侍老大人，朕等老大人好了再來。」

等到隆慶帝帶著太監離開後，屋裡的文老太爺這才睜開了眼。

文老太爺面上沒有動容之色，只剩滿臉寒霜。

他確實是立志要做忠臣，但卻不是做愚忠之臣。小皇帝荒唐的那些年，他殫精竭慮地又是勸諫、又是幫朝堂壓制閹黨，最後落到什麼結果？三朝元老、兩朝帝師，最後居然被罷官還鄉。他這把年紀了，但凡沒過去心裡那關，現在多半是已經埋入黃土了。

且小皇帝若是來求人的，就該擺出禮賢下士的態度，而不是在深夜破門。他是看著小皇帝長大的，小皇帝跪他時，眼中那稍縱即逝的屈辱、憤恨逃不過他的眼。即便此番他能幫小皇帝復國，怕是來日第一個清算的，便是他這以下犯上、敢讓君主下跪的「逆臣」！

何況文老太爺自問還真沒那個本事。

民心如水，覆水難收。得民心者得天下，如今義王所開創的新朝就是民心所向。已失的民心，憑他一己之力要收回，真是宛若癡人說夢。

文大老爺雖想的沒老太爺多，但也明白了老父親的意思，遂出聲詢問道：「父親，咱們下一步該如何？」

文老太爺問外頭的情況如何了。

文大老爺道：「禁衛軍接管了整個鎮子。」

老太爺嘆息一聲，從床頭暗格裡摸索出一個藥瓶。

瓶中是老太爺還在京城的時候尋摸來的假死藥，但這種藥物極其傷身，他這個年紀服下，可能假死就成了真死。可若萬不得已，也只能走這一步了。

父子倆面沈如水，相顧無言。

隆慶帝這邊，離開文老太爺的書房後，到了無人之處，他深呼吸幾下，咬牙切齒地罵道：「這沒用的老東西！」

大太監聽到後立刻勸道：「聖上慎言啊！」如今他們成了喪家之犬，除了文老太爺這種三朝老臣，可再沒有別的人可以相信了。

「朕知了。」隆慶帝煩躁地捏了捏鼻子。「讓人準備飯食，朕餓了。」

他們出行匆忙，除了隆慶帝貼身伺候的宮人和幾個御醫，宮裡其他人一概沒帶。一路上餐風露宿，隆慶帝苦不堪言，又吃不下一般的飯食，人都消瘦了一大圈。

宮人得到吩咐後，立刻去了文家廚房，讓他們做些飯食出來。

文家的廚子們早在他們破門的時候就嚇壞了，再聽那太監尖聲細氣地說話，誰會猜不出這是宮裡的人呢？他們手藝本就一般，是文二老爺圖便宜請來的，又被那尚膳太監死死盯著，戰戰兢兢之下，那一般的手藝就越發不能入口了。

尚膳太監嚐味的時候都忍不住蹙了蹙眉。

後頭隆慶帝吃到，那更是怒不可遏，當即拍著桌子道：「這是在折辱朕嗎？」

屋內的人瞬間跪了一圈，都勸他息怒。

隆慶帝又強行平復了怒氣，讓人傳來文二老爺。

文二老爺沒比家裡其他下人鎮定多少，下跪的時候腿肚子都直打抖。

太監詢問飯食的事，文二老爺立刻求饒道：「聖上明鑒，家裡困難，沒那麼多銀錢請大廚。廚子手藝粗鄙，不是故意要怠慢您哪！」

隆慶帝還有求於文老太爺，也沒再動怒，只讓文二老爺這寒山鎮的本地人士，去請個手藝高超的廚子來。

寒山鎮人口還不到一萬，一萬禁衛軍入寒山鎮，不過半日就把整個鎮掌控在手下。

顧宅裡，顧茵和眾人都面色凝重。街上的喧鬧瞞不住人，尤其前一夜一街之隔的文家大宅被破門，當時周掌櫃和徐廚子就結伴出去看了。隔得遠遠的，兩人看到好些個手執火把、身著統一服飾的士兵，於是再不敢多瞧，立刻回來了，結果今天就傳來整個鎮子被廢帝的禁衛軍掌控的消息。

王氏恨恨地小聲嘀咕道：「這該死的……魚肉百姓就算了，如今都讓人從京城趕出來了，還來禍害咱們！」

顧茵雖未言語，其實也是這個意思。

不過作為一家之主，食為天的東家，顧茵也得出面安撫眾人。「大家別擔心，那位既然來尋老太爺，想的便是請老太爺出山，幫他歸攏民心的意思。我們是普通百姓，他們要是為難咱們，那還提什麼民心呢？再沒有希望的。」

廢帝現在就是過街老鼠，但凡他還存著一絲理智，就知道這時候該夾緊尾巴。

果然，如顧茵所說，禁衛軍雖然接管了寒山鎮，卻沒有再做其他事。

只是路上再不見人，平時極為熱鬧的一個鎮子，此時如同一座死城，靜得讓人心驚。

這天，顧宅的大門被敲響，周掌櫃和徐廚子立刻揣著菜刀去看。

見門外只站著關捕頭一人，兩人才嘆出一口長氣。

大門打開一條縫，關捕頭閃身進入，顧茵他們立即聚攏過去聽他說話。

關捕頭言簡意賅地道：「那位不滿意文家的廚子，之前請了含香樓的過去，但似乎也是吃不慣，你們小心些。」說完這話，關捕頭立刻離開了。

幾人聽到這消息，全都憂心忡忡。

顧茵立刻去換了身王氏幹活時穿的舊衣裙，再去灶底抹了把鍋灰，均勻地塗在自己臉上，又拿剪子剪了個厚厚的、參差不齊的狗啃鍋蓋劉海，蓋住自己的上半邊眼睛。

一番打扮後，顧茵成了黑臉廚娘，且因為王氏身量本就比她高，後來家境好了，她做活多、吃得好，人也壯實了許多，衣衫就更大了。那半新不舊的衣裙穿在她身上格外寬鬆，襯得她身形越發嬌小，甚至有些乾癟。要不是家人對她都十分熟悉，她這麼一打扮，怕是街上遇到都要認不出。

家裡氣氛沈重，她這一打扮，倒是讓眾人都忍不住笑起來。

笑完後，周掌櫃又正色道：「東家放心，若真的來人，我去。」

「我也去！」徐廚子也跟著開口道：「我這身板看著就是會做飯的人，我幫著周師父打下手。」

顧茵感動地彎了彎唇，卻有些發愁地道：「只怕到時候不是咱們能作主的。」

正所謂怕什麼來什麼，這天下午，一個面白無鬚的太監帶著侍衛拍響了顧宅的門。

顧茵等人雖不情願，卻也不得不打開了門。

那太監尖聲細氣地道：「你們就是食為天的廚子？速速跟咱家來！」

周掌櫃早就做好心理準備，當即就站出門去。

隆慶帝打出娘胎就是養尊處優，舟車勞頓後又一直沒吃到滿意的飯食，已消瘦了許多，人也蔫蔫的。如今在宮外，雖也帶了御醫，但到底沒有那麼多珍貴藥材，真要是病了，那可讓人不敢設想。

他們這些無根之人，能過上一人之下、萬人之上的日子，指著的可都是他，大太監劉德全已經交代下來，今日務必再尋新的廚子去！

來之前，那太監已經特地找人問過，這名叫食為天的食肆雖只開了不到一年，風評卻出奇的好，尤其東家顧娘子，早先還在文家當過幫工，做出過以文老太爺為名號的美味粥湯，後頭更是奇思妙想不斷，每個季節都推出新品吃食。

宮外的廚子，在他們看來自然不能和宮裡的御廚相比，但若是像這顧娘子一般，能做出他人從前不知道的吃食，那自然另當別論。

「你就是那周廚子吧？算你一個。」那太監在眾人面上環顧一圈，又道：「還請顧娘子也隨咱家來。」

沒辦法，顧茵也只能出去了。

王氏急壞了，她剛想動，顧茵立刻遞眼神制止了她。

「娘在家裡好好看著孩子，我沒事的。」對方人多勢眾，真要在這個時候硬碰硬才是不理智。且那太監的態度也稱得上和氣，真要鬧起來，也不過是從「被請過去」變成「被綁過去」。

兩人便隨著那太監去了文家大宅。

雖只一街之隔，但很明顯文家附近的把守更加森嚴——五步一崗，十步一哨。

不過因為來的是熟悉的地方，文家又有老太爺坐陣，顧茵心下微定。

兩人進到宅子裡，就見文二老爺正陪著一個統領模樣的人說著家裡宅子的格局，方便他們守衛。

見到周廚子和顧茵，文二老爺先是一愣，但很快就反應過來，並不做吃驚模樣，只是哼聲道：「公公怎麼請了個女人過來？這女人哪，最不頂事的！」

那太監知道他的身分，自然也得捧著他，忙拱手笑道：「您說的是，只是寒山鎮地方委實不大，出名的也就這幾個了。」

「哼，這廚娘我是知道的，」文二老爺不屑地道：「手藝一般，不過是食客們看她年輕面嫩，又是女子，才格外賞臉。前頭在我們家做工就讓人厭煩得很，後來讓我給趕走了！」說完他往前一步，推搡了顧茵一下。「醜兮兮的東西，沒得在這兒污人眼睛，還不快滾！」

文二老爺身邊的武將一把拉住他的手。「二老爺一介男兒，何苦為難個弱女子？」武將的語氣雖然還算客氣，但眼神裡的不屑卻是騙不了人的，就差直說「真不明白為什麼老太爺會有個這樣的兒子」了。當然，有這種想法的也不只他一人，即便是去尋顧茵的那個小太監，臉上也有著難以掩飾的輕慢之色。

「哎哎，大人輕些！」文二老爺的手被他捏痛了，連忙陪笑。「我這不是怕這樣粗鄙的人侍奉不好聖上，連累了諸位嗎？」

沒得因為一個廚娘而傷和氣，武將就對那太監道：「既如此，這廚娘就——」

就在這當口，小皇帝貼身的太監過來了，急道：「廚子呢？尋來了嗎？聖上說胃不舒服，已經動怒了！」

這下子再沒人敢說什麼，顧茵和周掌櫃被太監帶著，一路進到後廚。

這裡原先的廚子已經被遣散出去，含香樓的袁師傅縮在廚房一角，看到顧茵和周掌櫃過來，他先是起身相迎，隨後又想到什麼，眉頭緊皺地站住了腳，只以口型告訴他們「好好做」。

太監讓顧茵和周掌櫃立刻做吃食出來，每人只做一樣，務必要快，也不許他們說話，還站在旁邊盯著他們的每一個步驟。

條案上擺著各種食材，也有原先顧茵送給老太爺的皮蛋。

顧茵便做皮蛋瘦肉粥，周掌櫃做獅子頭。

兩人手腳麻利，很快就做好了吃食。

那死盯著他們整個做飯過程的尚膳太監先用銀針試毒，再親自嚐過，又等了一刻鐘，確認自己沒有任何不舒服，這才把他們做的東西分成兩份。

等他提著食盒走了，角落裡的袁師傅才摸過來道：「要好好做，做得不好要挨打的！」他是最早來的，親眼看著文家原先的廚子被按在條凳上，各打了三十棍。

那棍棒也是宮裡的東西，雖看著沒有衙門的板子可怕，但不知道是不是因為構造特殊，還沒到三十棍就把那兩個看著極為強健的廚子打得背後鮮血淋漓、人事不知，最後像兩個破布口袋似的讓人拖出府去了。就這樣，那掌管刑罰的太監還說已是聖上開恩，若在宮裡，有廚子敢做出這種不盡心的飯食，那真是要腦袋不保了。

顧茵和周掌櫃齊齊吸了口氣，還想問更多，但很快就有侍衛接替了那尚膳太監進來，讓他們分得遠遠的，不許再說話。

兩份飯食，一份送到隆慶帝那裡，一份送給文老太爺。

文老太爺還在裝病，看到那皮蛋瘦肉粥就知道是顧茵過來了。他心焦不已，可惜現在自己的書房前也是重兵把守，一隻蒼蠅都飛不出。

隆慶帝那邊，他總算是多用了一些，且因為吃的是熱熱的粥湯，他隱隱作痛的腸胃舒服了很多。用完膳後他饜足地嘆了口氣，道：「這粥口味醇厚香濃，也很特別，難怪有『文老太爺粥』的名頭。另外這個獅子頭，朕不喜歡濃油赤醬的。」

太監應聲，正要讓人去把周掌櫃捉起來懲罰，又聽隆慶帝接著道——

「不過手藝確實也是難得的。軍中將士辛苦了，這種口味重的肉食他們應當喜歡，就讓這廚子給他們做飯去吧。」

太監又讚美了一通聖上體恤下屬，便領命而去。

隨後，周掌櫃被人帶走；顧茵則得了一把金瓜子，她雖然心急卻也不敢表露什麼。

就這樣，顧茵在文家待了下來。

隆慶帝吃得精細，並不是一日三餐，而是一日好幾餐，什麼時候有興致了，什麼時候就要叫點心。

顧茵有家不能回，就住在大廚房旁邊的耳房裡。而且因為她是給皇帝做飯食的，又是外來人，侍衛和太監都對她看得很緊，發現她和袁師傅早就認識，還把袁師傅分到另一個院子的小廚房去了。這種宛如坐牢的生活一天天過去，顧茵完全不知道外頭的情況，又怕王氏他們擔心自己，不覺就憂愁起來。

這日，小皇帝又說要吃新東西，讓顧茵自己想，她就開始做燕皮餛飩。

她近幾日做飯都越做越慢，但因為做的吃食格外符合小皇帝的口味，也沒人說她什麼。這天她更是特地又放慢了手腳，生火熱鍋便花了一刻鐘，打燕皮的時候更別說了，本來就吃力的活計，在特地放水後，打了一個時辰都還沒打好，隆慶帝身邊的太監都過來問了。

她連忙告罪道：「民婦一心想給聖上做可口的飯食，但是這些活計從前都有幫廚做，民婦人單力薄的，實在是……」

打肉皮這種粗重活，能有幸被皇帝帶出來、平素裡也是位高權重的太監也做不來；至於侍衛，那些能帶到近皇帝身的，更都是勛貴世家子弟出身，平素裡他們也就敬著皇帝，對其他宮人都不屑一顧的，連在廚房裡把守，他們都嫌棄油煙味大，非必要不進來，讓他們來幫這個乾癟黑醜的廚娘做活計，那自然是更沒人願意。

顧茵想的就是讓他們找個外人進來，即便是文家的下人，她也能知道一些消息。但讓她失望的是，那尚膳太監最後還是沒讓文家下人進來。

文老太爺身分敏感，一直稱病，文家的下人都已經被看管起來了，顧茵又和文家是舊識，誰能放文家的人進來和她接觸？

最後，那尚膳太監陪著笑臉去求了侍衛，沒多久就帶了個人過來。

那是個臉上有一塊巨大深褐色胎記的青年男子，他身形十分高大，卻只敢瑟縮著身子，神情很怯懦，走路還一高一低的。

他是文家沒了下人後，侍衛們在外頭尋找過來做粗活的男人。當然不是隨便尋摸來的，這男人不止跛腳，還又聾又啞的，侍衛們在他背後敲鑼、甚至揮刀，他都絲毫不為所動。後頭一眾侍衛又對他拳打腳踢，打了足足兩刻鐘——他們都是練武之人，最知道打哪裡不會讓人重傷，卻足夠疼的。這青年被打得又是抱頭、又是連連拱手求饒，卻確實是一點兒聲響都發不出。確認他是殘疾之人後，侍衛們才敢放心留他在文家。

「這也太寒磣了！」尚膳太監很不滿，卻又不敢表現出什麼。「到底是要給聖上做吃食的啊……」

侍衛狎笑道：「那廚娘又黑又乾癟，這聾啞的和她一起豈不正好？公公也別挑三揀四了，不讓他來做，難道讓我們這些陪聖上出生入死的近身侍衛來做？再說，只是在廚房裡做粗活，又不是去聖上面前服侍。」

尚膳太監這才沒話說，只能把人領走。

顧茵在廚房裡，手上活計不停，心卻已經飛到了外頭。等看到尚膳太監把人領來，她面上一喜地迎了出去，然而讓她失望的是，眼前的男人既陌生，居然還是不能說話的，見了她便拱手行禮，口中咿呀作響。等到聽尚膳太監說男人竟還是個聾子，她更是失望得無以復加，只能先用動作指揮他照著自己的模樣打肉皮。好在他力氣還是有的，沒多會兒就把肉皮打好了，總算是沒誤了小皇帝吃飯的時辰。

那燕皮餛飩得過老太爺讚譽的，只是覺得工序麻煩，所以後頭他就沒再讓顧茵做。小皇帝吃著也喜歡，他卻沒那麼多顧忌，讓顧茵明早再做這個，那青年男人便也被留下來打下手。因為他是聾啞的，侍衛就沒把他和顧茵隔開，只讓他們都守在大廚房裡。

顧茵鬱悶地看著他嘆了口氣。就算不能告訴她外頭的消息，好歹帶個齊全人來啊！哪怕只是啞巴或者只是聾子也好，起碼能交流一下啊！好幾天沒和人說話了，她真的很難受。她剛要嘆第二聲，就聽到靜謐的廚房裡傳來了咕咕聲。

青年立刻捂住肚子，很不好意思的模樣。

顧茵就收起了頹然，低聲道：「有飯吃，有地方住，身體也好好的，有什麼好急的？」現在的境況總不會比她剛穿過來、半生不活地病倒在破屋子裡，半夜還遇上賊人翻牆入屋時更差。「我也餓了，讓我看看做點什麼。」儘管知道對方聽不見，但好歹多了個活人，憋了好幾天的顧茵便開始自言自語起來。

廚房裡食材都齊全，侍衛和太監雖然看管得嚴，卻也沒說不讓她自己取用。

顧茵包起了餛飩，菜肉餡裡拌上足足的豬油，皮兒擀得薄如蟬翼。這是她這輩子第一次認真做的吃食，只要做這個，心裡就有底了。

沒多會兒，幾十個小巧精緻的「元寶」就在鍋裡打著轉兒，齊齊浮了上來。

顧茵在碗底放胡椒粉、鹽，和袁師傅剩下的一點味精，還撕了一小把乾紫菜，裝好了兩碗帶湯餛飩。

「吃。」她把一碗先端給青年。

青年連連點頭，弓腰致謝。

顧茵也端起自己的。

廚房內沒有桌椅，只有從前徐廚子還在文家時用的竹靠背椅和幾個小板凳。

看到青年高大的身子縮在小板凳上，顧茵拍了他一下，讓他坐到靠背椅上，結果對方搖搖頭，連忙推拒，她也就沒再堅持，自己在靠背椅上坐下來。

「一碗夠不夠？」顧茵本來沒什麼胃口，但是那青年顯然是餓狠了，先大口大口喝了兩碗湯，然後再吃餛飩，一口吃完後，他的眼睛突然亮了，進食的速度也變快了。

顧茵喜歡別人吃自己做的飯食吃得香的模樣，不由得多看他兩眼。細看之下，她發現對方雖然皮膚黑、神情畏縮，臉上更有一塊難看的褐色胎記，其實近看五官並不難看，反而線條硬朗。若沒了這胎記或者褪下那不敢正眼瞧人、唯唯諾諾的神色，應當稱得上是英俊的。

「我怎麼覺得你有些眼熟呢？」顧茵奇怪地托腮看他。「你原先也是寒山鎮人士嗎？」

這話問完，青年的手微不可見地一頓，隨後繼續以之前的速度進食。

顧茵自嘲地搖頭道：「忘了你聽不見了。不過我從前在碼頭擺過攤，可能見過你也不記得了。」

等到青年吃完，他立刻站起身，一瘸一拐地收了兩人的碗去洗了。

顧茵跟著他到水槽邊上。「你叫啥呢？認字嗎？」顧茵邊說邊以手蘸水，在桌上寫字。若是認字的話，倒是也可以交流，起碼能問問外頭的情況。

對方搖搖頭，表示不明白。

顧茵又以極慢的語速，用口型問他名字。

雖然對方聾啞，但現在對方是自己的幫廚了，總不能一直喊對方「喂」吧？顯得很不尊重人。

好半晌，青年才明白了她的意思。他的眼神落在一旁的板凳上，上頭搭著顧茵隨手解下的青色圍裙。

顧茵意會道：「原來你叫板凳啊！」

青年收回視線，繼續洗碗。

顧茵伸手在他眼前比了個大拇指，也不管他能不能聽懂。「挺好的，賤名好養活！我兩個徒孫，一個叫菜刀，一個叫砧板，都是很好的孩子。」

想到外頭的家人，顧茵也沒了說話的興致。

老天保佑，可讓那個什麼惡鬼修羅一般的紅疤大將軍快來吧！

自從廚房多了個人後，顧茵是覺得舒服了不少。小皇帝身邊的人太養尊處優了，文家大廚房裡的柴火和水缸裡的水一天比一天少，雖每天都有人會送來一些，但都只夠她給小皇帝做飯用，她自己吃喝也在這裡，劈柴、挑水都得靠自己，已經越來越覺得不方便了。現在這名叫板凳的青年來了，劈柴、挑水、灑掃庭院都是一把好手，顯然是做慣了這些粗活的。

第二天，顧茵又做了一次燕皮餛飩，小皇帝吃著還是不錯，不過他短時間內不會點兩次同樣的吃食，所以尚膳太監本來是打算把青年弄走的——實在是覺得放這樣一個人在皇帝的膳房裡太寒磣了！但後來看到青年確實能做活，顧茵還塞了幾顆金瓜子幫他求情，尚膳太監便又把他留下了。

雖然增加了一個「獄友」，但坐牢的生活還是沒有改變，顧茵心底是真的難以掩下焦慮，而她焦慮的表現，就是話變得多起來。

「板凳啊，你鍋不能這麼刷，把表面的油刷掉了，是要生鏽的。」

「板凳啊，別劈柴了，都夠用好幾天了。」

「板凳啊，你怎麼又出去挑水？水夠用，你歇著唄！」

也幸好，這青年是聽不見的，他還是照舊忙進忙出，一刻不得閒的模樣。而且對方看到顧茵嘴巴一開一合的，也不會不耐煩，大多時候會用眼神詢問她有什麼吩咐。

顧茵當然也不是真的要吩咐他什麼，只是找點話說而已，所以大部分時候她都連忙搖手，讓他忙自己的，等他轉身的時候她再接著碎碎唸。有時候唸著唸著，顧茵自己都會笑起來，她什麼時候話這樣多了？平時她還偶爾會覺得自家婆婆有些嘮叨，但現在她卻比婆婆還嘮叨十倍。也得虧板凳聽不見，估計換個人要讓她唸叨瘋了。

當然，最能慰藉她的，還是青年的吃相。

倒不是說他會狼吞虎嚥、吃相極為難看，而是他吃顧茵做的飯是真的吃得香，比後世吃播博主都不差什麼，每吃一口，臉上都會出現毫不做作、讚嘆享受的表情。

而且顧茵也發現他飯量不小，手擀麵條一口氣能吃三大碗！她就喜歡能吃的，給這樣的人做飯，才是她做廚子的本意嘛！

一晃又是三日，文家的氣氛變得不同起來。

不論是太監還是侍衛，都從高度緊張的狀態中鬆散下來。

尤其是一些個侍衛，出身高貴，不少還是紈袴子弟，很快就原形畢露了，不當值的時候就跑到大廚房，讓顧茵給他們做吃食。吃完他們也不走，就聚集在這小院子裡喝酒、賭錢。

顧茵偶爾也能從他們嘴裡聽說一些外頭的事。

「那該死的亂臣賊子，害得咱們有家不能回，窩在這鳥不拉屎的地方，若是有機會遇上，老子一刀砍了那個修羅將軍！」

「就是！等到他日咱們打回京城，老子把那廝和那反王的頭砍下來，齊齊掛城牆！」

「唉，哪日能回到京城呢？這鎮子忒小，再窩下去，老子一身武藝都要荒廢了！」

「想恁般多！來來，今朝有酒今朝醉！」

伴隨著說話聲的，是極為響亮的搖骰子、推牌九的聲音。

顧茵在廚房裡給這些個大爺做吃食，忍不住輕嗤一聲。這些人還嫌棄鎮子破？又不是他們求這些人來的！可快走吧，寒山鎮小，容不下這些大菩薩！

外頭的侍衛們喝起酒來，推杯換盞的，吵嚷聲也越來越大。

「板凳啊，你知道他們說的那什麼大將軍不？」

青年正坐在灶膛前燒火，自然是給不出什麼反應的。

顧茵站在鍋邊炒菜，也沒看他，自顧自輕聲嘟囔道：「聽說他力大無窮，能手撕活人呢！我只知道手撕包菜、手撕雞的，這活人怎麼撕啊？」

青年突然轉過臉去，身形微微抖動。

正好顧茵炒出一盤熱菜，看到他這樣，問他怎麼了？

他做出了咳嗽的口型。

「那你小心些。」顧茵說完就端著菜出去了。

熱菜上桌，侍衛們卻沒動筷，反而有人伸手把顧茵拉住。「小娘子，來陪小爺喝一杯！」這人面色酡紅，渾身酒氣，已然是醉了。

他身邊的人哈哈大笑。「榮兄是不是喝醉了？這是廚房裡的黑廚娘，可不是青樓楚館裡的嬌豔小娘子！」

榮侍衛困難地瞇了瞇眼，終於看清面前站著的是個頂著黑臉、鍋蓋劉海罩臉，還把自己弄得油膩膩的顧茵，立刻撒開手啐道：「晦氣！」
其他人轟然大笑。
這時，也不知道誰起頭說了句——
「來來來，新的一局，就用這黑廚娘做賭注！輸的人就親她一口，諸位可敢？」
都是年輕氣盛的少年郎，誰會在酒桌和賭桌上說不敢？
顧茵正想開溜，卻被人拽住了一條胳膊。
那骰子又被搖響，幾人很快依次扔過，點數最小的還是那榮侍衛。
「哈哈……榮兄今日還真是『鴻運當頭』啊！」
「願賭服輸，榮兄可不好耍賴！」
眾人哄笑，推著那賭輸的榮侍衛起身。
那人又醉又臊，臉脹成了豬肝色，最後還是認賭服輸，又去拉扯顧茵。
顧茵連忙一邊往外退一邊道：「大人饒過民婦吧！民婦面容醜陋，也已嫁為人婦了！」
「嫁為人婦的好啊！哈哈哈，嫁過人的才知冷熱呢！」旁人繼續嬉笑。
……不然就當被狗啃了吧？顧茵無處可躲，只能無奈地這麼想著。
冷不防的，從她背後伸出一隻手，精準無誤地扣住了那榮侍衛的手。
「誰?!」榮侍衛本就在氣頭上，被人一攔，越發惱羞成怒，等看清攔他的是那個聾啞的跛腳青年，頓時怒不可遏！「你這廢物也敢攔老子？」

其他人並不上前幫忙，只抄著手促狹道：「別是這廢物和這黑廚娘相處了幾天，成了一對了，榮兄倒成為奪人所好的人了！哈哈哈哈……」

青年眼中的戾氣一閃而逝，隨即鬆開手，討好地呈上手裡的一碟子花生米，表示自己是來送下酒菜的。他一瘸一拐地把下酒菜放到桌上，突然身子一歪，直接撲在那小桌子上，小桌子被他的高大身板一壓，立刻散了架，桌上的牌九、骰子、酒罈子、菜盤子散落一地。

這下不只是那榮侍衛，其他人也都動了怒。「死瘸子！路都不會走是吧？」

眾人的拳頭如雨點般落下，打得青年抱頭求饒。

而顧茵已經瞅準時機出了去，把同在院子裡的尚膳太監給請了過來。

尚膳太監對侍衛們的玩鬧一直睜一隻眼、閉一隻眼的，此時這動靜鬧得實在大，他也就賣了顧茵這個面子，趕過去勸道：「諸位大人可別在這個節骨眼生事，這到底都是給聖上做吃食的人啊！」小皇帝的性格不是好相與的，尤其現在這當口，要是在文家把人打出個好歹，小皇帝第一個不會放過他們！

侍衛們也忌憚這個，都恨恨地停了手，最後啐道：「廢物配醜八怪，正正好！」

等尚膳太監把這群大爺哄走，顧茵立刻上前去把青年扶起來。

「怎麼樣？痛不痛？」她努力對著他做口型。

青年搖搖頭，擺手表示並不用她扶，自己站起身來。

兩人回到灶房後，顧茵讓他在旁邊坐下，自己則燒水煮雞蛋。

白水蛋煮好後，她剝了蛋殼，用細布把雞蛋一裹，讓他捲起袖子，要幫他散一下瘀青。

青年連連擺手，表示他自己來。

顧茵卻執意道：「讓我來吧，好歹讓我為你做點什麼。」

這段日子接觸下來，她知道眼前的青年雖然跛腳，但不論是劈柴還是挑水，走路都是很穩當的。他方才那一摔，自然是刻意為她解圍。

青年這才把袖子捲到手腕處。

顧茵才發現他手上還帶著好些瘀青，不是剛才造成的，還有好幾天的傷。而且不止瘀青，他胳膊上也有其他利器造成的陳年舊傷，雖已結疤脫落，但看著還是讓人心驚。

一個又聾又啞的人，能活到這麼大，也不知道吃了多少苦……

顧茵看得眼酸，只能強迫自己不去多看，用煮雞蛋輕輕滾在他那些瘀傷上。「現在也沒有傷藥，只能這樣散一散。等咱們出去了，我再給你買傷藥，最好的那種……到時候你也別去其他地方了，就跟我回食為天吧，給我當夥計。我給你開工錢，再不讓你被人欺凌。」

男人乖乖任由她滾過一遍胳膊上的瘀傷，後頭顧茵讓他再捲起另一隻袖子，他卻是堅持不肯了。

顧茵也不再勉強他，讓他自己弄，她則撐著下巴在旁邊看。

青年又把另一條胳膊上的瘀傷處理了一遍，再抬眼的時候他微微一頓，指了指自己的下巴。

顧茵立刻會意，掏出隨身攜帶的小鏡子一照——她下巴處的鍋灰被擦掉了，露出了原本白皙的膚色。

不過好在她用的鍋灰常抹常有，再去抹一把塗上就是了。

鍋灰不耐水、不耐擦，朝夕相對的這些天，顧茵已經不止一次「脫妝」。但好在這青年每次都會提醒她，而且從未對她這故意抹黑臉的舉動表示過任何好奇或者探究，更沒做出過任何越矩的行為，所以顧茵才會在尚膳太監想把他送出去做別的粗活時幫他求情。

眼下她更覺得自己做的沒錯，她幫了他，對方今天也幫了她。

後來顧茵又給他煮了一盆雞蛋，讓他晚上拿回去慢慢滾。給完後也不知道是不是她看花眼了，竟隱隱覺得青年看她的眼神既無奈、又好笑。

後頭那些侍衛又來要吃要喝，雖看向那青年的眼神不善，但好在沒再為難他，也沒再把顧茵當賭注玩笑，這件事也就就此揭過了。

第二十章

春末夏初，是寒山鎮唯一多雨的季節。

這天下了好大的雨，小皇帝早早地歇下了，尚膳太監也傳話來說今晚不用再留熱灶了。

小皇帝一時三變，顧茵讓青年幫著燒了一大鍋熱水後，還是在灶膛裡留了火種，再把灶膛給掩上。

熱水由青年幫著提進屋裡，顧茵洗漱、沐髮，再趁倒水的功夫去抹一把鍋灰。

這該死的坐牢日子，一刻都讓人不敢放鬆，睡前還得把鍋灰抹上！

抹完後她躺在床上睡下。因為心中有事，她這些天一直睡得不安生，這天聽著雨聲，倒是難得的睡了個好覺。

一直睡到半夜裡，她被院子裡此起彼伏的腳步聲吵了起來。

「往這兒搜！你們往那兒去！」侍衛們執著火把魚貫而入。

顧茵聽到響動，立刻穿衣服出去。

尚膳太監也出來了，看到這陣仗，立即去打聽發生了什麼事。

這隊侍衛為首的正是那榮侍衛，他臉色鐵青地道：「抓刺客！所有人都出來！」

「天爺啊！」尚膳太監驚呼一聲，撫著胸口道：「聖上無事吧？」

「聖躬無恙。」榮侍衛說著話，突然就咳出一口血。

先帝去之前給隆慶帝留下了過百暗衛，這些暗衛忠心耿耿、武藝高強，雖然一路上已經折損大半，但也還有二、三十個好手輪流守護隆慶帝，一般別說刺客，就是蟲子都逃不過這些人的眼。但今天雨下得特別大，居然有個頭戴面罩的刺客躲過了這些人的耳目，一路到了隆慶帝的臥房！要不是隆慶帝身上還穿著至寶軟蝟甲，對方又是手無寸鐵，只以拳進攻，怕是……但饒是如此，隆慶帝還是受了不輕的傷，但也只有貼身的人才知道這事，並不敢在這個當口把這事宣揚出去。

後頭他們這些人聽到響動，自然要衝進去護駕。當然，主要還是不要命的暗衛出力，把刺客逼退。他們這些勛貴出身的侍衛不敢和人拚命，只是拔刀衝進去裝裝樣子。但也不知道怎麼回事，那刺客衝著他們就來了！

刺客雖手無寸鐵，拳勢卻如烏雲壓頂，裹挾著萬鈞之勢，榮侍衛就是挨了他一拳，五臟六腑都痛得如同火燒一般。和他玩得好的那幾個侍衛比他還奸猾，能躲多後面就躲多後面，但也多多少少都受了傷。最後還是幾個暗衛跟著那刺客入了侍衛堆裡，這才把人逼退了。

一口血咳出，榮侍衛再壓不住肺腑的疼痛，一張臉痛得都皺在一起了。

顧茵忍住想笑的衝動，跟著裝出一副憂心害怕的模樣。

榮侍衛的眼神在幾人身上一掃，神色一凜，叱問道：「那聾啞廢物呢？」

顧茵立刻解釋道：「他聽不見響動，可能是還在沈睡。」

但很快地，就有侍衛從那青年住著的屋裡出來，說他並不在裡頭。
「加快動作給我搜！一定要把那刺客搜出來！」
榮侍衛撥開顧茵和尚膳太監，一手按住傷處，一手執刀，一腳踹開了尚膳太監的屋門。
最後一圈搜下來，那青年還是不見蹤影，此時也只剩顧茵的屋子還沒搜了。
榮侍衛又踹開了顧茵屋子的門，一行人一擁而入。
顧茵連忙跟進去，只見那一覽無遺的屋子裡，床上有一團極為顯眼的隆起！顧茵掩住眼中的驚訝之色，看著榮侍衛把被子掀開——
聾啞青年此時只著中衣，正躺在床上呼呼大睡，直到被子被掀開，他才驚醒坐起，看到屋內來了那麼多人，他黝黑的臉也透出了難堪羞臊的紅，連忙跛著腿下床拱手求饒。
屋內眾人的視線頓時全集中到顧茵臉上。
顧茵咬著唇道：「大人明鑒，民婦方才沒好意思說，他……他一直在我屋裡。」
一眾侍衛連帶著那尚膳太監的眼神都帶起了不屑和鄙夷。
沒多會兒，外頭人來報，說在通往前院的外牆牆頭上找到了泥腳印，於是眾人也不再糾結他們兩個醜八怪通姦的事，立刻跟了過去。
「小娘子還是……」尚膳太監臨走之前，欲言又止道：「到底是聖上身邊的，即便妳是平頭百姓，也不好再做出這等骯髒的事。」
顧茵垂著眼睛連連致歉，又保證不會再有下次，才把尚膳太監給送走。終於人都走了，顧茵褪去臉上的羞愧、尷尬之色，沈著臉把門關上，又點起桌上的油燈。

兩人面面相覷，最後還是那青年先開口道：「多謝。」

他聲音低沈渾厚，在這夜色濃郁的雨夜裡，給人一種十分安心的感覺。

顧茵卻顧不上欣賞，只道：「我不是幫你，是幫我自己。我和你共事了這些日子，若你是刺客，我也難逃干係。」

這男人能在把守森嚴的文家對小皇帝動手，又能裝這些天的聾啞、跛腳的殘疾人，把她這朝夕相對的人都給瞞住了，不論是武藝還是這份心性，都讓人心驚。真出賣了他，他多半也能拚殺出去，而她身無武藝，反倒很可能被當成刺客同黨，成了替罪羔羊。

而且顧茵對廢帝一黨沒有半點的好感，心裡還有些替他可惜。若是今遭他刺殺成功，小皇帝沒了，眼前這困局自然也就解了。

眼前這人肯定是義軍中人，只是不知道到底是誰，會不會就是傳聞中那位能手撕活人的大將軍？知道得越多，死得越快，顧茵按捺住心裡的好奇，把嘴閉上，沒再和他說話。

「還是多謝。」說完這話，男人先從床底拿出自己的衣裳，那是一身夜行服，但反過來一抖，立刻就變成了他平素穿著的褐色短打。隨後他單手拿起屋裡的太師椅放到角落，大馬金刀地閉眼坐下，也不再言語。

做戲做全套，最後那男人還是留到天明之前，才從顧茵屋裡出去。

顧茵和他相顧無言地對坐了半宿，等他一走她立刻鎖好門窗，躺下補眠。

一覺睡到天亮，顧茵還是那個黑醜乾癟的廚娘，男人還是那個聾啞、跛腳的醜陋幫廚。兩人都做若無其事狀，只是顧茵再不和他碎碎唸了。

過了一日，隆慶帝身邊來人說要離開寒山鎮了——遭遇了行刺，還沒把刺客緝拿住，此處自然不再安全。

顧茵聽到這消息不禁鬆了口氣，然而不等她高興，那尚膳太監居然讓顧茵收拾著一道去！這狗皇帝！都差點死了，眼下就要連夜逃命了，竟還不忘吃喝?!

顧茵心裡恨得咬牙切齒的，但面上也不敢表現出什麼。

那青年已經算做廚房的一員，所以顧茵一動，他也跟著動。

就在出發之前，那青年經過顧茵身邊時，以微不可聞的聲音道：「之後我幫妳逃。」

鬼使神差的，就這麼幾個字，顧茵突然安心了下來。

上萬禁衛軍連夜撤走，但也沒走遠，走了大概一天，大部隊上了一座山，到了一處匪寨。寒山鎮外流匪不斷，舊朝的禁衛軍雖然打不過義軍，對付這些蝦兵蟹將卻是綽綽有餘。匪徒被清剿後，禁衛軍就在此處駐紮。

這裡環境簡陋，自然不再像從前那樣能把顧茵他們分散開來。而且觀察了這麼一段時間，他們幾人也都是老實本分的，所以顧茵和周掌櫃、袁師傅就待在了一處，只有在他們做飯的時候，才會有人進來監督和試毒。

雖只隔了不到一月，但再次相見，眾人都有種一別經年之感。

周掌櫃不禁紅了眼睛，問顧茵這些天好不好？有沒有受罪？

顧茵也是鼻酸，回道：「我很好，就是每天做飯，然後被看管著而已。你們呢？都還好嗎？知道外頭的情況嗎？」

袁師傅和她待遇相同，自然也不知道外頭的情形。

但周掌櫃是負責給將士們做大鍋飯的，加上他這人說話做事面面俱到，真有心和人套近乎，也能做出八面玲瓏的模樣。

早在這次見面前，周掌櫃就和人打聽過顧茵的消息，雖不詳細，卻也知道她做的吃食很符合小皇帝的口味，並沒有受到磋磨。但到底還是親口聽她說了，他才安心下來。

這段時間周掌櫃已經不只是給他們做飯，還把出去採買的差事也給攬到了自己身上。自然也有人看著他，並不讓他和外人接觸，只是藉著他對寒山鎮的了解便宜行事罷了。但好歹能出去，他多少也能知道一些事。

外頭的情況比他們想得好，除了文家和他們幾個被牽扯進來的廚子，其他普通百姓的生活都沒有受到影響。這次小皇帝帶人離開，也只帶走了文老太爺和他們一行人，其餘百姓都沒有受到波及。

有一次周掌櫃還在街尾看到了顧野，小傢伙臉色陰沈沈的，套著件大斗篷，躲在角落無聲無息，若不仔細看，根本不會發覺那裡站著個人。他怕顧野輕舉妄動，連忙對他打了個手勢，讓他別動。

「……後來又遇到一次，小野裝作不懂事的模樣，撞到了我們，我乘機把寫了字的布條塞給了他。宅子裡的大家知道咱們都安然無恙，應當不會太心急。」

顧茵自己一個人的時候尚且能保持冷靜，但聽到關於顧野的消息後，她忍不住憂心地攥緊了拳頭。「這孩子主意大，我在家時還能管束一二，我娘是管不住他的。如今咱們離開了寒山鎮，我就怕那孩子跟過來。」若是被人當成小探子抓住……顧茵不敢設想那樣的結果！

猶豫再三，顧茵還是找上了那青年。他們現在所待的山頭極大，侍衛們要從山下巡到山上，做粗活的人手越發不夠，所以他不只在廚房幫忙，大部分時間都在外頭做其他活計。

「前頭我幫你留下，你幫我解了困局，這是打平。但是雨夜那天我又幫你一次，希望你還我一次。」顧茵並不是挾恩求報的人，但為了顧野，她只能厚著臉皮。

看到她眼裡滿滿的哀求，青年並沒有表現出任何不耐煩，只言簡意賅地道：「妳說。」

「我兒子可能會跟過來……」顧茵忍著揪心之感，吐字艱難地道：「他五歲多，跑得很快，一般的習武之人都跑不過他，若是遇到了……」

她居然已有個五歲大的兒子。青年的眼神不由得落到她的婦人髮髻上，很快又挪開了眼，只道：「我明白了。」

這天的天氣又是陰沈沈的，小雨淅淅瀝瀝地下了一整日，侍衛們越發煩躁。

從前在宮裡的時候，他們只要巡某個宮門或者某個宮殿附近；後頭到了文家，也只是在文家附近巡邏；現在倒好，山腳下巡到山頭上，每個人的工作量都大大增加了！且這還不算，吃住條件越來越簡陋了，幾十號人住在大通鋪裡，還不方便去小皇帝的膳房裡開小灶了，眾人的心情可想而知。

「該死的叛軍！」榮侍衛煩躁地撣著身上的雨珠。「老子——」

眼看他又要發狠話，同行的人連忙讓他打住。「榮兄沒發現嗎？上次那刺客從聖上屋裡被逼退出來後不先逃命，反而衝著咱們兄弟就來了！」

榮侍衛連忙止住話頭，狐疑道：「不會吧？這只是咱們兄弟私底下說的。」

「誰知道呢？多一事不如少一事，榮兄慎言！」

他們這些人沒上過戰場，對義軍的了解都僅限於宮廷傳聞，對方連手撕活人的惡鬼將軍都有了，或者也有能千里聽音的？反正總讓人心裡毛毛的。

榮侍衛不再多言，餘光掃到一個高大的身影挑著水桶，一瘸一拐地往山下走，氣不順的他立即沈聲喝道：「站住！」

然而對方根本沒停下腳步。

同行裡也有和榮侍衛不怎麼對盤的，當即嗤笑道：「榮兄莫不是讓叛軍刺客打傻了？忘了那廢物是聾啞之人嗎？」

榮侍衛面色脹紅，快步上前，一腳踹在一個水桶上。
青年這才站住了腳，轉頭看到是他們，他立刻陪著笑臉，拱手行禮。
「你在這裡做什麼？」榮侍衛指著他的水桶問。
青年過了半晌才反應過來，用水桶做出打水的姿勢。
山上沒井，吃用的水都需要人一趟趟地從半山腰的一汪清泉裡打出運送。
小皇帝的吃用自然有人負責，這種給大部隊打水的活計吃力又不討好，一般的宮人都不願意做，自然就落到了這青年頭上。
榮侍衛純粹是無處發洩怒火，所以才特地把他攔住，他正要繼續找由頭教訓那青年，餘光忽然掃到一抹黑影閃過！「什麼人?!」他瞬間拔刀。
其他侍衛也跟著拔出佩刀。
然而雨還在下，天地間霧濛濛一片，一行人視線本就受阻，艱難地在周圍看過一圈後，卻是什麼都沒發現。
「榮兄真是讓人嚇破膽了，哪有什麼人？」
「就是！這山上的飛禽走獸多了去，榮兄不必大驚小怪。」
榮侍衛被人奚落了一番，越發沒面子，抬起一腳踹在青年後腰上。「滾！」
青年也不敢動怒，連滾帶爬地撿起地上的水桶，掛到扁擔另一頭，踩著泥濘的山路，高一腳、低一腳地去了。

待走到山泉處，青年面上懦弱和討好的神色褪去，他足尖一點，兔起鶻落，從身後一處極不顯眼的灌木叢裡抓出一個小孩。

顧野像小貓被提溜後頸皮似的，讓對方抓著後脖領揪了出來。他扭著身子想掙脫，然而關捕頭教的那些本事到了青年手裡卻半點都不頂用，這會兒他才後悔起來。方才聽那些侍衛說這青年又聾又啞，所以他才大著膽子跟得近了點，沒想到一下子就讓對方發覺了。

話本子裡這種扮豬吃老虎的人最難對付了，因此顧野什麼都不敢說，就怕對方知道自己已經識穿了他的偽裝，進而殺人滅口。

青年有些好笑地看著這小孩皮猴子似地在自己手裡掙扎。他分辨出這小孩是學過武的，而且天賦也不錯，這個年紀已經有這種身手。只是他一身武藝都是臨陣殺敵鍛鍊出來的，一力降十會，小孩這種小打小鬧的功夫在他眼裡自然不算什麼。

「你是顧野。」青年肯定地說。

顧野大驚，但很快他就歪歪頭，裝出一副天真無邪的模樣。「叔叔，你怎知道我名字啊？」說完他又自顧自地道：「我是這裡獵戶的小孩，爹娘說山上的土匪都沒有了，人家好奇嘛，就過來看看了。」

這小機靈鬼！青年忍不住彎了彎唇。模樣和他娘不像，這機靈樣倒是和他娘很相似。他不再多言，從懷中摸出一個小巧精緻的瓷罐。

那是過年時徐廚子送顧茵的那套調味罐中的其中一個，顧茵日常就帶在身上的，當時被徵召進文家的時候也帶過去了。雖然裡頭的調料都讓宮人倒掉，但瓷罐還是讓她留下了。

顧野看到瓷罐後，臉上天真的神情立刻褪去。「我娘的東西，怎麼會在你這裡？我殺了你！」他眼睛通紅，卯足了勁地掙扎。

青年看到他脖子那處勒紅了，怕他傷到自己，立刻把他放下。「你娘無恙。」青年不大會和孩子交流，正想著怎麼把情況解釋給他聽，卻見他忽然自己冷靜下來了。

「對喔！這是我娘特有的東西，如果她不說，就算你把她怎麼樣了，也不會知道要拿這個，而且你還知道我的名字。」

青年微微驚訝了下，點頭道：「確實如此。」

顧野一屁股在旁邊的大石頭上坐下。「你是我娘的朋友吧？她現在怎樣了？」

看來這少年老成的作派才是顧野本來的模樣。青年又是輕笑，道：「她還是負責做飯。如今和其他兩個廚子在一處灶房，境況還算好。就是擔心你，所以才給了我此物。」

顧野轉過臉，用手背揩了揩眼睛，最後實在揩不乾淨，乾脆把斗篷的帽兜罩在了自己頭上，甕聲甕氣地說：「我知道，娘不想讓我來的，可我也擔心她，想為她做點什麼。」

顧野以前覺得自己可厲害了，別家小孩只會哇哇哭的時候，他就一個人在外頭討生活。後來遇到他娘、他奶，他又能給她們幫忙，還不到一年就成了鎮子上的孩子王。可這次的風波才讓他知道，他哪裡厲害呢？根本再沒用不過的，連自己的娘都保不住！哪怕他再長大一點呢？像眼前這個人一樣，裝出聾啞的模樣混進去，也總好過在外頭急得團團轉卻什麼都做不了。

青年初時看他並不覺得如何，此時看著他套上帽兜後，只露出筆挺的小鼻子和尖尖的下顎，倒是覺得極為熟悉，但一時間又想不起來他像誰。應該還是隨了他娘吧？看到眼前的小孩身形微微抖動，顯然是在壓抑著哭泣的模樣，青年伸手拍了拍顧野的小肩膀。「我會幫她逃出來，不用擔心。」

顧野點點頭，眼前這人的本事是不用懷疑的，而且他娘看人也挺準的，既然會託他幫忙，肯定是相信他的。「我給你幫忙，你需要我做啥？傳信或者別的，我都可以。」他帶著鼻音道。

「並不用。」從前在文家的時候，青年並不能和同伴取得聯繫，但到了這山上就不同了，地方大，禁衛軍總有巡守不到的地方，而且他也有了出入的由頭，就方便了許多。「你娘的意思，是讓你在家待著。」

顧野破涕為笑。「那我下回直接在這裡等你。」說著他從大石頭上跳下來，轉過身揮揮手。「謝謝你啦，醜臉叔叔。」

還真是個不服管束的孩子，難怪他娘急得都求到自己跟前了。

小跑了兩步後，顧野想到了什麼，從斗篷上撕下一小塊遞給他。「還請你把這個，帶給我娘，讓她不要太想我。」

進出關卡雖會搜身，但一塊小布條還是能藏的，青年便把那手指大的布條塞入頭髮裡。

兩人分開，青年又恢復了一高一低的走路姿勢。

顧野臨走前突然道：「叔叔，剛才你好像不是這隻腳瘸的！」

青年身形一頓，又聽他笑嘻嘻地道——

「騙你的！這次真走啦！」

顧野矮下身子，在這霧濛濛的雨天裡像一隻迅捷的黑兔子一般，在灌木叢裡隱去了身形。

這天，山上匪寨的灶房裡，顧茵負責值夜。

雖然周掌櫃和袁師傅都心疼她，想代勞，但是小皇帝自從出了寒山鎮後就越發難伺候，變著花樣地要不同的吃食。前一天袁師傅還因為做的東西不合他口味，讓人拖出去打了十棍子。雖然袁師傅的身子骨康健，但那十棍還是把他打得一天都下不了床。

所以，現在給小皇帝做吃食的廚子就只有顧茵一個。

晚間小皇帝又傳膳，要吃雞絲湯麵。

灶房裡活雞倒是有，但是因為連著下雨，山上濕氣又重，早上送來的柴放到現下已經受潮了。她稟報了尚膳太監，沒多久尚膳太監就讓人把青年尋過來，讓他在灶房裡現劈柴。

顧茵在麵粉中加入了雞蛋，和麵、揉麵，等到青年把柴劈好，放到灶膛裡生火，她的手擀麵也擀好了。

整雞切塊，泡去血水後焯水，放入鍋中大火熬上兩刻鐘，煮出雞味後，把麵條放入鍋中。等到麵條煮熟撈出，盛出放入小碗，再把雞胸脯撕成雞絲，一半放入麵中，一半拌上香油、味精、醬油等成為佐麵的小菜。

尚膳太監昏昏欲睡，強忍著瞌睡監督。

青年在旁邊做心無旁鶩狀地幫著打下手，打著打著覺得顧茵一邊手撕雞絲，一邊用餘光在偷看自己，青年無奈地回看過去。他力氣確實比常人大很多，但也沒做過手撕活人這種殘忍的事，不過是戰場上的傳言罷了，加上這傳言確實能助長義軍的士氣，所以便沒有闢謠。

一陣冷風颳過，尚膳太監被冷得打了個噴嚏，一下子清醒過來，就看到他倆你看我、我看你的，於是輕咳一聲。

顧茵和青年的目光也就從對方身上挪開了。

顧茵很快就做好了湯麵，尚膳太監試過毒，立刻端走要給小皇帝送去，臨走時，他又站住腳，嘆了口氣。宮裡也有太監和宮女對食的，尚膳太監在宮裡就有伴兒，可惜皇帝出逃的時候，沒把他的伴兒給帶上，怕是此生都再難見到了。看到這兩人在他跟前眼神交纏上了，尚膳太監雖覺得有礙觀瞻，卻也沒做棒打鴛鴦的惡人，嘆完氣就道：「就讓他留下陪娘子守夜吧，但可別做那等骯髒事了！」

「謝過公公，民婦曉得的！」

顧茵笑咪咪地把尚膳太監送走了，再轉頭，就看到青年尷尬地垂著眼睛，並不看她。

青年輕聲道：「是我對不起妳。」時下女子都重視名聲，若是面皮薄一些的女子，讓人誤會和他現下這番模樣的人有了苟且，怕是要無地自容，再不敢見人了。

「沒事啊！我兒子都那麼大了，我又不是什麼小姑娘。」顧茵不以為意地道：「誤會就誤會了。再說，我往後也不和這些人一直在一起，還要回鎮子上呢，鎮上其他人又不會知道這些。」

兩人坐到灶膛前，裝作一起燒火的模樣，同時也能正對著灶房的大門，看到外頭的動靜。

青年從頭髮裡拿出小布條遞給她，顧茵看到後眼眶一下子紅了。

她把布條緊緊攥在手心裡。「你見到他了？他怎麼樣了？」

「他看著挺好的，說是想妳了，想為妳做點什麼。」想到那個狡黠聰慧的孩子，青年的眼神也變得柔和了一些。「我幫妳傳了話，讓他老實在家待著，他卻不應，只說下回還在我打水的泉眼處等我。」

「這孩子就是這樣。」顧茵把布條藏起，有些生氣地道：「只要我一眼看不到，就沒人管得了他！從前在鎮子上的時候，有一次我們縣太爺押送犯人去府城受審，他就敢跟著一道去！我和他奶找了整整一夜，才聽人說他出城去了……」或許是知道了顧野的消息，心緒激動，或者是之前和青年隨口嘮叨養成了習慣，不知不覺間，顧茵就說了好長一串話，直到灶膛裡的柴火「噼啪」一聲響，她才回過神來，歉然道：「對不住，我話多了。」

青年用柴火鉗撥弄了一下柴火，輕聲道：「無礙。」

他其實已經記不清有多久沒人和他說這種家常話了，少時只覺得這些雞毛蒜皮的事不值一提，到了現在恍然回首，方才明白這種零零碎碎、平平淡淡的日常有多難能可貴。

顧茵看著灶膛裡躍動的火苗，嘆了口氣。顧野主意大，她鞭長莫及，然而前頭她挾恩求報，求著青年幫她傳了話，此時卻再不好開口拜託對方長久地看顧自家崽子了。

她心裡揣著事，就有些坐不住，起身又擀了一些麵條放到鍋裡，順帶著把剩下的雞肉也拆出來，拌上醬汁和佐料。

等到麵條熟透，她用海碗盛出，把剛才給小皇帝準備的黃瓜絲、木耳絲等剩下的菜也碼上，再放一隻雞腿上去，這才重新坐回灶膛前。

「吃吧。」

青年自詡並不是重口腹之慾的人，畢竟打小他家的家境雖然在村裡還算不錯，但他娘的手藝實在是可以用糟糕來形容。後頭從軍，那更是餐風露宿，能吃上一口熱呼的就不錯了。

然而前頭在她身邊待了一個月，舌頭居然被養刁了。

到了這山上，他在外頭待的時間更長，吃的是大廚房的大鍋飯，聽說那大師傅也是寒山鎮上極為有名的師傅，可也不知道怎麼了，他就是吃著不香，覺得不如她隨便做的。

「多謝。」他端過海碗，大口吃起來，麵條勁道彈牙，雞湯香濃爽口。雞腿的醬汁微微重口一些，配上略顯清淡的麵和湯，可口無比。他本是不餓的，但不知不覺就吃完一大碗。

在這寒冷的山上，發出一身熱汗，他舒服地喟嘆一聲。

「還要吃嗎？」顧茵是真喜歡看他吃飯，要不是他眼前的身分是假的，把他雇在食為天，每天讓他在前堂表演吃播，就算不能提高吃食的銷量，看著也讓人舒心啊！

「不用了，本也不怎麼餓。」

顧茵有些可惜地「喔」了一聲，接過他手裡的碗去水槽邊上洗。

青年不明白她為什麼看起來有些失落，跟著她到了水槽邊。猶豫再三後，他開口詢問道：「妳丈夫……孩子他爹呢？莫要誤會，不是我要多打聽，只是前頭答應過妳的，要幫妳離開此處，所以若是他能在外接應，自然是事半功倍。」

「他不在了。」

「對不起。」青年蹙眉。

也是，但凡有些血性的男子，都不會放任自己的妻子落到這種境地，更不會讓自己五歲大的兒子在外頭急得團團轉，兵行險著地跟過來，還差點讓人發現了。他的眼神落在她的側臉，雖然她刻意把自己的臉塗黑了，還蓋著很難看的劉海遮擋住上半張臉，可是她鼻子小巧秀氣，不說話的時候薄唇微抿，唇角總是微微向上挑著，整個人看起來既安靜柔弱卻又帶著一股不服輸的韌勁。到底是那個男人沒福氣了，若是他，即便是爬，也要從地府中爬出來，如何捨得讓她孤身一人帶著孩子討生活呢？這想法在腦海中一瞬而逝，他立刻閉了閉眼，把不該有的心思按捺住。

「沒事，已經是好多年前的事了。」顧茵故意沒提武青意是上戰場死的——對方是義軍中人，武青意是為朝廷效力而死的，雙方的立場是對立的。

她雖然說得輕鬆，但青年也嚐過痛失家人的滋味，那焚心煎骨之痛，讓他很長一段時間都夜不能寐、食不知味，便是到了如今，他每每想起，都痛得五內如焚。他並不很會安慰人，只岔開話題道：「孩子的事妳暫且放心，我挑水的那處泉眼人跡罕至，他身上也有一些武藝，短期內應當是無人會發現的。」

「麻煩你了。」顧茵有些赧然。「我不知道該怎麼答謝你。」

「妳已經謝過了。」青年指著她手裡的碗道。

這讓顧茵更不好意思了，對方是來做大事的，自己卻麻煩人家幫自己看孩子。一碗雞湯麵還是用小皇帝吃的食材裡省出來的，當謝禮實在是不夠瞧啊！

青年倒並不覺得麻煩。也是奇怪，其實他並不是愛多管閒事的人，只是眼前的女子和那孩子，都不會讓他覺得厭煩。

「若有用得著我的地方，你只管出聲。」顧茵只是個普通百姓，都知道舊朝可惡，義軍風評好，可天下大事離她這樣的普通百姓很遙遠，嚴格來說她倒不是哪邊的擁躉。但這段時間接觸下來，舊朝的人真真是讓她厭惡極了，而眼前這青年幾次仗義相助，委實是很有義氣，很不辜負「義」這個字。如今她的心已經完全偏到義軍新朝那邊，只盼著他們能大獲全勝，盡快結束這場風波。

後頭他們也不再多言，到了半夜，確定小皇帝已經歇下，顧茵和他也就各自回屋休息。

又過三日，天氣陰晴不定，禁衛軍也一直沒有再次開拔。

這天顧茵正在灶房裡忙活——那榮侍衛為首的勛貴子弟又把狐狸尾巴露出來了，知道小皇帝現在不怎麼出來，又摸過來要吃要喝。

當然，因為灶房離小皇帝的住處不遠，他們倒是沒敢再喝酒、賭錢，只擺出大老爺作派點飯，另外聚集在外頭說些閒話。

青年提著水蹣跚而來，榮侍衛他們見了就嬉笑道：「醜廚娘快出來，妳相好的來了！」

周掌櫃此時也在灶房裡頭，聽到這話，他握著菜刀的手緊了緊。

「沒事，不用管他們。」顧茵不以為意地道。這種事也不是一次兩次了，真要和這些紈袴生氣，沒得把自己的身體氣壞了。

青年進屋倒水，顧茵跟過去幫他提水桶。

他很少在人前開口的，這次卻在她耳邊道：「我要見文老太爺。」一句話畢，他不再多言。

顧茵若無其事地幫他往水缸裡倒完水，然後回鍋臺邊接著忙活。

後頭青年出去，侍衛們自然又是一陣調笑，但因為他們一個是聾子，另一個又是看著麵團似的格外好性子，他們說完也就自覺沒趣，不再多說。

這天之後，顧茵再給文老太爺做吃食的時候，一連做了兩天的皮蛋瘦肉粥。

皮蛋還是從文家帶過來的，只因為小皇帝說過好，宮人連逃命的時候都沒忘了給帶上。

「這是什麼意思?!」第二天用夕食的時候，臥床不起的文老太爺氣得直接摔了碗。「聖上不見我，廚房頓頓給我做一樣的吃食，這是嫌棄我這老頭子活得長了嗎？」

粥碗砸在地上，摔得四分五裂。

這老爺子病了快一個月了，宮裡帶出來的幾個御醫都瞧過，皆說他是年紀大了，受不得情緒波動，倒說不出其他的病因，更開不出對症的藥來。

隆慶帝其實倒不怎麼在意文老太爺的身子，只要老太爺不死，就能利用老太爺的名聲。

「我要見聖上，請聖上為老臣作主！」文老太爺掙扎著坐起身。

服侍的人嚇得不行，別說隆慶帝現在並不能見人，就算能見，這老爺子看著隨時可能一命嗚呼的，要真氣出個好歹，隆慶帝非把他們一屋子人的腦袋摘了不可！

「老大人別生氣！聖上敬重您，怎麼會苛待您呢？這自然是下頭的人怠慢了！」宮人把他勸住後，又連忙讓人傳召尚膳太監來。

尚膳太監聽人說文老太爺生了這麼大的氣，立刻就招供道：「老大人明鑒，奴才哪裡敢怠慢您呢？是灶房裡的那廚娘信誓旦旦地跟奴才說，您從前就十分喜愛這粥，曾說過日日吃都不會厭的！奴才看她平素裡辦差也是極穩妥細緻，這才聽了她的，您老息怒啊！」

文老太爺氣得指著門口道：「去把她喊來，老夫要好好問問她！老夫和她也有些淵源，自問未曾苛待她，如何就這般戲耍我？」

沒多會兒，顧茵就被傳了過來。

「老太爺息怒，不是民婦的錯，是……是灶房裡的柴火實在不夠用了。」

小皇帝用的柴當然有專人提供，其他人的吃食要用的柴火，也就沒那麼精細了。顧茵從前只做皇帝和老太爺的吃食，自然應付得來，但後頭侍衛們也來吆五喝六地要吃要喝，袁師傅又還沒養好身子骨，周掌櫃要做大鍋飯、一刻不得閒，她那幫廚也要負責整個山頭上的粗活，她人單力薄的，想著老太爺這段時間本就不怎麼用吃食，偷一偷懶也是很正常。

尚膳太監是收了侍衛們的賄賂的，唯恐顧茵把侍衛們吃喝打牙祭的事揭出來，立刻就道：「這小娘子和廚房裡的幫工有了首尾，肯定是心疼她那相好，所以故意這樣呢！」

「妳！」文老太爺不敢置信地指著顧茵，臉上現出了真正的驚愕之色。

顧茵之前並不在乎旁人怎麼看，但文老太爺不同啊，這在她心裡是和自家長輩一般的人，因此眼下被文老太爺這麼一指，她不禁嚇得肩膀一抖、脖子一縮。

這十足的心虛之態，落在那尚膳太監眼裡，便立刻接著道：「老太爺您看，這顧娘子心虛了呢！」又想到平素裡顧茵得了賞錢也沒少打點他，尚膳太監就沒再接著踩她。「所以說到底，這錯處還是在那幫工身上！」

「那就把那幫工傳來！」文老太爺遞給顧茵一個眼刀子，就差直說「往後再和妳好好算帳」了。

沒多會兒，青年讓人傳召而來。行完禮，他一臉迷茫，顯然不明白喊自己來此做什麼。

尚膳太監臉不紅、氣不喘地接著道：「老大人您看，這幫工又聾又啞，再沒用不過的。您老和這樣的人置氣，可太不值得了。」

「那就讓他在我屋裡劈柴！還有妳！」文老太爺氣呼呼地看向顧茵。「妳去生個小爐子來，我看看妳當著我的面還敢不敢偷懶！」

「這……」服侍文老太爺的宮人拿不定主意。

「怎麼了？老夫發落兩個做活的人都不成？那我去見見聖上，讓他來分辨分辨！」文老太爺說著又要出屋。

隆慶帝眼下是萬不能見人的，要是這件事鬧大了，讓人發現隆慶帝受了重傷，都不用叛軍攻過來，禁衛軍的軍心直接就都散了。

「您老別動怒，聽您的，就讓他們在這裡贖罪！」

文老太爺住的是原先匪寨裡二當家的屋子，還算寬敞。

宮人把條炕旁邊的桌椅都挪到一邊，給青年騰出劈柴的地方。

顧茵則支了個小爐，爐上架一塊乾淨的石板，刷上豬油，旁邊放一盤事先準備好的肉丁和蔬菜。等到石板上的油開始滋滋作響，便把肉丁和蔬菜放上去烤。沒多會兒，煙霧就開始在屋裡升騰，顧茵拿扇子一搧，那油煙衝著守在屋裡的宮人飄去了。

宮人們是打小就被挑選出來近身服侍皇帝的，哪裡受得住這個？頓時間咳嗽聲響成一片，不覺地就往外站了站。

等他們站到門口，虎著一張臉監工的老太爺才出聲問顧茵。「找我幹啥？是不是擔心我了？」

顧茵忍住笑，裝作被訓斥了、一副心虛的模樣。「不是我找您，是這位找您，我幫忙而已。」

「剁」一聲，斧子劈開了柴，青年的聲音同時響起。「情況特殊，老大人原諒則個。」隨著劈柴聲越來越密集，青年接著道：「求見您，是因為晚輩聽說那位準備屠鎮，嫁禍義軍。」

「不可能！」文老太爺立刻駁斥，此時他面上的氣憤不再是假裝的。「我知道你是義軍中人，和那位立場不同，但那位是我打小看大的，雖不如父輩、祖輩，卻也不會做這種豬狗不如的事。」

「您可以試著驗證一番。」青年劈完最後一點柴，不再言語，把劈好的柴塞進小爐子裡。

屠鎮？顧茵把他們的話聽進耳朵裡，拿著扇子搧油煙的手不覺地發緊，指甲都摳進了掌心。後頭石板燒也燒得差不多了，最後撒上孜然和辣椒粉等調料，就放到了碗裡。

「哼，早這樣不就好了？」文老太爺輕哼一聲，直接嚐了石板燒，倒是比平時的飯量多了不少。

後來顧茵和青年下去，顧茵面色慘白，連嘴唇都白了。

尚膳太監看著也有些心虛。「小娘子別怪咱家，咱家這種當奴才的，辦不好差事可不光是被責罵一頓的事。」

顧茵深吸一口氣，白著臉笑了笑。「不怪公公，是我想偷懶，該被責罰的。」

「哎，去吧，讓他幫著妳去。」尚膳太監把青年也點上，讓他們這對野鴛鴦待在一處，算是還了個人情。

「東家怎麼了？」周掌櫃正在灶房裡燒大鍋飯，看到她臉色不對，連忙出聲詢問。

旁人不知道，周掌櫃當然是知道文老太爺和顧茵的關係，也知道她故意煮皮蛋瘦肉粥是要和老太爺通信的意思。

「沒事，我歇歇就好了。」顧茵無力地笑了笑，坐到角落裡的小板凳上。

青年跟著到她旁邊劈柴，還是藉著劈柴聲和周掌櫃鍋鏟碰撞的聲音為掩護，低聲問：「嚇著妳了？」

顧茵點點頭。

青年微微一嘆，目光落在她的掌心處。她的指甲修剪得短而圓潤，但卻把掌心掐出了一片血痕，可想而知她心裡有多不好受。

「為什麼呢？」她喉頭發緊。問完不等青年回答，她自己就想通了。

廢帝在寒山鎮的時候，自然是不會對百姓動手的。但現在他已經帶人撤出寒山鎮，應當不久後義軍的大部隊就會追過來。如果在這個時間差裡，他派人把鎮子屠了，對外宣稱是義軍做的——只因為這個鎮的百姓接待了廢帝，所以義軍遷怒。

義軍本就是多股勢力擰在一起的雜牌軍，很多將士在被義王收編前，幹的就是劫財越貨的買賣，只要把這消息大肆宣傳出去，肯定會動搖百姓對義軍的信任！

且也不用所有百姓都相信，只要廢帝南逃路上禮待百姓，讓那些百姓對比之下相信這種傳聞，加上廢帝還有文老太爺在側，以老太爺之名號令他曾經的那些門生，以此大做文章，那麼廢帝就算不能復國，也能使一部分百姓信服於他，和新朝割地而治，分庭抗禮。

「我明白了……」她自顧自地咧了咧唇，綻出一個比哭還難看的笑容。「你們可以救鎮民對不對？」

義軍的大部隊還在後頭，只有以青年為首的先頭部隊輕車簡行追趕到此處，此時更只有他一人成功混了進來，憑藉著讓人深信不疑的聾啞殘疾人身分，偶然聽到了隻言片語，猜出了廢帝的心思，若是廢帝在這三五日內動手，怕是……「別擔心，有我……我們在，老太爺不會坐視不理的。」

青年令人安心的低沈聲音在耳邊響起，顧茵擦了擦眼淚，堅定地道：「對，咱們占了先機呢！你把消息傳回鎮上沒有？」

他之前想過讓人通知了縣太爺，可惜廢帝在撤出寒山鎮之前留下了上千禁衛軍精銳埋伏在鎮子周圍，嚴密監視，若貿然去通知百姓撤離，很有可能打草驚蛇，讓他們提前動手。

也正是因為這些人的存在，他才猜出了隆慶帝的意圖。

這些人應當是得了吩咐的，若是百姓貿然撤離，他們多半會直接動手。上千武藝高強的精銳對上數千手無寸鐵的百姓，那無異是提前拉開屠鎮的序幕。

看到對方為難，顧茵猜到肯定有難言之隱，雖然心急卻也沒再多問，畢竟現在這消息只是青年的猜測，還得等老太爺想辦法去驗證消息的準確性，只盼著是青年聽錯或者猜錯了。

顧茵和青年走後，伺候文老太爺的宮人自然把這事稟報到隆慶帝面前。

隆慶帝打小也是被先帝監督著紮紮實實練過好些年武的，只是後頭先帝去了，他登基為帝後才日漸疏懶了，所以他的身體底子並不比一般的練武之人差多少。

但雨夜他挨了刺客兩拳，雖有宮中至寶軟蝟甲護體，卻是肺腑都受了重傷。

也幸虧他把御醫帶出來了，施針先把內血止住，說日後得好好調養。

當然，御醫沒敢明說這種內傷容易留下病根，年輕的時候還不明顯，等到上了年紀，很容易影響壽數。

隆慶帝一連好幾日下不來床，心情可想而知，又聽到下人報這種雞毛蒜皮的小事，他在宮中的脾氣就顯了出來，一個茶盞直接摔在宮人的頭頂。「這種小事也來煩朕？給朕滾！」

那宮人被砸了個頭破血流，連滾帶爬地出了去。

這還不算完，隆慶帝讓宮人跪在自己屋外，得了他的吩咐才准起來。

那宮人頭破血流，又在雨中跪了一夜，第二日人就不行了。

眼下這種藥材金貴的當口，這種人的死活甚至都不用驚動隆慶帝，大太監讓人把他用草席一捲，直接就丟到了荒郊野外去。

文老太爺發現屋裡的宮人換了，他面上不顯，只讓人通傳一聲，說他想見隆慶帝。

隆慶帝到底底子好，歇過這幾天已經能下床了，雖然還是面色蒼白，但只要不大動，一般不會武的人是看不出他還帶著內傷的。

文老太爺很正式的求見，隆慶帝就讓人把他帶了過來。

文老太爺行完大禮後，心疼地道：「聽說聖上被行刺，老臣寢食難安，可惜年老體弱又纏綿病榻，未能為聖上分憂！」

隆慶帝擺擺手，氣息虛弱地道：「無礙，朕只是受了驚嚇，緩過這幾日就好了。」

老太爺雖不會武，卻也不蠢。遇刺之前，隆慶帝每天都要去看看他，說一番「老大人一定要好起來，朕還等著你當朕的左膀右臂、肱股之臣」之類的說辭，雖說是裝裝樣子，但也知道隆慶帝對復國這件事強烈期盼。但遇刺之後，隆慶帝卻足不出戶，老太爺幾次求見都被回絕，說只是受了驚嚇，如何讓人相信？

「原來如此，天佑聖上！」文老太爺呼出一口長氣。

隆慶帝坐了這麼一會兒，已經覺得肺腑又疼痛起來了，遂強忍著疼痛問道：「老大人求見於朕，應當還有別的話說？」

文老太爺愧疚道：「老臣慚愧，躺了這些天，也想了很久，並不知道該如何幫助聖上收服民心，只想到了一個不到萬不得已絕對不能用的法子。」

「是何辦法？」

「禍水東引……」文老太爺吐字艱難地道。「此消彼長。」

兩句話前言不搭後語，但隆慶帝卻立刻明白過來，撫掌笑道：「老大人果然是站在朕這邊的，和朕想到一處去了！」

文老太爺閉了閉眼，心道那義軍中人竟沒說錯，隆慶帝還真準備做這種豬狗不如的事！幸好自己沒吃下那假死藥！當時他把那假死藥都拿出來了，但是後頭聽到顧茵也被牽扯進來了，他是真把那丫頭當孫女看的，且當時也是他傳話讓顧茵待在鎮上別動，因此哪裡能看她被牽扯進這裡頭？想著怎樣也得把她弄出去，於是老太爺一猶豫，加上後頭隆慶帝遇刺，讓他沒機會想由頭把顧茵摘出去，就拖著沒吃那藥了。若是沒有那猶豫，現下他是已死之人，就再沒人能牽制住隆慶帝了！

「但是老臣也想和聖上求個恩典，那寒山鎮到底是老臣的故里，可否換個地方？」

隆慶帝摩挲著下巴，又讓人拿來地圖看了看。寒山鎮是此縣最大的鎮子，自然是屠鎮栽贓的最好選擇，之前他已經悄悄布局了。本是想著連文老太爺一起瞞住的，但是現下文老太爺和他想到一處了，若再背著文老太爺動手，老太爺自然會猜到，很可能要壞了君臣的情誼。且文老太爺好不容易給了會幫他復國的準話，他還要用老太爺，給個面子也不是不行。反正在他看來，屠哪個鎮和穿哪件衣裳沒什麼區別，都是不會影響大局的小事。

「那就選這春水鎮吧！」隆慶帝信手一點，指了他們現下所在的山頭所屬的城鎮。

「聖上寬宏！」文老太爺強忍著噁心謝恩。

自這天後，文老太爺「康復」了，日常就在隆慶帝身側。

三日後，顧茵發現山上多了些人——也是聽來吃喝的侍衛們說的，說之前他們中的一些人被分出去執行任務，所以他們巡邏才那麼辛苦，現下總算是能清閒一些。

青年來廚房幫忙的時候也帶來了好消息，說寒山鎮周圍的禁衛精銳已經撤回山上。

顧茵總算是鬆了口氣，眼淚不自覺地就淌落下來。

她臉上還帶著鍋灰，淚珠滾過的地方立即呈現兩道白痕。

青年不由得彎了彎唇，伸手想幫她擦，還沒碰到她的臉，又把手縮回。

顧茵摸出小鏡子一照，自己也忍不住噗哧一聲笑出來。

尚膳太監來傳話的時候，就看到他們相對而站，兩人都側對著門口，若是不看容貌，光看身形，倒是極為相襯的一對。

青年上前給他行禮，正好把身形嬌小的顧茵完全擋在了身後，她便立刻去摸了把鍋灰抹上。

「文大人傳你們去呢，說是上次那個現烤的石板燒吃著很好，讓你們再去現烤一次。」

文老太爺經過一次「獻計」後，又違心地說了些別的，現在儼然是身邊無人可用的隆慶帝座下第一人了。說來也諷刺，從前的他一心為國為民為皇帝，卻落得那般下場，如今昧著良心說些假話，反而讓隆慶帝待他日漸親厚。

地位水漲船高後，隆慶帝也不再拘著他，當然還是不能隨意離開此處匪寨，但是傳召個廚娘和聾啞幫工去當面做飯這種事則是不值一提的。宮人有了前車之鑒，也不會再拿這種小事去煩隆慶帝。

這次沒人在屋裡寸步不離的監視，都自覺地退到了門口。

劈柴聲響起的同時，老太爺先開口道：「你的消息是對的，我已經想辦法讓那位放過了寒山鎮……但他轉頭指了春水鎮。」

隆慶帝性子執拗，現在老太爺順著他，才得了他的好臉，但卻勸不了他改主意——他要是真能聽勸，當初也不會罷了文老太爺的官，更不會落到亡國的下場。

「就這幾日，他會讓人下山去寒山鎮買糧。」老太爺又說了一個至關重要的消息。

隆慶帝一行人出逃匆忙，帶的糧食自然是不夠的。這次買糧，也昭示著禁衛軍即將開拔，而且前腳開拔，後腳就要滅掉山下的春水鎮了！

說完這消息，文老太爺和顧茵的眼神都落到青年身上。

最好的辦法，當然是青年憑著一身功夫，能再次刺殺隆慶帝。

然而青年卻道：「我近不得他的身。」遭遇過一次行刺後，隆慶帝身邊的人防守得越發嚴格了。而且到了這山上後，隆慶帝住的屋子在山上最高處，和其他人所在的地方都有高度差。即便是黑夜，他屋子周圍也點滿了火把，暗衛們守在高處，但凡有人靠近，一覽無遺。

至於顧茵雖然能做皇帝的吃食，但皇帝用的每一樣東西都有專人保存，顧茵在給他做飯之前才會送到手裡，更還有尚膳太監試毒。

文老太爺就更別說了，雖然三人中他最方便近隆慶帝的身，但他這年紀了，又不會武，都不用出動侍衛，隨便一個宮人都能把他按倒。

「那就用毒，把暗衛都放倒。」文老太爺是三朝重臣，自然知道那些武藝精湛又心狠手辣的暗衛的存在。而他心底最後一絲對舊朝的仁慈，也在隆慶帝準備屠鎮嫁禍的時候滅了。

但說完後，文老太爺憂愁地嘆了口氣。山上進出都有關卡，怎麼可能帶毒進來？而且暗衛們雖然吃喝和侍衛們在一處，並不如隆慶帝那樣精細，但也是要經過銀針試毒的。劇毒不可能經過試驗，那就只能下一些毒性沒那麼強烈的，諸如巴豆粉、瀉藥、蒙汗藥之類的。但是這類東西量少就沒效果了，要想達到把一大群人放倒的效果，別說寒山鎮了，整個縣城都不見得能搜羅來這麼些平時見不得光的東西。且軍中也有獵犬，這種常見的毒物早就被訓練著分辨了。

文老太爺和青年一籌莫展。

眼看著見面的時間快結束了，顧茵才緩緩出聲道：「其實，日常的吃食裡就能造出毒來。」顧宅裡有一地窖的霉米、霉豆子呢！「霉變的大米經過清洗和烘乾能去除味道，豆子同理，搾油後味道更是難以分辨，另外還有木耳泡了很久後也會產生毒素。但並不能確保每個人都會出現急性中毒的癥狀，也可能只在人身上潛伏而已，所以若是有更好的辦法……」

都知道發霉的大米和豆子不能吃，木耳也不能泡太久，但這種東西能把人吃中毒，老太爺和青年也沒聽說過這個。可顧茵並不是隨口胡謅的性子，兩人都沒對她的說法產生懷疑。

「先用此法吧，便是只拖住他們的行動一、兩日，也是機會。」青年斬釘截鐵地道。

幾人又仔細商量了一番後，青年便和顧茵離開了。

顧茵回灶房，青年則瘸著腿出去挑水。

三人靜靜等待著買糧之日的到來。

——未完，待續，請看文創風1022《媳婦好粥到》3

2021年12月出版

短命妻求反轉

文創風 1014~1015

從孤兒奮鬥至今，她好不容易奪下金廚神獎盃，才要享受人生就穿越了?!
而且穿成人人厭惡的農家惡媳婦，接著就從原配變前妻，一命嗚呼……
這她不服！她不僅要活，還要活得舒服，從短命反轉成好命！

原配逆轉求保命，妙手料理新人生／錦玉

奮力生活了三十年、成為全國最年輕的廚神，林悠悠只想過上鹹魚生活，
但怎麼一覺醒來，她不但不是廚神了，還變成古代已婚婦女 ?!
趕時髦穿越就算了，為何讓她穿成一個惡媳婦，夫妻不睦、家人不喜，
最糟的是她很快要被揭發給丈夫戴綠帽，而此時手中正捏著「證物」……
不，她拒絕就此認命，定要想法子反轉這短命原配的命運！
何況她知道自己的丈夫如今雖然出身農家，但可是未來的狀元郎啊，
而且日後一路高歌猛進，成為一代權臣，這條金大腿還不趕快抱好抱滿 ?!

三生有妻　實乃夫幸／踏枝

2020年9月出版

聚福妻

她萬萬沒想到，重生後最難的不是發家致富，
而是幫自己找個——不怕被剋死的好丈夫?!

文創風 882 1

重生的姜桃只想求個能走跳的健康身子，孰料老天爺開了個大玩笑——
她因命格帶凶被當成掃把星，生個小病就被抬進山上破廟自生自滅。
幸虧她懂得採藥養身，不但救了小白貓作伴，還救下苦役沈時恩。
病癒下山後，她打算靠著前世習得的高超繡藝撫養兩個弟弟，
可伯母們居然說動祖父祖母，打算隨便找人把她嫁了，替姜家解厄？
嫁就嫁，既然嫁誰都是賭，不如設法嫁給在廟裡看對眼的沈時恩吧！

文創風 883 2

成家後，姜桃的日子過得有滋有味，可她的廚藝卻完全走味——
煮的蛋是焦的、菜是爛的，做個飯居然險些燒了廚房啊……
幸虧沈時恩出得廳堂入得廚房，在他支持下，她的繡活生意越做越好，
巧手穿針繡出一家人的富足，孰料懂事聰明的大弟卻鬧出逃學風波，
原來他受她先前的掃把星之名所累，被同窗取笑，連老師病倒都怪他。
唉，古代家長也難為，她定要想出辦法，替無端受屈的大弟討回公道！

文創風 884 3

重新安排好弟弟們跟小叔上學的事，姜桃旋即被另一個消息震驚了——
原來她收養的雪團兒不是貓，而是繡莊東家苦尋的瑞獸雪虎 ?!
如此因緣下，她與繡莊合作開了十字繡繡坊，卻因生意紅火招來毒手，
見沈時恩帶著小叔解圍，姜桃越發不懂，為何出色的丈夫會淪為苦役？
可沒待她想清楚，便在沈時恩因故出遠門時遇上地牛發威，
且縣城因這突如其來的急難缺糧，她該如何幫助鄉親度過危機呢……

文創風 885 4

沈時恩果然不是一般的苦役，而是受了冤屈的當朝國舅爺！
瞧小皇帝親自來接沈時恩回京，姜桃自告奮勇擔下招呼之責，
結果小皇帝先震驚於她的黑暗料理，晚上又被雪團兒嚇得急召護駕，
隔天她喊賴床的弟弟們起來吃飯，竟一時不察拍了小皇帝的龍體……
如此招呼不周卻弄拙成巧，小皇帝因重溫家庭和樂之感而龍心大悅，
她總算鬆了口氣，這下上京平反夫家冤屈，可就容易多了呀～～

文創風 886 5 完

沈家陳年冤屈得雪，姜桃原以為能輕輕鬆鬆當個國舅夫人，
可該回本家英國公府的小叔卻因長年不在京城，失了父母寵愛，
姜桃氣壞了，如果英國公夫妻不珍惜這個好兒子，國舅府自會替他撐腰！
然而考驗又至，來朝研議邊疆商貿的番邦公主瞧中小叔，帶嫁妝上門，
但兩國素無秦晉之好，生意又談得不順，小皇帝為此頭疼萬分，
她該如何讓朝廷制勝，又幫心儀公主的小叔抱得美人歸呢？

豪門一入深似海，從此恩人是良人／踏枝

2021年6月出版

誤入豪門當後娘

第一任未婚夫在失去聯繫多年後被滿門抄斬，
第二任在退婚回去的路上遇到山匪全家死絕，
平白無故揹上剋夫的名聲，認真說起來她也很冤，
但嫁不出去她也沒辦法，反正自己過得舒服自在就好，
何況她爹直接表明了要養她一輩子，所以她更是樂得輕鬆啊！

文創風 964 **1**

穿成聲名遠播又有眾多學子慕名拜師的舉人之女，鄭繡一開始是有些怕的，
原因無他，就怕這個便宜爹是個思想古板老舊的酸腐書生，
幸好，鄭家爹爹極其重女輕男，對她這個女兒是好聲好氣、有求必應，
家世背景好，再加上她是十里八鄉出了名的美女，照理求娶之人應該不少，
可偏偏她如今都二八年華了，別說萬中挑一婿，根本就乏人問津啊！
只因她有個更響亮的名聲——剋夫！而且她訂了兩次親就死了兩個未婚夫！
所以說，儘管她的條件再怎麼好也沒用，畢竟相較之下，小命要緊嘛，
還好她不是會為此鬱鬱而終的原身，而是個不在意這種小事的現代人哪！

文創風 965 **2**

鄭繡在家門口撿了條通體烏黑、油光水滑的大黑狗，看著有些像現代的狼狗，
她想著爹爹在鎮上教書，隔幾日才回來一趟，家裡平時就她和弟弟兩人，
因此弟弟央著她養下，她也就順勢答應了，養條狗看家護院確實不錯，
可養了半個月後，一個跟弟弟差不多大的孩子卻找上門來，說這是他家的狗，
本以為這瘦弱的孩子是來要狗的，他卻說先放她家，過後再來要，
看了看男孩污黑的臉及身上看不出本來顏色的獸皮襖子，她猜想他是家境困難，
後來才得知，原來這孩子家中只有父親薛直一人，是個獵戶，剛搬來村裡，
而這薛直一個月前跟隔壁村的獵戶們上山打獵，遇到大雪封山，生死未卜……

文創風 966 **3**

居然有不怕死的人家想要求娶她？是命太硬了，還是有啥隱疾嗎？
確實，鎮上這位馮員外的家底非常豐厚，人也是出了名的樂善好施，
但他的獨子卻是個膀大腰圓、相撲選手型的大胖子啊！
胖也不打緊，可那馮公子看她時一臉猥瑣，眼珠子根本就黏在了她身上，
她隔夜飯都要吐出來了，傻子才會答應嫁！
偏偏這時候，她弟弟及薛直的兒子跟著其他師生出遊時失蹤了，
心急如焚的她與薛直上山尋找，孤男寡女在山裡待了一夜，她清譽盡毀，
正當族老們要她這個敗壞鄭家門風的丫頭給個交代時，薛直他上門來提親了！

文創風 967 **4** 完

婚後某日，家中來了個貴客，他輕描淡寫地說那是他大嫂，
可後來鄭繡才曉得這位大嫂身世驚人，是當今聖上寵愛到不行的親妹妹，
而且他哥哥是堂堂慶國公，他壓根兒不是什麼平凡的窮獵戶啊！
所以說，她現在不僅是當了人家的後娘，還誤打誤撞地嫁入豪門了？
那慶國公哥哥當了多年的植物人，至今仍昏迷不醒，對她當然談不上喜惡，
但長公主嫂嫂只對薛直好，對她跟繼子卻是再明顯不過的討厭及不屑！
不喜歡她還說得過去，誰讓自己出身不高，可對薛直的孩子不是該愛屋及烏嗎？
難道說……這當中有什麼不可告人的秘辛？看來這豪門的飯碗也不好捧呀！

風 文創

1021

媳婦好粥到 2

國家圖書館出版品預行編目資料

媳婦好粥到 / 踏枝著. --
初版. -- 臺北市 : 狗屋出版社有限公司, 2021.12
冊 ; 公分. --（文創風 ; 1020-1024）
ISBN 978-986-509-279-5（第2冊 : 平裝）. --

857.7 110018443

著作者	踏枝
編輯	黃淑珍
校對	吳帛奕
發行所	狗屋出版社有限公司
地址	台北市104中山區龍江路71巷15號1樓
電話	02-2776-5889～0
發行字號	局版台業字845號
法律顧問	蕭雄淋律師
總經銷	知遠文化事業有限公司
電話	02-2664-8800
初版	2021年12月
國際書碼	ISBN-13　978-986-509-279-5

本著作物由北京晉江原創網絡科技有限公司授權出版

定價280元

狗屋劃撥帳號：19001626

網址：love.doghouse.com.tw　E-mail：love@doghouse.com.tw